綾部仁喜

Ayabe Jinki

全句集

ふらんす堂

2000年（H12）9月　八王子市の小宮公園にて　撮影／奥西淳二

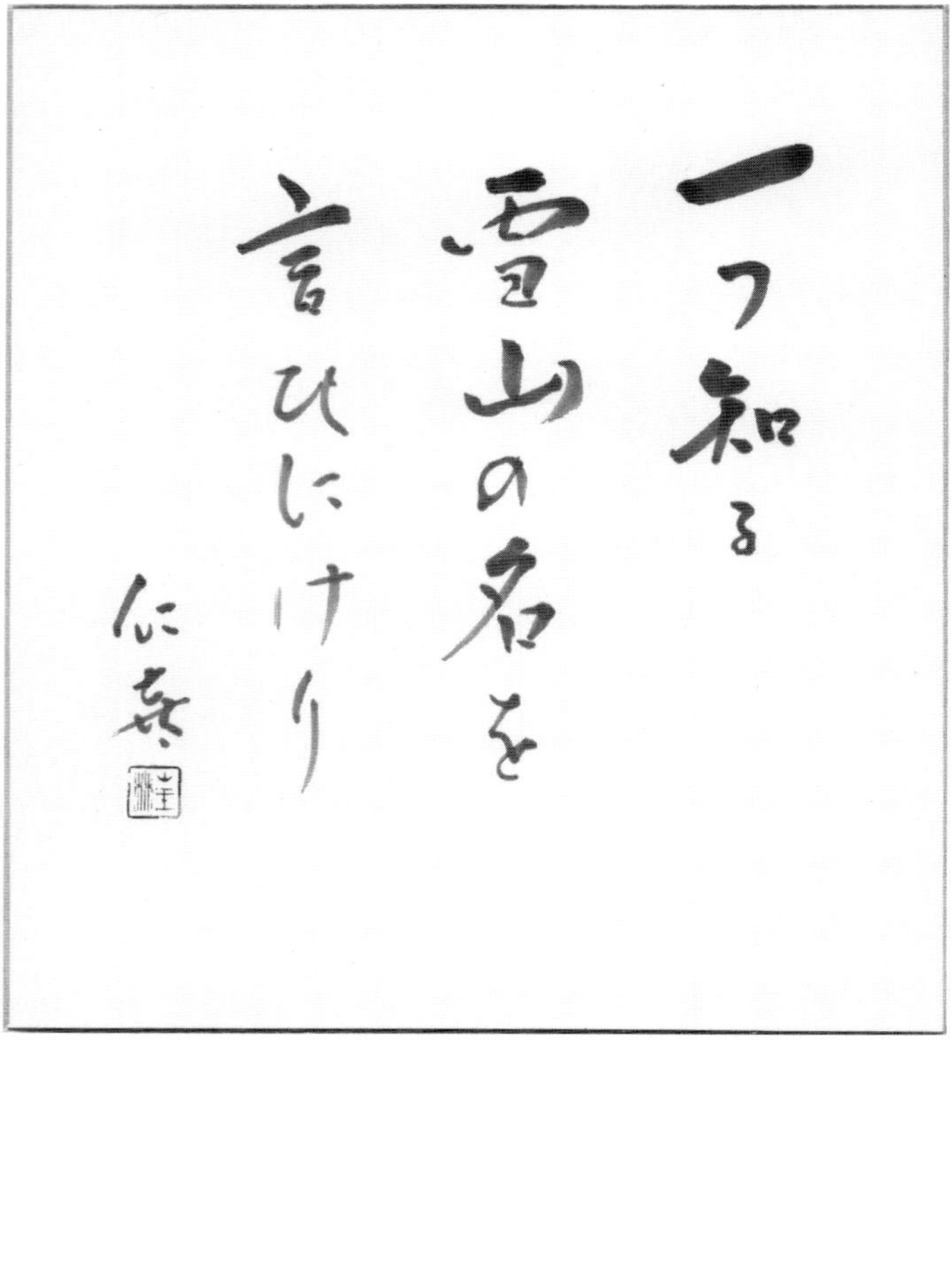
一つ知る
雪山の名を
言ひにけり
仁英

綾部仁喜全句集＊目次

第一句集　山王（一九七四年～一九八二年）

昭和四十九年・五十年　11
昭和五十一年　15
昭和五十二年　18
昭和五十三年　21
昭和五十四年　24
昭和五十五年　28
昭和五十六年　33
昭和五十七年　38
あとがき　48

第二句集　樸簡（一九八三年～一九九三年）

春　51
夏　58
秋　68
冬　77
あとがき　85

第三句集　寒木（一九九四年～二〇〇一年）

Ⅰ　89
Ⅱ　97
Ⅲ　104
Ⅳ　112
あとがき　122

第四句集　沈黙（二〇〇二年〜二〇〇八年）
平成十四年　125
平成十五年　128
平成十六年　133
平成十七年　139
平成十八年　144
平成十九年　150
平成二十年　155
あとがき　160
「俳句日記」（二〇〇五年一月一日〜十二月三十一日）　161
『沈黙』以後（二〇〇八年〜二〇一四年）　187

補遺・「鶴」投句時代 201

著書解題 藤本美和子 221
年　譜 227
あとがき 藤本美和子 247
初句索引 251
季語索引 278

綾部仁喜全句集

凡　例

○本書は、綾部仁喜の既刊句集『山王』『樸簡』『寒木』『沈黙』の四句集に、「俳句日記」、「『沈黙』以後」、「補遺・『鶴』投句時代」を加えた全句集である。

○既刊句集は原則として初版を用いている。

○句の仮名遣いは初版に従ったが、漢字表記は一部の例外を除いて原則として広辞苑第七版に従った。

○巻末に初句索引と季語索引を付けた。季語は講談社版『日本大歳時記』におおむね準じた。

○本書に収録の作品は、二四四三句である。

第一句集

山王

（さんのう）

現代俳句選集Ⅲ・1
1983（昭和58）年6月20日発行
発行者　川島壽美子
発行所　牧羊社
装　釘　山崎　登
印　刷　三協美術印刷株式会社
製　本　松栄堂製本所
定　価　2100円

昭和四十九年・五十年

立身の明治の戸口蕗の薹

いつの世も弟子遺さるる涅槃変

鳥雲に寺の大きな白緒下駄

百千鳥一つ烈火のごときあり

いぬふぐりじやんけんしては歩を進め

累卵といふ据わりやう復活祭

三鬼忌の四月くれなゐ又みどり

浅蜊飯妻の薄口醤油かな

花菖蒲づくりの白き土不踏

足音のまた遠ざかる蛍かな

田に雲が集まる飛驒の早苗取

味噌蔵の黴の香に梅雨明けむとす

朝市のみやこわすれの色もかな

山出水轟きやまぬ夏蚕かな

桑いきれ半端な雨のこぼれけり

西海　十一句

殉教の岬泳ぎ子の逆落し

耶蘇の島婆が昼寝の顔向けて

浜木綿や素足正座の隠れ耶蘇

熊蟬やお多福顔の納戸神

宗門帳耶蘇名ぞ赤き晩夏かな

石臼にねむる秋日や通り土間

だれよりも神父が食ひぬ南瓜汁

あんかけの冬瓜透けり耶蘇部落

桐の実や明るき潮の遡りをり

耶蘇とゐて縞荒かりし肥後西瓜

底澄みて殉教の島の草泉

南木曽

秋めくや読《よみ》書《かき》村の灯を更かし

糸南瓜木曽にはかなきもの一つ

萱の葉に邯鄲ならむみどり澄む

邯鄲を踽み聴きゐてあひ知らず

くさびらの話も山の月夜かな

竹伐つて頤細く戻りけり

小綬鶏の迂闊の尻を落葉打つ

柚子の値や冬至の雲の一つ浮き

藁の香の日向あふれぬ掛大根

寺の庭自然薯掘が提げ通る

昭和五十一年

六波羅
行きずりの密寺のぬるき大服茶

空也像寒しと歩く形せり

直指庵
寒肥の香の展けゆく竹林

高山寺
運慶の仔狗の顔に冬日ざし

寒ぬくし襖絵の犬雀どち

大津絵の鬼が足あげ寒の入

節分やや梢のうるむ楢林

狂院に狂はぬ顔の寒さかな

初恋のわが猫こゑをあげにけり

雷若し芽吹山より鳴りいでて

藤の房長しや脚を組み替ふる

花アカシヤ密に熊蜂また大に

菖蒲湯を出し潔さすでに失す

悪相といはれし硯洗ひけり

洗ひたる硯の裏を読みにけり

谷底に雨脚とどく盆迎へ

蒟蒻の三年畑の夏がすみ

夕立バス着き子規堂の溢れけり

秋遍路笠きらきらと通りけり
するすると尼の自転車夾竹桃
大手門出でゆく鳴子踊かな
仁淀川大河なりける踊かな
ある転居通知に
鰻屋の路地夕立のやむ処
思ふまま怠りし日の法師蟬
萩こぼし墓地づきあひも年経たり
美しき一語さがしぬ柚味噌釜
山茶花や竹のへりたる竹置場
着なれたる冬服の紺一茶の忌

銭洗弁天

銭洗ふ鼻はこの世のしぐれかな

冬岸のこちら日蔭や日蔭行く

山畑や白菜小法師ひそとゐて

青きもの焚く大年の父の墓

昭和五十二年

窓占めて初鴨の影闘へる

万歳の代替りして来りけり

万歳のかすめし父の遺影かな

初電車愉しき指話を一隅に

節《ふし》々《ぶし》の木賊に寒の日がとどく

寒旱肝胆枯るるばかりなり

父の世の紬に雪の散りかかり

二月尽くかがやかざりし一日もて

牛飼ひの村は牛の香桃の花

酒飲みて蹠痒し三鬼の忌

釣堀を吹き撓めたる落花かな

老教師ゆるやかに過ぐ花水木

山毛欅峠

澎湃として山毛欅若葉波郷の碑

山毛欅若葉波郷の谺返しけり

まつろはぬ坂東の蕗広葉なり

万緑の鬱陶しきに入りにけり

青梅雨の箱にそだてて山のもの

てのひらに隠るる硯洗ひけり

陶硯の軽さかるがる洗はれし

洗ひたる硯の山河碧みけり

盆魂と寝ねて柱の細き家

枝払ふ父の欅にとりすがり

西瓜一つ上り框は風通す

良寛の書の一二三四涼し

長崎の日の一瀑を凝視せり

鶏頭の太郎と見れば大頭

伊東

魚臭き待宵の窓開きけり

鰡とんで日曜の晴定まりし

曼珠沙華ごちゃごちゃ咲いて散歩かな

東慶寺

露の墓辿るこころに高見順

枝々に山国の枯れ葡萄棚

昭和五十三年

姫始淡くをはりぬ眼を閉づる

ななくさの光まとへる田草かな

飛ばしけり七草爪の大なるを

鮟鱇の頭上の電球《たま》が点りけり

寒餅を切り悪縁を断ちにけり

エジプトの泪壺とぞあたたかし

つたなくて涅槃図のをろがまれけり

まばたきて彼岸の父にまだ会はず

緑さす師の墓に胸濃かりけり

墓に挿す矢車草の一摑み

葺替や羽影浮きくる山鴉

父の日といふ若き日を失ひし

風船虫去りしコップに朝の楽

夜をこめて我鬼忌のほてり筆硯

青鬼灯夕日みづみづしく射しぬ

十一やたつぷり濡れて杉そだつ

雨後の木の蒸してきたりし胡麻豆腐

子の股間尿ほとばしる原爆忌

闘牛の若角祓ふ祭酒

闘牛の漆黒虻をゆるさざる

闘牛の黒緘ゆく豊の秋

怒りゐてだんだん怒る曼珠沙華

青春のなかりし露の鏡かな

紙袋置く大安の草紅葉

製餡所朝寒の湯気噴きゐたる

鶏頭の舌禍の如く佇ち枯るる

雨音の冬至湯遅れ沸きにけり

昭和五十四年

初鳩のなかの蹇鳩はずむ

広隆寺

思惟仏を割つて消えたり寒の罇

足凍てて弥勒の思惟の裾を去る

初旅の仏疲れといはむかな

妻に似ぬ女優を褒めぬ春炬燵

雛壇の奈落に積みて箱の嵩

留任ときまりし春の鴨見をり

朝寝して或ひは晩年かも知れず

道幅に流るる雨や法然忌

早雲寺

若楓宗祇の眠り眠らしむ

つばくらめ小学校の廂かな

阿弥陀寺

風車山の仏にたてまつる

腕組みの腕に溜りぬ樫の花

木津川を雷下りきし茶摘籠

雷に抱く金輪際の茶摘籠

旅の指摘みて宇治茶の芯長き

茶摘女の一瞥を雷躱しけり

木喰上人生家

木喰の寝込み襲ひぬ苗代茱萸

ほととぎす仏の微笑朽ちにけり

裏返る蟬の嗚咽を聞きもらさず

恐山　六句

恐山詣の杖のまづ灼けて

炎天の岩から岩へ亡者道

炎天の怒れる岩を父とせむ

佇めばわれも炎天の岩の一つ

空灼くる極楽浜は見ず返す

灼け岩に雨の一粒恐山

鮎錆びて簗のしぶきに飼はれけり

冷やかに簗竹を踏み撓めゆく

下り簗三河は杉の押しこぞり

武者小路実篤旧居

藷かぼちゃ茄子仲よき大机

枯桜大《う》人《し》実篤の面構

明るくて初凩の畝間かな

大綿や半日忘れ波郷の忌

こまやかに女の寺の冬ざくら

病む妻や賑やかにくる年の煤

昭和五十五年

元日の茶の冷えてゐし仏間かな

どんど餅竿しなしなと捧げくる

どんど火の勢ふ鳶口打たれけり

左義長の雪もて濯ぐたなごころ

どんど火の裾ひろがりて衰へし

雁がねの行きつくしたる水や空

訝しき方へ雁がね帰りけり

いぬふぐり声かたまつて過ぎにけり

いぬふぐり大足の師を恋ひにけり

教会の棟上げてゐし樺の芽

種袋妻の手籠に幾日経ぬ

梅坪といふ部落

紅梅に梅坪囃子伝へたる

通し鴨散らばつて水晴れにけり

即事

祝ぎ言葉筍据ゑて賜ひけり

剝く蕗の一皮が手に順はず

桐の花居留守を妻に言ひわたす

東大寺

盧遮那仏鋳余りて売る風鈴か

広隆寺

白百合や弥勒の陰の泣き弥勒

根の国　二十五句

根の国や立売り梨の荒肌も

比良坂や擲つて越す梨の芯

押しこぞる蒲の太鉾地鎮祭

豊年や日和の尉と風の姥

風土記の「十字街（じふじのちまた）」はここと聞くに

八《や》街《ちまた》やさざめきて来る早稲の風

大縄手西日の松の影を負ひ

天平古道

まつすぐに細道が来る早稲の里

たわたわと神名樋山の秋つばめ
真葛原墳降りて墳振り返り
根の国に知るべの禰宜や沼空忌
風入や家紋散らばる刀自の膝
抽んでて神の田の稗抜かれけり

出雲大社

大国魂神へ夏シャツ白妙に
出雲巫女西日の扇荒使ひ
簸《ひ》の川の川底赭き帰燕かな
樟落葉旅の言葉は問ふばかり
稲架の陰しどけなかりし媛案山子

稲佐浜

神の浜半分翳り新松子

国引の浜に育ちて祭髪

牛突きの島見えてゐる竹床几

水貝やまなじりにゐて女客

蜑が家の三段筧桃冷ゆる

八重垣神社

媛神や鈴をゆたかに芙蓉の実

草の花下《しも》の病の願古りて

国神と遊びて秋の日焼かな

虹立ちて色の全き厄日かな

裏年の色にでて柿紅葉かな

蒲の絮鴉の声に乗りにけり

枯れに入る種取茄子の大葉かな

ねんねこの棚田に出でし一揺すり

冬柏二本やさしき数に立つ

日当りて冬木の桐のよき間合ひ

母の忌を追ふ父の忌や茶が咲いて

注連飾今年遅れし手もとかな

昭和五十六年

柿の木に風すこしある鏡餅

土筆生ひ遥かより来し歯の痛み

草摘のしきりに捨つる指のもの

恋猫の雷神めくを二匹飼ふ

朝日生命ホール、北野登兄

朧夜の子役にすこしくはれける

大根を一本抜きぬお開帳

産みをへし猫が入りゆく青蓬

猫の子が橋寺に来て鳴けり

猫の子へ善の顔向け二面石

亀石の昼寝の甲羅盛り上り

白シャツの一人奈落に石舞台

紅の花なりし黄帽子棘帽子

魁偉なる鼻毛いつぽん鷗外忌

盆魂さま風邪臥しをれば帰りけり

緑蔭や転べる石が汗かいて

存念の籐の枕を当てにけり

水中花激流の泡抱きゐたり

秩父栃本　四句

立て捨てに七夕竹や山畑

菊芋や片側部落崖に乗り

岩茸は甘酸大事に月の峰

秋燕や暁の音する谷の家

碑の信濃にをるや洗鯉

一郷に峠二つや青林檎

筆太に立てて筆塚白木槿

盆休み過ぎたる峠聳えをり

新蕎麦の日暮匂へり身養ひ

城ヶ島

台風の沖とほりをり白秋碑

台風の浜を二三歩女靴

台風の戸の半開き磯物屋

台風の逸れし大根畑かな

箱根

山下る毛槍のごとく芒立て

川中に石の頭乾き秋つばめ

漢籍を好み野分の雲好む

温め酒英雄譚は挫折満つ

柄の尻を使へば露の竹箒

籠出づる荒海の貌松葉蟹

寄鍋の真ん中赤き蟹の爪

熟れ柿の垂れ下りをる袋かな

白毫寺

萩寺の刈株の数日当れる

高円《たかまど》山は常《とこ》眠き山ねむりをり

猟銃と思ひし音のそれつきり

山水に蓋して年の終りけり

大年の用なけれども古本屋

昭和五十七年

初夢の泥のごときが覚めにけり

裏山の聖の樫の寒日和

大寒の木を樫と言ひ樟と言ふ

紙漉の半日の手湯粘りけり

紙漉女漉《ふ》槽《ね》暗がりに躓くや

梅一分紅茶の湯気の魔法壜

雪山のちかぢかと顕つレモンの香
杉山にをとつひの雪はつり仏
観覧車いま最高や鴨帰る
妻の雛かかはらざれば失せにけり
鳥雲に山河このごろ面白き
春の泥わたりて罪をふやしけり
百千鳥毘盧遮那仏にダリの髭
木の芽山雨も翼をひろげけり
紫雲英田の花の間の水またたける
春の蕗すすり窪めしたなごころ

筍飯老人会と声隣り

かがやきて蘖長けぬ寺の桐

きらきらと女の声や伽羅若葉

野あやめの葉ばかりを挿す師の墓に

いくたびも波くつがへる松の芯

常世なる卯波の礁のあめふらし

あめふらし卯波を吐ける濃むらさき

寺の縁黙つて借りし牡丹かな

朴はいつも見遅るる花遅れ見る

青葉木菟鳴いてはじまる山の鬱

郭公や万緑のどの緑より

近江

蜻蛉生れ湖を離れぬ仏たち

十一面さんの蚊の声をがみけり

一畑は麦よく熟るる観世音

余呉

湖まはり来し麦秋の郵便夫

水切りの石ほど雛のかいつぶり

山国の杏にいろや味噌暖簾

夏つばめどの塗桶の味噌買はむ

味噌秤匂ひて杏熟れにけり

半通夜の酒すぐにでて青葉木菟

でむしへ飛んで昼湯の湯の礫

鹿児島びとの言へるに

梅雨《ながし》季《どき》降つてん照つてん傘一本

三河大海に放下念仏踊を伝ふ、盆行事なり　十一句

放下踊大竹藪に闇こもり

初盆さま居並ぶ放下念仏かな

盆魂のひとつは放下踊衆

暈月をあふりし放下団扇かな

盆月夜放下菅笠ひらひらす

露けさの放下の白緒草鞋かな

笛方のひとり加はる盆篝

吹つ切つて放下踊の伊勢の笛

放下踊この世かなしと高跳ぶも
放下踊よく見れば歯を噛みゐたる
膝ついて放下踊の跳びじまひ
簗竹の灼けてゐたりし盆供養
割箸のいすかに割れし鮎ぐもり
簗の水量るは鮎を売れるなり
楠の下鰻沈めし鮎生簀
猪垣の村の慈姑田花痩せぬ
秋口や伝円空の木端仏
山に入る伊奈街道や切子吊る

迎火の炎しつかりしてゐたり

墓山のここにも盆の焚火跡

厭離庵

いまだしき紅葉かづきぬ定家塚

渋柿の四五顆が青し萱廂

ただならぬかも青柿の走り枝も

庵《あん》主《じゅ》さまことしの紅葉案じけり

厭離庵裏稔り田の一抓み

斑鳩の雨滂沱たる威銃

萩の風大きほとけに歩み寄る

武州高尾山

滝行のとどめの色のなかまど

木の股に山草の青滝じまひ

滝行者したたり過ぎし櫨紅葉

鉾杉の裏側の冷え滝じまひ

滝閉ぢてこれよりの玄杉の鉾

秩父

山国に遠山ありぬ菊まつり

居眠りのでさうな校舎山枯れて

晴天や秩父の渋のちんぽ柿

晩菊や関所を今の郵便夫

上中尾

天狗岩にて行き止り紅葉狩

猪垣を跳び下りて冬はじまれり

猪垣や土にかへりし焼畑

猪垣の石の割れ目の秩父青《あを》

茶が咲いて猪垣へゆく背負籠

山のむかご里のむかごと笊に会ふ

玉垣の石の睡れる菊日和

秋艸道人書に寄す

渾にして濁るが若《ごと》し凍豆腐

空也忌の大杉に垂れ葛の紐

皂角子の枯れの佶屈老に似て

冬眠の蟇てのひらに山の紺

神舞となりし息長神楽笛

友増えず減らず暦を替へにけり

二十五年を経ぬ、妻へ
わが封書汝が葉書煤払ひけり

年焚火炎は陳皮匂ひけり

月蝕の空極まりし餅筵

大年の暗き机に沙石集

あとがき

書名は産土の地名に依る。しばらく本書のために国魂の力を乞ひたい。

わたくしの文学理会は柳田國男、折口信夫、石田波郷三先生のなぞりに過ぎない。またそれぞれの時期において石塚友二、小林康治両先生のご指導もいただいた。違《たが》ふところは至らざるわたくしの崩れである。

わたくしは近頃、俳句は説話だと思ひ始めてゐる。「乾坤の変」は俳人の耳目がとらへた本縁、怪異、奇譚に他ならない。

本書には昭和四十九年以降の句を収めた。句数の都合により割愛したそれ以前の句は他日を期したい。

畏兄石田勝彦氏、牧羊社山岡喜美子氏の助力によつて本書は成つた。お礼申し上げる。

二月雨水

綾部仁喜

第二句集

樸簡

（ぼくかん）

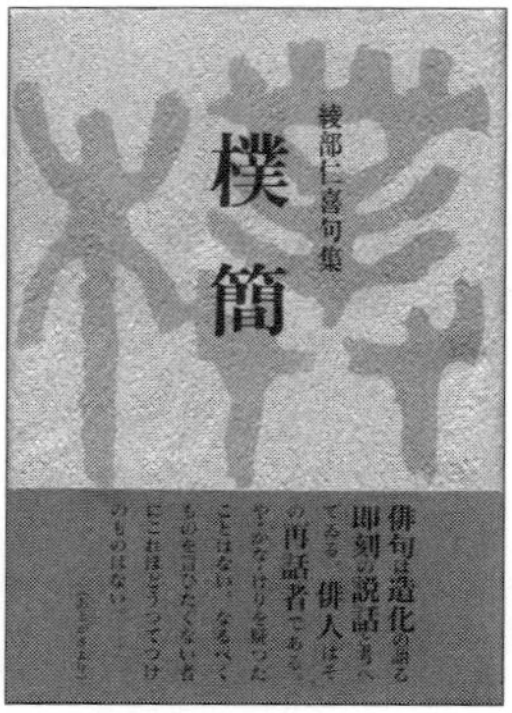

泉叢書第57篇
1994（平成6）年9月25日発行
発行人　山岡喜美子
発行所　ふらんす堂
装　釘　千葉皓史
印　刷　有限会社竹中印刷
製　本　有限会社並木製本
定　価　本体2233円＋税

春

旧正の水の立てたる虫柱

雑木山春の氷を置きにけり

たらちねの母が溶けゆく春氷

死ぬるにも力を要す春の霜

正眼の構へとなりし春の滝

かたくりの花の韋駄天走りかな

鶯に足もと冷えもけふかぎり

鶯の声たちのぼる峠の木

丸子　丁子屋

紅梅に待たされすぎのとろろかな
紅梅のその先の紅濃かりけり
見渡してをりたる梅の別れかな
二日灸秩父の雪が見えにけり
わらはべの両足に水ぬるみけり
曇り日の蘆這ひのぼる姫田螺
涅槃会の猫の開けたる夜の襖
ひと騒ぎしてそれからの春の鴨
罵れる歯がすこやかや彼岸婆
白杖の行きたる音も彼岸過

燕くる鳰さかだちて迎へけり

水張つてまた眠らせる麓の田

一庵を葺替へてゐる雫かな

葺替の駿州萱の小束かな

菰巻をほどきたる松歩きけり

猪垣の端見えてゐる霞かな

黄檗山萬福寺

魚《かい》梆《ぱん》の大魚の吐ける霞かな

霞被て仏の魚籃見に行かむ

近江

機音も霞の中やうつせ貝

踏青の五六歩にして気の迷ひ

摘草の子が長靴を脱ぎにけり
焦げくさき土筆の屑も食べにけり
智慧深き人ゐて車中うららかに
春祭縁の下より人現れて
蜆屋に提灯が出て春祭
枯蔓の絡まつてゐし初ざくら
深熊野に怕き友ゐて桜東風
烈風の摘花となりぬ桃畑
桃摘花手当り次第とも見ゆる
桃畑の奥の花濃を歩きけり

一日に加ふ一日桃咲いて
乙女子の髪のふれたる桃の花
梨の花妻を老いしめてはならず
天へゆく道あきらかに辛夷咲く
はくれんの影はくれんに納まらず
朧夜のかならず鯰食ひし顔
桜濃き三角巾の中の腕
桜見る肺活量を使ひきり
花の雨座敷を替へて悼みけり
能舞台解かれてゐる桜かな

遡る蜂ゐて桜枝垂れけり
花片のきのふの靴を履きにけり
石垣を突いて廻しぬ花見船
川筋にくはしきひとの花衣
花見船見物されてゐたりけり
だるま船さくらの中を通りけり
天麩羅にかぎる魚や花曇
春の礁波の子取りが渡り消ゆ
かんかんかんに一つ置きたる大栄螺
池水を床下に引き花御堂

うすうすと幹乾きゐし小鳥の巣

菜の花に泥が粘りて近江かな

遠足児去来の墓をさげすみぬ

騒がしき養蜂箱を抱へけり

おのづからほどけし桑の曇りかな

三椏に生魚割く峠口

山の根に箒の及ぶ花榁

たたかはぬ蛙がわれを見上げけり

蘆若葉獺と言ひ切りにけり

湯の花の強き八十八夜かな

夏

客ひとり迎ふる衣更へにけり

更衣駅白波となりにけり

祭馬曳くも責むるもほいほいと

一駅を乗つて降りたる祭の子

やや強き風が吹くなり今年藺

雨降嶺や雲に乗つたる朴の花

遠走る十薬の根の雨催

どの家も土蔵の白き瓜の花

屑に出す堆書のあぐる黴の声
青苔に足をおろせる庭草履
蔵元の屋根苔花を立てにけり
簗打つや三河は水の香ばしき
杉谷のひとりにかよふ河鹿かな
河鹿きく目を天井にあげにけり
桑の実を食べたる舌を見せにけり
河骨の玉蕾まだ水の中
杉山へ空片寄れる早苗束
海霧ののつぴきならぬ植田かな

青空を蛭のびきつて流れけり

あめんぼう大きな雲に乗りにけり

よく上げてゐる鮎釣りの紺づくめ

赤星の笛吹川に徒《か》歩《ち》鵜かな

父と子のかかげて暗き徒歩鵜の火

荒々と替鵜の籠の選られけり

川狩や念珠みえたる爺の腰

毒流し鯰やうやく酔ひにけり

すみずみを叩きて湖の驟雨かな

夏霧に傘ひらくなり地獄谷

山雀の放さぬ枝の琉気かな

電灯の紐に紐足すほととぎす

まくなぎや湖もまた揺れどほし

白南風や僧のつむりのあからさま

雨雲の大山道の葵かな

雲中の床几となりぬ冷奴

郭公や下山の頭ふつと消え

だんだんに一目散に茂りけり

女らの籠る煙草葉茂りけり

刈草の一荷の匂ひ胸辺過ぐ

草刈っていちにちふつか月の畦

晴れてきし蛍袋の下の土

すこやかな草音に蛇すすむなり

壱岐　七句

生きて会ふまなこ二つに夏深空

島牛の顔たてなほす麦嵐

唐神の隣の代田踏み抜かれ

落日の吸ひ込まれたる鮑桶

夏空の笠石もなし曽良の墓

夏蝶を海へ放てり曽良の墓

夏潮や客死岩波庄右衛門

夏風邪の長びいてゐし遠嶺かな

看護婦のピアスの金も夏景色

短夜の五指足りぬなく余るなく

起きなほりては世が遠し沙羅の花

絵筵の花つぎの世はなに病まむ

風音も夜ごろとなりぬ古簾

地魚の白身をほぐす葭屏風

軍艦を陸に封じて雲の峰

殺生石

酒かけて岩をからす夏の山

雪渓の万年光の照り返し

来し方のよく見ゆる日の白絣
白地着ておのれのことをひとのごと
白地着てまつさらな夢みたりけり
脂こきものがまだ好き白縮
行かざりし葬を思ふ甚平かな
遊び着の出しつぱなしの衣紋竹
足もとの鯉も暮れたり湯帷子
つまらなき湯治の髪を洗ひけり
椅子涼し待つ身といへばそれもさう
そくばくの水を守れる夜店かな

たちまちに海の消えたる瓜畑
瓜食うて山のやさしき吉備の闇
青笹の一片沈む冷し酒
葛餅の鉢の離れて置かれけり
白玉の器の下が濡れにけり
意味のある死といふはなし麦こがし
熱き茶のうまくて閻魔詣かな
胸ゆるく着て奪衣婆も夏の痩

伊良湖崎　四句

伊勢へ向く船路やすけし夏霞
照波や鵜の雁行のすぐ乱れ

炎日に置く椰子の実の荒毛かな
椰子の実に流離の涼気なしとせず
ありありと裸子なりし女の子
ただ立つてゐる日焼子の笑顔かな
漁の具のもろもろ祭来たりけり
神輿船玉石垣を離れけり
浜鴉祭の端を歩きをり
板羽目に夜釣案内出てゐたる
海月にも死後硬直のあるらしく
舟虫に軽んぜられし歩を返す

蛸生簀揺るる軽さとなりにけり
わが骨を納むるによき蛸の壺
葉ばかりの蓮池が人集めをり
なかなかに残るいきれや夜干梅

秩父栃本　三句

梅干して蒟蒻畑の修羅落し
夕蒸しの蒟蒻畑に石の音
花つけて女の声のおくら畑
油蟬にも争鳴のとき過ぎし
鶏のしづかな顔や夏祓
形代の鋏惜しみし袂かな

形代にかけたる息の余りけり

形代になき鳩尾をかかへけり

ししうどの花とであひし子牛かな

露とんで赤富士の色また変はる

夏果ての雷の消したる眼下の灯

しんかんと行く四五人や落し文

百日紅遠目の色となりにけり

秋

今朝秋やかつかつ歩む地の雀

顔拭いてゐて長崎の日なりしよ
塾閉ぢし妻の洗へる硯かな
図書館の七夕竹の下枝かな
茄子の馬今年の艶に生れたる
瓜食べて種の大きな盆休
街道は高きを走り盆休
見えてゐて人の下りくる盆の山

三好豊一郎詩人初盆小座　二句

剃頭の美しき魂迎へけり
鉄鉢を香炉としたり迎盆
露の淵盆供が音を立てにけり

山坂を立てたる盆供流しかな
裏盆の姥の二言三言かな
盆の川曲りて勢を加へけり
誰か来て帰りたる墓洗ひけり
父母のその余の墓も洗ひけり
踊子の遥かなる目のすすむなり
いつまでもいつも八月十五日
底紅やなにとなけれど寺構
何もせぬこと大切や白木槿
鬼灯の大赤玉を剝き当てし

秋の波礁を越えてねばりけり
海女小屋の木枕にある秋西日
海坂の八月尽の暗みけり
かく暑き日を西鶴は死にたるか
濡れてゐるやうなる芒濡れてをり
一灯を吊り加へけり生姜市
葉おもりの生姜祭の袋かな
見つめては紅萩一つづつ散らす
陵の萩のをはりを拝みけり
鈴虫を放ちしあとの甕の口

夜に入りて顔洗ひけり虫老ゆる

檜葉垣のなかなか匂ふ良夜かな

大部屋を使ひ余せる良夜かな

夢やすき方へ寝返る月高し

水桶を棟に据ゑたる月の寺

金剛峯寺より金色の秋の蜂

曼珠沙華橋寺の浮きあがり

鶏頭を離るる影と残る影

天よりも地のよく晴れて唐辛子

献体のこと思ひゐる秋芽かな

しづかにも乳張る牛や草の花
遠き牛近き牛草咲けるなり
辣韮の花見て月の替りけり
水澄んで口のとがれる魚かな
天高くなりし天草乾場かな
緬羊の押合ふ空の澄みにけり
山びとに声かけられて茸ふゆ
松茸に松のほかなる木の匂ひ
茸籠にかぶせある葉を問はれけり
子羊に近づきすぎし案山子かな

糠床の中に来たりし豊の秋

蛇さげて子ののぼりくる秋の川

落簗の子どもがすばしこかりけり

田煙りのひろがつてゐる渡り鳥

良寛像芭蕉像鳥渡りけり

岩々に源流の相渡り鳥

加藤楸邨記念館

楸邨の墨宙小鳥渡りけり

渡り鳥欅は影となりにけり

天行の不順の酒を温めけり

む、と口閉ぢし通草が籠出づる

取ることのなければ雲の通草かな

十三夜けものに魚の眼あり

奥吉野　五句

秋冷の入みとほりたるかたつむり

露の日の射しおよびたる剝丸太

からむしを大吹きしたる猪の跡

横からも噴き出してゐる秋の滝

汲みこぼす一杓に丹生冷えまさり

ひややかに水分石の濡れとほす

牛蒡引く頃の畑を立ち眺め

鳴神の戸隠そば屋のぞきけり

耕人の大きな秋の噓かな

下野の平らな釣瓶落しかな

四五本の畦木のつるべ落しかな

秋湯治長き廊下がありにけり

吊しおくままの胡桃の一袋

大岩を日のすべり落つ錆山女

犬つげの枝にも掛けよ陸稲束

戻りてきたりし稲架の遊び足

籾殻に火のゆきわたる榛の丈

子供らは叫びて育つ藁ぼつち

新米の袋の口をのぞきけり

切支丹灯籠がありし冬仕度

揺れながら障子貼るなり佃舟

秋深みたり浜焼の火消壺

暮れはてて紅葉宿よくきしみけり

うとまれてゐる紅葉鮒食ひにけり

幼な子の拝みて焚ける紅葉かな

冬

いろいろの冬立つ虫と出会ひけり

さしのべし手と綿虫と宙にあり
大綿にまつはられたるたたらなり
眠らせるための冬田をうなひゐる
踏み跨ぐもののことごとく冬渚
かたまつてゐて水鳥の隙間かな
寄りかかるこれ白鳥の餌袋
鳰とも肝胆を照らし合ふ
白息のたのしき口をすぼめけり
山茶花のどつと崩るる通ひ禰宜
半日の落葉を踏みぬ深大寺

知恵伊豆の墓のまつ赤な落葉かな
石臼の傾いてゐる栗落葉
ひえびえと下掃かれある栗林
ふるさとは何もて立たす冬欅
花店の寒き葉屑をまた思ふ
一つづつ帰り着きては冬の蜂
枯菊を揺さぶつてゐる雀かな
菊枯るるをはり一気にかろやかに
枯れきつて菊あたたかくなりにけり
枯紫蘇の影しつかりとしてゐたる

日当つてゐて枯紫蘇のひと並び

煎餅屋の昵懇の目も枯れふかむ

臘八の大青空となりゐたり

冬草に息捨ててまた歩きだす

遠くまで目のゆきわたる葱を引く

手で集め足で集めて葱の屑

葱の屑掃くに考へこまずとも

熊鍋の叢雲に箸入れにけり

熊食ふや吉野月齢足らふらし

神棚に熊撃銃の弾丸二つ

笹鳴の顔まで見せてくれにけり
岸壁の足もと深き冬帽子
揺るるほかなき冬濤に親しめり
時雨ともなき一刷きを海の上
船腹ののしかかりたる冬薊
竿替へてまた波見るや海鼠舟
海鼠くふ天動説に傾きて
酔ひ怒る加賀もゐたりし酢牡蠣かな
風呂の柚子二つ浮かぶを見比べて
観音の手に手袋の忘れもの

手袋をまだ脱がずゐる遠嶺かな

霜柱無言は力尽しけり

通りぬけ土間でありけり初氷

漉桁もまた樸簡をまぬかれず

大束の榊をひたし冬泉

新しき年が始まる赤子の手

焚火跡跨ぐ古年にほひけり

繭玉の歩かぬに揺れ歩き揺れ

初夢の死者なかなかに語りけり

年寄の声の一粒初景色

さまざまに世を捨てにけり歌かるた

初泉おのづからなる踏処あり

水底にものの双葉や初泉

雲ありてこその青空初点前

遠く行く列車がをりぬ初駅《うまや》

永かりし昭和の松を納めけり

よく晴れて鏡開きの名無し山

寒紅に松風つのりきたりけり

藪入の日の浜宿の畳かな

寒荒れの若布生簀といふがあり

荒浜となりし割干大根かな

尿袋さげきし二十日礼者かな

寒風の最も先を歩きけり

川風のしやこばさぼてん覆り

薔薇選るや避寒夫人と花触れて

おほてらの日おもてにいづ冬桜

一つ知る雪山の名を言ひにけり

探梅の夕雲色を加へそむ

あとがき

本書には昭和五十八年以降平成五年までの三百三十句を収めた。

句の配列は概ね虚子編『新歳時記』に準拠した。

俳句は造化の語る即刻の説話と考へてゐる。俳人はその再話者である。や・かな・けりを疑つたことはない。なるべくものを言ひたくない者にこれほどうつてつけのものはない。

装丁の労をとつてくれた千葉皓史氏にお礼申しあげる。

綾部仁喜

第三句集

寒木

（かんぼく）

寒木
綾部仁喜句集
よろよろと
畦のかよへる
春田かな

ふらんす堂現代俳句叢書
泉叢書92篇
2002（平成14）年9月22日発行
発行者　山岡喜美子
発行所　ふらんす堂
装　釘　君嶋真理子
印　刷　有限会社竹中印刷
製　本　有限会社並木製本
定　価　本体2700円＋税

I

手をあげる高さに寒の明けにけり
白魚の網を叩けばあらはれて
浮氷藻屑の脚を垂れにけり
漣の上に残れる氷かな
生ひいでてものの匂ひの蕗の薹
金串の突き抜けてゐる蕗の薹
よろよろと畦のかよへる春田かな
川杙の丈高に寒残りけり

まんさくの花盛りなる古葉かな
鎌倉の山まどかなる針供養
雨降つてゐる味噌玉の匂ひかな
味噌玉のまだやはらかき宵祭
永らふといふことの水温みけり
紅梅の眼を白梅に戻すなり
一羽来て帰雁の列となりにけり
涅槃図の一人みづみづしくありぬ
ずるずると残りし鴨に違ひなし
立雛のまぬかれがたく立ちにけり

立つことのひとりとなりし雛かな
巫の鴉を叱る雪間かな
降りぎはの舟のひと揺れ名残雪
ややありて穴出づる虫もう一つ
春泥の母牛を押す仔牛かな
水の上水の下なる蘆の角
荒畑のひとひろがりを打ち始む
苗床に筵の厚き一夜あり
苗札も挿したる土もあたらしき
柿接いで大粒の雨いたりけり

ゆつくりと白帆が過ぎぬ茎立菜

春水に揺られて魚の口そろふ

岩づたふきさらぎ海女といはれけり

その先に立つをつつしめ白子干す

陽炎の芯ひえびえと立ちにけり

陽炎の奥行なども思ひみる

眼を投げるたびの春野でありにけり

のどかさに一歩さびしさにも一歩

雨樋の轟きやまぬ花ゆすら

山葵田のくびれのゆるぶところかな

裏口をもはらに使ふ郁子の花
はくれんに朝日うやうやしくありぬ
浮び出し春暁の顔ものを言ふ
皆や春暁に闇とどこほり
蝌蚪の紐突かれて泥を吐きにけり
過ぎゆくは過ぎゆきて片栗の花
空いてゐるところに坐る朧かな
朧より朧へ越ゆる村境
こまごまとひろびろと初ざくらかな
さわさわと人いれかはる桜かな

散りかかる花片なれば立ちつくし

夜桜となりゆく川の面かな

わが眠り花の眠りに通ふまで

花どきの湯《ゆ》桶《とう》を注いで匂ひけり

山の端をつたひて花を送りけり

女らや甘茶そそぐに声しなひ

海底の揺りあげてゐる仏生会

花ありて鳥ゐて虚子の日なりけり

見るほどのものなき磯に遊びけり

引締る水幾尋ぞ汐干潟

月齢も十日に近し桃の花

蛤の余せる水を跨ぎけり

ひじき束浮かせ来るなる波づたひ

昼どきの湯がまつたりとひじき釜

借られたる目の戻らんとしつつあり

神さまが大好きな子へ染卵

ひよどりに食む花多し復活祭

島山は紺あたらしや百千鳥

嗽ぐ水に塩気や鳥の恋

釣船の出払つてゐる古巣かな

どの草葉ともなき春のひかりかな

腰さそふひと平らあり苜蓿

をさな子の仕草見せたる春の芝

山上に鍵使ひをり春の寺

塗畦のざつとながらの二三枚

野遊びの味噌こそよけれにぎりめし

押黙る遅日の口を見つめをり

竹幹のつめたき春を惜しみけり

II

牡丹の蕾の先が染まりけり

うす味に煮えて太しよ榛名蕗

筍をもらひ筍飯もらひ

河原木もまた新緑を怠らず

老人のつつ立つてゐる青嵐

五月逝く江戸手拭の縹色

鳶尾草や一椀に人衰へて

十薬の匂ひの中の身幅かな

鬼灯の花の曇りときまりけり
ひとところ土見えてゐる苔の花
黴煙とは立ちやすし消えやすし
どんみりと浮苗挿しの股間かな
点るまで見つめつづけて草蛍
踏み出して蛍の息と合ひにけり
足跡を踏んで近づく浮巣かな
水兵の見て通りたる目高かな
円心を失ひつづけみづすまし
浮葉にも巻葉にも声かけながら

葭切の長渡りせる葭の上
蟣蠓の炎炎たるを随はす
鶯の老ゆる大きな鏡かな
応ふるに草刈鎌を以つてせり
青鷺の首納まりて静まりぬ
茅の輪結ふはじめの縄を廻しけり
竹を挽く音の中なる夏越かな
水無月の逆白波を祓ふなり
遠く来て形代に息かけにけり
形代を流して残る齢かな

網出づる虎魚の棘のみな生きて

ざりがにの流れ歩きの蘆間かな

松風に蛸の卵といへるもの

川明けの待たるる石の頭かな

青鬼灯月日とりとめなかりけり

水口の泥が走りて夏祭

祭笠平らな空が乗りにけり

簾編む音の中なり黙の中

地魚の腮ばかりの葭簀かな

葭簀より踏み出て影となりにけり

生髯の木像います簾かな

のうぜんの花数暑くなりにけり

ひろしま

緑蔭の人の隣に立ちにけり

竹をもて一緑蔭をなすところ

緑蔭を幹がもつとも歓べり

翠陰をたたふる幹を叩きては

水音は遥かを急ぎ白絣

水貝の小鉢の氷ぐもりかな

陶枕の青き山河に睡りけり

水すこし飲んだる気配浮いてこい

炎天や蟹に食はるる蟹の泡
炎天へ出でゆく膝を打ちて立つ
隣にも炎天影のなき男
炎天を行く直立の弓袋
死水と同じひかりに日向水
片蔭に立つ大男ゆかりなし
片蔭や老体ひとつ忘れられ
夏枯の色みられたる水辺草
雨乞の手足となりて踊りけり
鳴声のみなもとにゐて蟬しづか

艪の音となり遊船となりにけり

湖を叩いて洗ふ水着かな

天草干す海女の笑ひの声なさず

干梅に日《ひ》乾《が》れの色ののりにけり

干瓢の四五竿を干し足らへると

紅蓮の一とふくらみを加へたる

奥ゆきのありたる蛍袋かな

人なくて蛍袋の花の数

樅の木の夜空が近し夏をはる

III

生涯の一つ硯を洗ひけり
いつよりの白き頭や天の川
麻殻をひたすらに折る仕度あり
趾《あしゆび》の間の広き魂まつり
盆焼きを高組むころの佐久平
百八灯藁の一束づつ晴れて
旧盆のはたと寂しき一と間あり
簗竹の節の揃はぬ盆休

踊子の足休むとき手を拍つて
精霊舟まだまだ飾り足らぬなり
草の葉の吹かるる九月来たりけり
八朔や躓き登る富士の馬
雨音に取り巻かれたる土俵かな
雨水を踏み凹めたる角力かな
赤とんぼさらなる羽を伏せにけり
聞きとめてよりのつくつくほふしかな
鳴きやみて鳴きやみてゐる秋の蟬
いなびかり雲ある空になき空に

人行きしあと馬の行く花木槿

朝顔の深きところの濡れてをり

無下に見ず南瓜の尻の花どまり

家裏の海に落ちこむ秋簾

外す気のもとよりなけれ秋簾

生姜祭目腐れ陳もすこし売る

船室に鈴つつしむよ秋遍路

大橋がありて小橋の鵙日和

秋風の一つづつくる馬の貌

声のしてひと招じゐる秋の寺

書庫までの十歩の秋の芝なりし

秋の雨吃水線を濡らしけり

やはらかくなりし日ざしや煮染芋

引き残すところどころの葛の花

おのづから曲りて萩の道といふ

萩叢の刈り時なども訊ねけり

このままでしばらくゐるか萩芒

露けさの中の一つの露の玉

てのひらの上にも露の流れけり

遥けしとおもひ露けしともおもひ

声出さぬすいとの虫と二日住む
コスモスに触るる燕となりにけり
大ぶりの机の前の夜長かな
とびけらの翅舞はせたる月の暈
名月や雲間の駅の飯田橋
一歩づつ一歩づつ霧寒くなる
牧の牛集めて霧を集めけり
ちかぢかと富士の暮れゆく秋袷
富士道の鶏頭丈を揃へけり
鳥渡りきつたる空かとも思ふ

一本を拾ひて突ける竹の春

水踏んで来る初鴨のして

初鴨を受けとめてまた水しづか

白紙に鱸よこたへ祝ぎの家

びしよ濡れの朝日がありぬ蕎麦の花

鬼灯の旱の色を立てにけり

身じろぎの音ひとつ生むひややかに

本流のそのかたはらの秋の水

澄むといふはるけさに水急ぐなり

秋水の緩急などもうべなへり

一木に一草に鮎落ちるころ
頤を石にあづけし秋の鮎
投げ渡す魚が飛んで簗の秋
手にのせて雪の匂ひす越の鮎
鼠茸ほぐして何もなかりけり
たつぷりと胡麻からげたる月の芋
遠方の平らかにあり稲の月
こんなもの吊してこれが鳥威
一束に一束の音今年藁
新藁を手のひら熱く束ねけり

新藁の強き一筋手に残る

白波の一直線や浦芝居

萩の実もをはりに近しかいくぐり

つややかな日数のなかの椿の実

まるめろの雨の匂ひと知れるまで

貴船菊杖ぞろぞろと通りけり

厚物に破顔管物にも破顔

ななかまど信濃の雨の固さかな

道なべて十字架に帰す檀の実

教会の石油ストーブ出揃ひし

この山の霧深くして一位の実
白菜の十株ばかりの猪囲
やや寒の椅子と机の間かな
遠声の冬仕度してゐるらしき
山荘の開け放ちある冬仕度

Ⅳ

風紋を重ねて冬の兆しけり
柊の花隠れなる日数かな
はつ冬の島見ゆること誰も言ふ

百人をうしろざまなるお取越

空也忌のひと時雨またひと霰

七五三しつかりバスにつかまつて

落葉せぬものの背高くありにけり

凩の旧知の音を迎へけり

しぐるるといへばしぐれてゐるらしき

短日のもののうちなる膝頭

寒きこと下仁田葱のうまきこと

内陣に膝すすめたる寒さかな

帚木を束ねる音の枯れにけり

山鴉には枯蔓を蹴る遊び
懇ろな日の消えにけり枯蓮
湯豆腐を箸あらけなく食ひにけり
牛鍋や障子の外の神保町
ぶちぬきの部屋の敷居や桜鍋
汚れたる湯気上げにけり桜鍋
牡丹鍋素姓知れたる顔ばかり
力抜くとは鮟鱇の板まかせ
鮟鱇の夢みる眼はづされし
鮟鱇の肝のいかにもあからさま

竹箒鮪の霜をひと払ひ

並べたる鮪の中の懐手

冬帽子買ひ替へて黒まさりたる

足許にうすき水ある鴨見かな

蛸壺にいかなる貌の冬の虫

山望を鞍馬といへり冬霞

枝打ちの下り立てる足とんと踏む

立ちあがる膝をこぼれて冬日かな

しろばんば声にこたふる声きこゆ

菰巻いてものなつかしき四辺かな

菰巻を枝にもらへる松の古り
白鳥の首の高さに雨降つて
白鳥の立上りたる水冴
海の日のそよろと渡る干布団
初霜の必ずあらむ夜の土
人形に頭がのりて霜の晴
霜草を踏みもするなる物詣
霜降といふ日の薔薇を高掲げ
冬ざれや櫂一枚の湖の舟
まなざしのその先々の鴨を見て

沖の鴨水際に来てまぎれけり

瞑るは己れいたはる石蕗の花

子の耳の色さしてをり冬芒

慇懃なことばもらひぬ実千両

軍艦が大きくなりぬ冬の暮

流木を一人に一つ日向ぼこ

安房海女に正月花の出荷季《どき》

凭るるに一壁はあり年忘

狐火や川の向うはよその村

夜廻りの立ちどまる柝と知られけり

いちにちの日和の消ゆる雁木かな
山裏のまだ明るくて干菜村
鍋尻につつかへてゐる根榾かな
岩肌の水落しゐる古暦
裏山の十歩の松を迎へけり
餅搗の音きこえゐる下の家
餅臼の鏄の一筋地に届く
てのひらに夕暮ののる餅配
山空の底光りして年の内
あけくれも除日となりぬ山襖

山貌をもてなしとせる年の宿
くらやみを見るとき立ちて年籠
くらやみを年来つつあり峠の木
水揚げの身幅見せたり寒鮃
何が面白くて鮫のこの細目
出で入りの礁づたひや年の宿
楢山の馥郁とある福沸
山襞に入る往還や手鞠唄
寒鮒の血のかたまれる井水かな
繭玉の乾びし音をはづすなり

松過ぎの鶫に蹤く雀かな

椎樫のたのもしかりし餅あはひ

ほのぼのと山辺なりけり小豆粥

寒木を寒木として立たしめよ

寒鴉田《でん》畑《ばた》といふ言葉かな

畑土の影こまやかや寒見舞

のつてきたりし寒餅の杵調子

寒餅を一口食ひて腹へりぬ

寒の雨大きな音をたてにけり

雪晴の海の面でありにけり

一鳥を歩ませてゐる氷かな
寒鴉ひとこゑは空さびしきか
水仙をまつすぐ立ててくる手かな
口々に寒さを言ひて日脚伸ぶ
探梅のしばらくありし舟の上
百木の一木にして梅早し
寒干しの揉んで使ふといへる海苔
まつすぐに声の出でたる追儺かな
何もなき畑の風や福まねき
しろじろと一月をはる風の畦

あとがき

本書は『山王』『樸簡』につづくわたくしの第三句集である。平成六年から十三年までの三一九句を収めた。

『樸簡』をひっくりかえしたら『寒木』になった。貧相は変わらないということである。

さりながら林中、日と水には事欠かない。

平成十四年　立夏

山王林　綾部仁喜

第四句集

沈黙

（ちんもく）

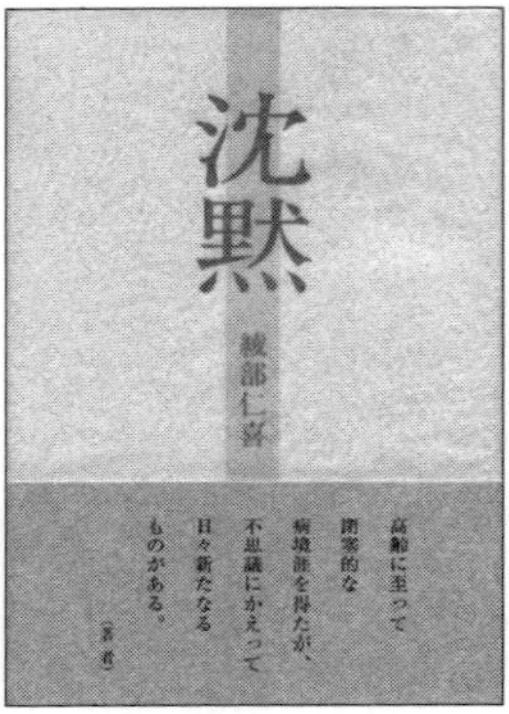

泉叢書第107篇
2008（平成20）年9月9日発行
発行人　山岡喜美子
発行所　ふらんす堂
装　釘　君嶋真理子
印刷所　有限会社竹中印刷
製本所　有限会社並木製本
定　価　本体2476円＋税

平成十四年

雪吊の中にも雪の降りにけり

遠き世の唄の薺を叩くなり

春氷砕くに理由などはなし

あたらしき泥水が来る蝌蚪の紐

白鳥に雲間のありて帰るなり

これよりの雨風を待つものの芽かな

麦踏の折り返す足とんと踏む

牛鳴いて雪形はまだ雪の中

さしむかふ声ある垣を繕へる

吾に来る漣ばかり花こぶし

青空をきのふの花の流れけり

藤棚の外なる房は揺れにけり

藺籠のかたはらの座を与へられ

藺掻きの指先舐めてはかどれる

単衣着て肩のあたりの夕日ざし

明易きこと雨音のありしこと

水鉢を置きたる音の夏料理

道端に余り余らず祭縄

蚊の声をやしなふ闇をつくりけり
一卓にひと隔てたる夜の秋
露けさは石のあげたる石の声
草の実をつけたる覚えなしとせず
火襷の呑口あはし渡り鳥
供華の菊月の芒と提げにけり
残菊といふ語のありて残りたる
てのひらを合はす遊びや暮の秋
朝寒のうなじ夜寒の膝がしら
跨ぎては踏みては後の月明り

平成十五年

一本の道あり冬につづきをり

いのちあるものに光りて初時雨

短日といふべくありし身のほとり

冬菊におのづから寄る歩みあり

菰巻の縄音のよく締まりけり

菰巻の人ごゑ松を移りけり

綿虫のあと日暮来るたなごころ

茶の花の一垣なせるほとりかな

赤松の四五本に年つまりけり
若菜 野 や 雀 鶫 鳩 鴉
寒餅の眺めてゐれば搗きあがる
雪折の一枝を置く臼の上
われとわが身に振る塩も寒の内
たくさんの音沈みゐる冬の水
踏むことの懇ろなりし冬渚
こころまづ動きて日脚伸びにけり
突つ立つといふことの寒戻りけり
母と子の眺めてゐたる春の霜

割箸を立てしばかりに物芽いづ
語り継ぐことなどはなし名草の芽
はるかより礼送られて下萌ゆる
去りぎはの一瞥に水ぬるみけり
若鮎の匂ひの水を搬び来る
西国はいまだに遠し焼諸子
霞草ばかりを買ひて来しごとし
目をあけて闇の八十八夜かな
竹皮を脱ぐ容喙を許さずに
竹の皮落つる高さとなりにけり

黄菖蒲もまた見過ごしにせざりけり
川風のふるへやまざる鵜の喉
いちにちの記憶の中の蝸牛
青萩に触れ青萩の風に触れ
濡れてゐる青鬼灯を濡らしけり
格別なことなけれども浮いてこい
飛ぶまへの四五歩が涼し畦鴉
墨の香のありたることも夏館
夏落葉馬のにほひの過ぎてより
指先のすこし眠たき枇杷すする

枇杷の種吐いてひと日が余りけり

この寺や安居解きたるものの音

新豆腐たひらな水を出でにけり

手ざはりのゐのころぐさの穂なりけり

妻脳梗塞にて仆る

緦らんと秋暁妻の手が白し

秋暁の手がひらひらと落ちゆけり

うつつなき妻がもの言ふ秋の暮

色草をまぶしめる眼のうつろかな

握らする柴栗やがてこぼれけり

眠らざる限りを鳴ける蚯蚓かな

青空が日ごとに深し耐ふるべし

妻病ませゐて十月に逃げられし

平成十六年

葉を一つ足す蓑虫の冬仕度

白菊にもつとも冬の立ちにけり

かばかりの畝数にして葱の丈

思ひ出す顔たふとしや霜の声

麻痺妻のうなづき歌ふクリスマス

初日浴ぶ片足漕ぎの車椅子

寒夕焼妻と見る日を賜りし

耳掻きの二日の曲り具合かな

午闌けて洩らす一語や梅遅し

涅槃図を掛けたる寺の庭通る

青饅を男のものとしたりけり

眠たさの栄螺の足を立たさんと

呼吸不全にて気管切開、声を失ふ

三月の咽切つて雲軽くせり

誰が息か咽を出で入る夕霞

咽の穴早出燕に見られしや

行く鴨の遥かに声を失へり

筆談の指先あたりかげろふか

わが咽の穴より暗し初桜

宙に書く文字やどこかに春祭

息のどかカニューレを嵌め換へてより

ストックや嚥下訓練匙舐めて

幸せな桜もすこし見たりしと

声声の叫び走れる落花かな

個室より四人部屋に移る

春日の廊転室ベッド走る走る

大部屋は新緑はやし甦り

残りたるのちの日数に鴨泳ぐ

春鴨と咽の穴とゆるぎなし
唖われに声をかけ捨て春鴉
口中に冷ます番茶や残る花
藤房の揺るるごとくに痰引けり
春暮るる床頭台のあれやこれ
声なくて唇うごく暮春かな
行く春や手に一本のカテーテル
五十音図指さして春惜しみけり
手に触るるものの冷たき五月来ぬ
山上に寺ある村のこどもの日

夏暁の真白き幹として立てり
桑の葉の一枚づつの明易き
海鳥の森に来てゐる芒種かな
鬼灯の花挿してより夜の客
青鬼灯一茎に夜の定まりぬ
朝曇森番の眼となりゐつつ
朝あけの雷迸れ祓草
枇杷二つ食ひぬ程へてまた二つ
のうぜんの蔓の長短風呼べる
おほとりの影天にある酷暑かな

あけてまたつむる眼や旱草

喘ぎ引く痰百斤や夏旺ん

畏兄石田勝彦死す、偶〻その日なり

脳天に四万六千日の雷

人工呼吸器を押しての試歩始まる

廊下試歩熱風の木を見たるのみ

日の夏や欅つらぬき屋敷森

揺れかはすあをねこじやらし歩きたし

胸中に一死はためく日雷

血中酸素はかる指先夜の秋

山上の家あきらかに燕去る

平成十七年

檜山の何となけれど秋近し

袖珍版南京新唱夜の秋

蟬飛んで楡はひとりの木となれり

藪蘭に水足して水あまりけり

蟬放つ餞の語はただ生きよ

看護婦のそこにをりたる夜半の秋

鬼灯の赤からずとも青からず

鬼灯の青より出でしまくれなゐ

跡切れてはつづく木立や星祭

渡り鳥ひとたび消えて高みけり

鶏頭と鶏頭の間日が黒し

松の木に松の日が照り秋彼岸

一章を読みそれからの夜長し

沈黙のたとへば風の吾亦紅

一本の芒の水を替へにけり

秋天や車椅子ごと妻擁く

妻が来てくれたる芒をみなへし

をみなへしをとこへし月まゐらする

ひらかざるものひとつある月の花
二三人墓に人ゐる野分かな
白菊に生者の顔が触れにけり
秋雲の隙間だらけの吾らにて
ベッドより片脚垂れて暮早し
筆談は黙示に似たり冬木立
冬菊や心てふものの夢に見ず
枯山の去年の光に会ひにゆく
暦日は遺すに足らず冬至空
ひたすらに歩く廊下や年の果

日の烟りゐて忘年の高野槙
寒梅のほとりを過ぎて還らざる
枝先のこたへて雪を降らせけり
薄氷にうすうす残る水の息
山茱萸や水辺は影のにぎやかに
見て踏めぬ野がそこにあり青みをり
ヨハネ・パウロ二世
春の雪法王も咽切りたまふ
踏み残すその先の先春の道
春の山隣りに声をかけてやれ
帰宅外出を許さる
頬撫でることが挨拶牡丹の芽

妻に逢ひ白木蓮に会ひしこと
黄水仙咲く一尺に妻の顔
日本は花どきローマ法王逝く
お遍路に触れたる指を記憶せり
一日の半分が過ぎ法然忌
道見えていづこへ越ゆる春の山
今日の日があり桜盈ちゐたりけり
百木に百の新緑息強かれ
朝鳥のゆるき飛翔や森若葉
乳呑児に乳呑児の友手毬花

草木より人傾ける夕立かな

地の声に応ふる一葉落ちにけり

足許に始まる道や今日の月

長き夜はすすき木菟抱寝する

菱の実の水を離れて尖りけり

平成十八年

音たててきたる時雨をひと眺め

枯草に親しみし手をはたかんと

柊を離れたる香に触れにけり

ひと足を踏み出して年つまりけり
百木の中の欅の初明り
あらたまの手を当てて幹あたたかし
声ひとつ通りすぎたる初景色
羽浮いて樹上一尺初鴉
古年の声かたまれる畑雀
日の音のひとすぢめぐる冬泉
水の面を打つて消えたる初霞
寒木となりきるひかり枝にあり
裸木を嘉したる日も消えにけり

音ひとつ足す寒餅の搗き仕舞

暁光のまつしぐらなり寒雀

凍蝶に遥かな嶺の夕あかり

垂れたれば浮根あまたや寒の崖

膝もとに消ゆる日ざしや返り花

妻腫瘍処置のため転院し来たる

妻にまた病加はる冬の月

妻の眼が吾を見てをり冬の暮

死んでも怒るなと妻言ふ雪無尽

妻言はず吾また言はず雪降れり

いちにちはひとりにひとつ寒椿

山の背といふしじまあり寒の内
寒明けにまだ日数ある水辺かな
枝打ちのそらの空きたるまた一つ
木の声に呼びかけられて春を待つ
春動く氷の上の氷かな
畑焼のあと雨が降り雪が飛び
忘らるる栄死者にあり草萌ゆる
人影のひとつがうごき梅の花
ここにまた亡び残りの蝌蚪の水
舌すこしのぞける雛飾りけり

春陰の寄りて凭らざる幹一つ

垂直に鳥飛ぶ春の驟雨中

とほつ世のひとつのこの世桜咲く

ひとつ見てふたつ見てみな遠ざくら

咽切りしよりの日数や郁子咲けり

昼のあとうすき夜が来て梨の花

回診医野蒜の花を言ひにけり

過ぎゆきし刻透きとほるすぐりの実

あをあをと梅雨は雨ふる鳥獣

死期はかりゐる心にも枇杷二つ

水入れて置き処なき水中花

夏枯れのいちはやき色河原草

帚木の姿とのふ山の陰

手ざはりは甲州印伝ほととぎす

風呂敷の空解けなども涼しかり

しばらくといふよき時間夏木立

夏木よりすこし遅れて眠り来る

忘れざるため八月の空はあり

人づてのその人づての土用の訃

夏了る高きところに墓の数

燕去るけふの病ひを病みをれば

鬼灯の色あがらざるひと袋

稚くて縞よろけたる烏瓜

一枝活け金木犀の世となりぬ

平成十九年

秋澄むといふことはりに日の沈む

晴れとほしたる一木の秋の暮

大部屋に隣る個室の秋の暮

眉寄せて痰引く夜業われにあり

活け枯らす秋草をまた活けんとす

看護婦の声のこぼれのそぞろ寒む

母ありて切干吊す木綿糸

綿虫や病むを師系として病めり

柊の花の香寒くなりにけり

冬の水人を離れて響きけり

まつすぐに来る元日の車椅子

赤すぎるちよろぎを妻が食べにけり

横顔のゆがめる妻の初笑ひ

誰も立つ廊下の端の冬日向

寒林へ影を加へにゆくといふ
寒木に加はる眼閉ぢにけり
寒の水うすき藻草を流しをり
冬深しどの幹となく日当りて
遠く見て浅く踏みたる枯野かな
竜の玉いのち邃しと思ふとき
冬泉命終に声ありとせば
死も生の象《かたち》といへり寒の梅
雲梯のゆるやかな反り春を待つ
薄氷を水の離るるひかりかな

指先がはたりと遠し西行忌

人見えて後ろ姿や春の坂

黄水仙顔施をわれに賜ひけり

交りて道ゆたかなり草蓬

昏倒

空みちて圧しくる桜痰狂ふ

痰つまり花狂乱の一天地

安房鴨川鍛錬会の一行を想ひ和す

夏をどる雑魚うれしさよ地曳網

夏菊やこたびも留守の島主

安房棚田天の蠑螈を放ちたる

苗挿しの水は濁さぬ足構へ

天水田最上段の遊び苗

たたずめるところ水湧く夏祓

たそがれのやうやく暮るる柚子の花

石組を峙てにける夏料理

鉈打つて音のはるけき夏ゆふべ

おほかたは蛍袋の中のこと

母刀自のトマトを一つだけもらふ

なにげなく膝におく手の露けしや

古き句を読みたるあとの瓢棚

とほくまで雨降つてゐる蜻蛉の眼

白紙を栞に裁つや鳥渡る

人よりも石の明るき寒露かな

水音は地《つち》を離れず十三夜

石段の急勾配や冬隣

平成二十年

冬鵙の鳴くときの口ひらきけり

見て安し柏の幹の冬の虫

沈黙を水音として冬泉

冬蝶の見ればはげしきことをせり

袖口の先のてのひらクリスマス

病室に人来て聖歌うたひ去る

〈イルカちょっとこっちにいてねと移したりおっとりとして瞬きをせり　永田紅〉

読初はイルカ讃《ほめ》歌《うた》永田紅

初空が碧しはたしてイルカの眼

イルカ歌誦し春着の色想ふ

寿ぐにイルカ歌あり初山河

霜柱引き抜いて根のごときもの

七草の一つ二つはおのづから

水平に寒気ひろがる鳶の羽

寒木のふたたびの影なかりけり

寒木の暮れてまとへるうすひかり

大寒の閉ぢたる口を吾といふ

生くるとは見舞はるること水仙花

地獄篇より

かくてこの処をいでぬ春を待つ

春を待つ十指の一指づつ覚めて

踏み崩す霜たふとけれ踏み崩す

高きより声くる春の浅きかな

早春や畦の彼方に別の畦

薄氷ふたたびの刻流れだす

紅梅を過ぎたるあたりにて訊かん

枝先のほのぼの尖る雨水かな
歳月の疎遠の虫も出づる頃
けふのひのひかりのひとつ地虫いづ
引鳥の声ともあらず空ひびく
鳥帰るころの北空ならば見る
誰がための道ひと筋や春の泥
春泥の乾きはじめを踏むことに
春泥の流れどまりが膨れをり
蕗味噌の包みのうへの蕗の薹
芽揃へのひとたび白み櫟山

燕来て貧しき空のあるばかり
見知りたる雀も卵抱くころか
昼火事の煙のとほる花こぶし
円き木に細長き木に卒業歌
行雲と桜と空に別れあふ
乗りてゆく花片軽し鎮魂《たましづめ》
乾坤に瞠いて花おくりけり

あとがき

本書は『山王』『樸簡』『寒木』につづくわたくしの第四句集である。遺作のつもりがはからずも生前に相見えるを得た。幸運を喜ぶばかりである。

作品の収集整理を始め上梓事務の一切について泉編集長藤本美和子君の尽力を得た。記して感謝したい。

人工呼吸器に繋がれあまつさえ声を失い、心情に不安定を感じていたところ、俳句諸友の激励により平常心を保ちつづけることができた。この恩恵には多大なものがあり忘じ難い。

具体的即物的な介護なしには生存不可能な両親を抱え、日夜労を惜しまぬ息子二人にも身内ながら謝意を表しておきたい。

平成二十年五月

綾部仁喜

「俳句日記」

二〇〇五年一月一日〜十二月三十一日まで
ふらんす堂のホームページにて連載

一月一日（土）
まつすぐな道あり年の改まる

一月二日（日）
山上の家に灯の入る二日かな

一月三日（月）
初凪の影捨ててより高みけり

一月四日（火）
飛縄の空わたるとき撓みけり

一月五日（水）
このところ誤嚥つづきの寒の入

一月六日（木）
むささびを飼ふ学校の大時計

一月七日（金）
木の瘤のあかあかとして七日過ぐ

一月八日（土）
直立を花のこころに水仙花

一月九日（日）
水仙のまつすぐ疲《づか》れ言ふまじく

一月十日（月）
一時帰宅
押し出づる人工呼吸器冬芽立つ

一月十一日（火）
鍋焼を温めなほす手許かな

一月十二日（水）
背高に過ぎる牡丹の返り花

一月十三日（木）
蒼天とその冬鵙と黙しあふ

一月十四日（金）
一《ひと》文字《もじ》の若草色の寒見舞

一月十五日（土）
病院の小正月なる菜飯かな

一月十六日（日）
旋風《つむじ》巻くどんどばらひの火の粉かな

一月十七日（月）
日本丸　横浜
帆船の寒餅搗きも過ぎたらむ

一月十八日（火）
船長の寒餅搗きの紅襷

一月十九日（水）
わが家を去る
臘梅を離れてよりの一語かな

一月二十日（木）
春の花をいただく
金盞花来て咲く安房の花畑

一月二十一日（金）
寒晴や潮の色の安房の花

一月二十二日（土）
1月17日、阪神淡路大震災より十年
追悼報道写真に和す
雨凍《じ》みの地べたを照らすいのちの灯

一月二十三日（日）
雪催痰吸引の音響く

一月二十四日（月）
左脚に浮腫いづ
ＭＲＩに脚入れ冬ふかし

一月二十五日（火）
まなじりの紅濃き鶯をもらひけり

一月二十六日（水）
妻の麻痺すこし和みて日脚のぶ

一月二十七日（木）
匂ひにも重さあること晩白柚

一月二十八日（金）
爪切りに爪受けありて梅蕾む

一月二十九日（土）
雪予報解除して雪ちらちらす

一月三十日（日）
雪の影雪に映りて降ることも

一月三十一日（月）
寒紅梅その他の木々は愚かさよ

二月一日（火）
或るときの妻の起居や春兆す

二月二日（水）
眼を遠く使ひて冬の尽きむとす

二月三日（木）
かばかりのことたふとしや柊挿す

二月四日（金）
立春や言葉跳ねたる女学生

二月五日（土）
飛ぶ鳥に空一つづつ寒明けて

二月六日（日）
菜の花に束の間の雪残りけり

二月七日（月）
散りたれば池波梅の紅と白

二月八日（火）
初午や織音絶えし機の町

二月九日（水）
旧正の畦道を来る放れ犬

二月十日（木）
石鹼玉息を離れて鮮しき

二月十一日（金）
玄黄を天地としたり犬ふぐり

二月十二日（土）
早春や空の奥より吾の声

二月十三日（日）
青饅にひねもす空の鳴る日かな

二月十四日（月）
冴え返る生《しやう》生《じやう》世《せ》世《ぜ》を一瞬に

二月十五日（火）
涅槃会や散華の裏に青畝の句

二月十六日（水）
咽の穴ときどき哭きぬ春の霜

二月十七日（木）
只の日の只の光りの犬ふぐり

春めくと風もみあへる竹林
二月十八日（金）

蕗の薹二つもらひぬ二つの香
二月十九日（土）

下萌を踏み下萌を言《こと》に言ふ
二月二十日（日）

薄氷の向かうが見えて少年期
二月二十一日（月）

野毛山動物園
大鷲の羽撃きの水ぬるみたり
二月二十二日（火）

恋猫に降る雨なれば見過ごさん
二月二十三日（水）

二の午も過ぎにし風の狐塚
二月二十四日（木）

みぞるるやしろじろ邃き梅林
二月二十五日（金）

春迅風試験少女らただ急ぐ
二月二十六日（土）

春一番狐に鶏をまた獲《や》られ
二月二十七日（日）

ひらひらと地上におりぬ春の鵙
二月二十八日（月）

ハンカチの宝《ほう》形《ぎやう》包み椿餅
三月一日（火）

蕗味噌に療養肥りはばからず
三月二日（水）

夜の雛いよいよ妻と離れ病む
三月三日（木）

ふらここに風吹きすぎるばかりにて
三月四日（金）

啓蟄や梢ほのめき雑木山
三月五日（土）

三月六日（日）
蛇穴を出てまづ憩ふ石の上

三月七日（月）
悪声を交はし尾長も春の鳥

三月八日（火）
音たてて流るるものの雪間かな

三月九日（水）
薄氷に足踏みなほし石たたき

三月十日（木）
疑へば院内感染花粉症

三月十一日（金）
菜の花やをさな子に時ありてこそ

三月十二日（土）
呼吸器の息の強弱春の雪

三月十三日（日）
同室の翁が妻は
諸植ゑて来し手の替ふる水枕

三月十四日（月）
カーテンの陰より賜ふ雛の餅

三月十五日（火）
春風邪の巣とぞ外来待合所

三月十六日（水）
草萌を抓み集めしひと袋

三月十七日（木）
つひに風邪咽吹き鳴らす春嵐

三月十八日（金）
校庭の一隅に畑ありて
おほぜいのうちの四五人耕せる

三月十九日（土）
同室の患者の家族より頂く
ぼたもちに家伝の艶や入彼岸

三月二十日（日）
椋鳥の来て羽散らす彼岸かな

三月二十一日（月）
あやまちてその名愉しき垣通

入院一年

三月二十二日（火）
病室の連翹ばかり明るしや

三月二十三日（水）
種蒔のひとつ大きな北あかり

三月二十四日（木）
ぶらんこの子が高漕いで彼岸過ぐ

三月二十五日（金）
春の雨梢ばかりに降りにけり

三月二十六日（土）
初蝶や歩いてゆけば道のびて

三月二十七日（日）
鳥影のゆつくり過ぎぬ桜餅

三月二十八日（月）
春雨や削り細りし通し畦

三月二十九日（火）
寄居虫と遊び来たりし指細し

三月三十日（水）
水仙が喇叭を吹いて風邪癒えぬ

三月三十一日（木）
病室のここにも一つ春落葉

四月一日（金）
残る梅残る命の白さとも

四月二日（土）
連翹が咲いて大きな日向かな

四月三日（日）
カード式テレビが消えて浮氷

四月四日（月）
青き踏むまなこばかりが先立ちて

四月五日（火）
清明や冷水飲んで痰引いて

四月六日（水）
囀の一つの声を記憶せり

四月七日（木）
ぶらんこを漕ぐともあらず卒業子

四月八日（金）
病床に匂はせ飲める甘茶かな

四月九日（土）
まだ何も失なはぬ艶蜥蜴出づ

四月十日（日）
ほの白きテレビの中を鳥帰る

四月十一日（月）
田の畔の種付花も時を得て

四月十二日（火）
薄氷の平らかならぬ指ざはり

四月十三日（水）
初花や子への手紙に死後のこと

四月十四日（木）
病み臥せば甕のさくらや遠桜

四月十五日（金）
今日ありて今日の命の木瓜赤し

四月十六日（土）
葱坊主立てし小壜を大切に

四月十七日（日）
白百合の画の染卵ウィーンより

四月十八日（月）
白木蓮仰ぐボンベをつかみけり

四月十九日（火）
サフランに会釈ヒヤシンスにも会釈

四月二十日（水）
何となき法然贔屓法然忌

四月二十一日（木）
吾が息とさくらの息と通ふまで

四月二十二日（金）
看護婦の廊下の声の朧かな

夜桜の差し込む痰を引きにけり　四月二十三日（土）

100周年記念早慶レガッタ
競漕の出足遅れし早稲田艇　四月二十四日（日）

競漕の勝者もつとも俯伏せり　四月二十五日（月）

耳掻きを消息子とは長閑な語　四月二十六日（火）

牡丹桜撓はぬ枝のなかりけり　四月二十七日（水）

山吹の夜更けの花に触れもして　四月二十八日（木）

差し入れの筍飯の三口ほど　四月二十九日（金）

わが影の踏んで歪める四月尽　四月三十日（土）

カニューレの咽に苛立つ五月来る　五月一日（日）

聞くのみの八十八夜飯を食ふ　五月二日（月）

桜蕊ほろと終末医療の語　五月三日（火）

花片の浮き立つ心思ひみる　五月四日（水）

吾を生かす呼吸器の意志立夏なり　五月五日（木）

疑へば前山の藤黐る　五月六日（金）

一時帰宅
玄関に妻のをりたる牡丹かな　五月七日（土）

母の日や山上の灯のうるみがち　五月八日（日）

藤房の老いたる庭に帰り着く
五月九日（月）

夏浅し机の上のものの影も
五月十日（火）

撫でる手の新緑じめり妻の髪
五月十一日（水）

牡丹のをはりの花を活けにけり
五月十二日（木）

丈のばす筍などもありがたし
五月十三日（金）

白つつじ大むらさきと咲き重ね
五月十四日（土）

寝疲れの首廻したる竹の秋
五月十五日（日）

朝の窓石鹸玉過ぎ燕過ぐ
五月十六日（月）

横切れる燕の影と思ひ知る
五月十七日（火）

葉桜や童女の遊び声なさず
五月十八日（水）

一八の浮き根ばかりに日のさして
五月十九日（木）

鉄線を活けて遺漏のなかりけり
五月二十日（金）

この十二単いささか洋かぶれ
五月二十一日（土）

窓の顔押し当てて雹迎へけり
五月二十二日（日）

若竹やどこかに水の音流れ
五月二十三日（月）

ひとり食ふ枝豆の色くすみけり
五月二十四日（火）

ラベンダーにはラベンダー色の夜　五月二十五日（水）

枇杷剝くや濡れて薄さの手拭紙　五月二十六日（木）

朋《とも》来たる気配の新樹明りかな　五月二十七日（金）

大歩危小歩危の写真に曽遊を偲ぶ
激流をもて万緑を奔らしむ　五月二十八日（土）

芍薬を数へたる日も暮れてけり　五月二十九日（日）

雛芥子と蒸溜水の空壜と　五月三十日（月）

五月逝く燕の羽を吹き撓め　五月三十一日（火）

病み肥り羞づる衣を更へにけり　六月一日（水）

実桜や馬房の少女ありやなし　六月二日（木）

昼顔のきのふの花をまだ捨てず　六月三日（金）

大皿の刺身の上の山法師　六月四日（土）

小学校運動会
夏桑に放りしバトン落ちにけり　六月五日（日）

子燕のけやすき高さありて飛ぶ　六月六日（月）

病室に禾立てて麦熟れにけり　六月七日（火）

庭土の午後の静けさ鋸草　六月八日（水）

十薬の短かき茎を活けにけり　六月九日（木）

梅雨兆す気配の机拭きにけり
六月十日（金）

百菌の欣蠕の梅雨始まれり
六月十一日（土）

許されし散歩の足や草茂る
六月十二日（日）

朴咲いて吾は痰引行者かな
六月十三日（月）

黒黒と梢のばして夕立の木
六月十四日（火）

跳びついて桑の実を採る授業あり
六月十五日（水）

睡蓮の三つ四つ咲いて水しづか
六月十六日（木）

青鷺の望遠鏡は向けしまま
六月十七日（金）

病みたれば野蒜の花も挿しにけり
六月十八日（土）

父の日の父の顔して病めるなり
六月十九日（日）

海の鵜の来て羽ひらく寺の松
六月二十日（月）

夏至の雲はたして雫落としけり
六月二十一日（火）

青梅雨の奥の一樹にこころ寄す
六月二十二日（水）

亂といふ文字の形に茂りけり
六月二十三日（木）

鬼灯の徒花一つ茎の先
六月二十四日（金）

花柘榴誇りなければ死ぬるまで
六月二十五日（土）

病壁にひらきて触れず花菖蒲　六月二十六日（日）

採りて軽き検尿コップ明易し　六月二十七日（月）

昼寝せり校正刷りを胸の上　六月二十八日（火）

朽花を摘むこともして花菖蒲　六月二十九日（水）

咽元に祓ひたる穢の残りけり　六月三十日（木）

つばくらの一直線に七月来　七月一日（金）

病床に半跏が強し半夏生　七月二日（土）

青鬼灯また雨降つてきたりけり　七月三日（日）

沙羅の花賞でては萎れさせにけり　七月四日（月）

ことごとく低し雀も梅雨蝶も　七月五日（火）

首垂るる紫陽花は切り捨つるべし　七月六日（水）

わがための七夕笹の尺あまり　七月七日（木）

壜に挿す蔦に根が出て梅雨明けん　七月八日（金）

一荷来て鬼灯市の日なりけり　七月九日（土）

夕暮れは雲凝りやすし花擬宝珠　七月十日（日）

蟻がゐて蜘蛛がゐてよき見舞花　七月十一日（月）

この際の盆仕度朱夏やめようよ　七月十二日（火）

馬作り門火まで焚きくれしとふ　七月十三日（水）

紫陽花は水揚げにくし水替ふる　七月十四日（木）

盆魂と同じ距離にてわが家見ゆ　七月十五日（金）

便箋を紙縒に綴ぢて雲の峰　七月十六日（土）

七月の水飲んで足る思ひあり　七月十七日（日）

打ち寄する音あり海の日なりけり　七月十八日（月）

たかだかと莟ばかりや花擬宝珠　七月十九日（火）

府中すもも祭
すもも売やたらに切つて食はせしと　七月二十日（水）

卒論は生涯未完百日紅　七月二十一日（木）

浜木綿の太茎夜を寄らしめず　七月二十二日（金）

山裾に妻病ませゐる大暑かな　七月二十三日（土）

色失せるまで樟落葉大切に　七月二十四日（日）

酷暑の痰声甦るまで引くや　七月二十五日（月）

死者一人予備三人の溽暑部屋　七月二十六日（火）

炎天を行く漆黒をゆるめずに　七月二十七日（水）

丑の日の鰻をひとは食ふらしき
七月二十八日（木）

咲きのべて松葉牡丹の庭しづか
七月二十九日（金）

ためらはず朱夏こそ憩へ夏休
七月三十日（土）

巴旦杏この実にいのちつなぎし日も
七月三十一日（日）

八月や鬱とさびしき楢櫟
八月一日（月）

葛切に垂らす黒蜜晩夏なり
八月二日（火）

ねこじやらしもつともらしく活けて去る
八月三日（水）

永眠る隣患者に夏をはる
八月四日（木）

あたらしき道に人ゐて秋近し
八月五日（金）

広島の日の新聞を畳み臥す
八月六日（土）

今朝秋のしろじろシーツ交換日
八月七日（日）

揚花火屋上へ出る力なし
八月八日（月）

鬼灯や便り絶えたるまた一人
八月九日（火）

いくたびも草に触れたり秋つばめ
八月十日（水）

待つといふ一語が遠し星の笹
八月十一日（木）

紙を切る鋏の音の秋はじめ
八月十二日（金）

八月十三日（土）
八月の掌ありて祷るなり

八月十四日（日）
日傘より白し墓参の一夫人

八月十五日（月）
紐強く結ぶ指先終戦日

八月十六日（火）
甲子園球場の赤蜻蛉かな

八月十七日（水）
秋暑く花壜の花も途絶えたり

八月十八日（木）
すぐ降りる鳩の飛翔や台風来

八月十九日（金）
病院の秋暑の椅子を守るのみ

八月二十日（土）
秋声と思ひし風の過ぎしあと

八月二十一日（日）
初秋の雫浮きたる水枕

八月二十二日（月）
秋口のしづかな雨に帰り着く

八月二十三日（火）
こぞりては翻りては草の秋

八月二十四日（水）
芋の穂に触れたる指を立てにけり

八月二十五日（木）
空蟬を吹いて割つたり秋の風

八月二十六日（金）
旧知とは秋蚊の声をまとひたる

八月二十七日（土）
隣家の芙蓉など見て家にあり

八月二十八日（日）
曝す由なかりし書斎一瞥す

八月二十九日（月）
撫子のあと空壜に何の花

八月三十日（火）
木槿咲く一病床を余生とす

八月三十一日（水）
一つ高し八月尽の高野槙

九月一日（木）
二百十日髪のびすぎてゐたりけり

九月二日（金）
西日のベッドそこに一年半生きて

九月三日（土）
海山のあまり遥かに迢空忌

九月四日（日）
胸に影残して燕去りにけり

九月五日（月）
ぶらんこのまはりの九月新学期

九月六日（火）
台風の虫立ち騰る櫟の木

九月七日（水）
採血の針あやまつな白露光

九月八日（木）
照り黒き九月の鰻さらに食ふ

九月九日（金）
夢にすら高きに登るゆかりなし

九月十日（土）
水音のときに激しき踊りかな

九月十一日（日）
台風下自家発電のコード太し

九月十二日（月）
学校の立枯黍も野分経て

九月十三日（火）
折れて咲く秋海棠は折れしまま

水引草傘さして人安らかに　九月十四日（水）

蟬遠し開きなかばの秋の窓　九月十五日（木）

蒲の穂の一本立ちの五六本　九月十六日（金）

待宵の人影に蹤く人の影　九月十七日（土）

満月の子どもが歩く柵の上　九月十八日（日）

子規の忌の痰引く音を憚らず　九月十九日（月）

朝拭きのタオルの熱き秋彼岸　九月二十日（火）

噛み合はす鑷子の先も月の頃　九月二十一日（水）

病棟の寝ぬるに早き芒かな　九月二十二日（木）

影睦む秋分の日の鳩鶫　九月二十三日（金）

いささかは冷やかなれど爽やかに　九月二十四日（土）

棉の実が棉吹く息をつつしめり　九月二十五日（日）

棉吹くを看護婦が触れ廻りけり　九月二十六日（月）

爽やかに病院食を完食す　九月二十七日（火）

病床に裂けて信濃の紅通草　九月二十八日（水）

通草裂け日月花の如くあり　九月二十九日（木）

秋草を挿す空壜のことごとく　九月三十日（金）

赤ままや妻と逢ふ日の靴履いて　十月一日（土）

やうやくにさういへる日の秋日和　十月二日（日）

草の露たたずむ者は足揃へ　十月三日（月）

をなもみの吾を刺す実の二三十　十月四日（火）

烏瓜ひとりの色を尽しをり　十月五日（水）

咽に入る酸素の音の露けしや　十月六日（木）

水溜ばかりを濡らし秋の雨　十月七日（金）

葡萄珠かざしふくみて母は亡し　十月八日（土）

末枯を叩き倒して刈り進む　十月九日（日）

呼び翔たす初鴨の二羽四羽かな　十月十日（月）

蓮の実を示すは人に甘ゆなり　十月十一日（火）

大屋根の遠く浮かべる蕎麦の花　十月十二日（水）

栗を煮るとは渋皮を煮〆めたる　十月十三日（木）

呼吸器の回路の撓ふ秋の暮　十月十四日（金）

使はれぬ病室ひとつ十三夜　十月十五日（土）

遠空を眺むるこころ曼珠沙華　十月十六日（日）

露草に声かけて声紫紺なす　十月十七日（月）

水揚げぬ秋明菊をまたも挿す　十月十八日（火）

何となく廊下に立ちぬ秋の暮　十月十九日（水）

こほろぎを捕へんと子が頭寄す　十月二十日（木）

刈込みの済みしさざんくわ垣の花　十月二十一日（金）

初鴨の懐かしければ逐ひ翔たす　十月二十二日（土）

眼をあげるたび末枯の一樹立つ　十月二十三日（日）

草の露子を抱いて男しづかなり　十月二十四日（月）

みぞそばの花のうす紅雨降れる　十月二十五日（火）

全身に受け額に受け秋日射　十月二十六日（水）

冷やかに山桑は幹古りにけり　十月二十七日（木）

はつたりと暮れさらに暮れ秋の暮　十月二十八日（金）

虫細る回路の雫払ひけり　十月二十九日（土）

鵙晴れの吾らに残る一事あり　十月三十日（日）

秋蝶の極まりにける高さとも　十月三十一日（月）

木犀と木犀の香と別にあり
十一月一日（火）

存外の澱泥なりし菌汁
十一月二日（水）

シスターの手作りケーキ文化祭
十一月三日（木）

幽囚の声解き放て胡桃割り
十一月四日（金）

貼替の障子の骨の数へられ
十一月五日（土）

虫の声あり虫の息ありぬべし
十一月六日（日）

身のどこかこそばゆき冬始まれり
十一月七日（月）

音すこやか十一月の木の実たち
十一月八日（火）

焚上げの熊手の鈴を鳴らしけり
十一月九日（水）

口あけて口のさびしき冬はじめ
十一月十日（木）

ひと足のふた足の草紅葉かな
十一月十一日（金）

枯るるべく鶏頭は色深くせり
十一月十二日（土）

射しとほる光なりけり枯葎
十一月十三日（日）

初冬の谷空をゆく穂絮かな
十一月十四日（月）

青空の落せる雨や七五三
十一月十五日（火）

この山の遅れ紅葉も時を得て
十一月十六日（水）

立ちどまるところところの冬の草　十一月十七日（木）

霜柱帰宅の足となりゐたり　十一月十八日（金）

赤き実のそよごの枝を活けあます　十一月十九日（土）

山垣のはればれとある蕪汁　十一月二十日（日）

つまらぬと言ひ捨てたりし波郷の忌　十一月二十一日（月）

二の酉の羽織がうれしかりしこと　十一月二十二日（火）

檀の実時いそがるることもなし　十一月二十三日（水）

崖土の崩れあたらし石蕗の花　十一月二十四日（木）

いづこよりともなきひかり藪柑子　十一月二十五日（金）

後ろ手をついて巨きな冬の闇　十一月二十六日（土）

病人の病人を見る懐手　十一月二十七日（日）

枯草を放り投げては笑ひをる　十一月二十八日（月）

霜光る菊の一弁づつ白し　十一月二十九日（火）

冬日向ありしところに女の子　十一月三十日（水）

並び立つ紅葉が暗し十二月　十二月一日（木）

足音の来て止まりたる枯木かな　十二月二日（金）

また痰のつかへし咽や石蕗の花　十二月三日（土）

塩鮭をむさぼり死なむ志　十二月四日（日）

散紅葉山茶花の地をやや浸す　十二月五日（月）

おほかたは枯葉色なる黄葉の木　十二月六日（火）

病床に或る日のこころ冬籠　十二月七日（水）

十二月八日未明と記憶せり　十二月八日（木）

なになすとしもなかりしが暮早し　十二月九日（金）

万両を加へ千両花瓶かな　十二月十日（土）

茶の花を可憐と見たり強しとも　十二月十一日（日）

栗落葉牡丹供養の土産とす　十二月十二日（月）

さいかちの黒莢太し関の冬　十二月十三日（火）

茶の花を活けて二日の上天気　十二月十四日（水）

病さへ波郷なぞりや花八つ手　十二月十五日（木）

枯れはててわが生涯の窓一つ　十二月十六日（金）

聞くのみの羽子板市を句に詠める　十二月十七日（土）

痰切れず寒夜の菊にすがりても　十二月十八日（日）

気象予報士の言へる
風情あるやうなる師走寒波の語　十二月十九日（月）

裸木にいますこやかな朝日来る　十二月二十日（火）

触れよとて神農の虎もたらされ　十二月二十一日（水）

鳥群の北へ崩るる冬至かな　十二月二十二日（木）

湯に戻る寸前の蕪すすりけり　十二月二十三日（金）

煮崩れの南瓜一片冬至過ぐ　十二月二十四日（土）

病棟の聖夜の燭の貧しけれ　十二月二十五日（日）

生別と死別といづれ実千両　十二月二十六日（月）

選句稿来たり寒波も来たりけり　十二月二十七日（火）

今朝もゐる脚嚙み癖の冬鴉　十二月二十八日（水）

到来の干柿ひとつ年用意　十二月二十九日（木）

呼吸器の点滅に年惜しみけり　十二月三十日（金）

年守る一病恙なかりけり　十二月三十一日（土）

『沈黙』以後

（二〇〇八年〜二〇一四年）

二〇〇八年（平成二十年）

活けて日の濃くなる十二単かな
花了るベッドの上の胡坐居も
桜蘂降つて昨日の今日のこと
「泉」六月号

病棟に常のもの音夏はじめ
眼差しは木の国育ち緑さす
半錠の薬も服みぬ薬の日
「泉」七月号

しばらくはのちの世に降る椎の花
腰おろすところがわが座青嵐
落ちつかぬ日の殻しろき蝸牛
「泉」八月号

ゆくりなく伸びる髪かも梅雨も老い
青鷺の羽交ひに眠る山日かな
立てて来る鬼灯市の送り函
つぎの世の吾がのぞきて泉湧く
北空を鳥翔けあがる大暑かな
「泉」九月号

ひとり明けひとり日暮るる草の花
声なしの言葉減りゆく蓼の花
豊作を羞ぢらひもする追而書き
露草を折りとる節をさがし当て
「泉」十月号

朝の茶が配られてきて菊白し
水引の裸の茎も挿しにけり
天日の暗きひと日のくわりんの実
「泉」十一月号

爪切つて爪が固しや文化の日
見ることのなければ瞑る夜寒の眼
秋めくと葉裏見せたる山の朴
「俳句研究」秋号

崖のぼる葛の花芽のあきらかに
遠き日はなにかに優れ鰯雲
コスモスに午後の色風わたるなり
十月や日のしづかなる榆の梢
晴雲や色加へたるくわりんの実

眼の奥に残る枯野に眠りけり
今日の暉《ひ》があり枯れはててゐたりけり

二〇〇九年（平成二十一年）

添削の封筒一つ年の塵　「泉」二月号
機場所の糸百本の霜柱
春を待つひよどりの見る方を見て
あらたまのいのちの痰を引かんとす　「泉」三月号
手の中に小さき妻の二日の手
水仙を高きに活けて生きのびる
病室にひひらぎの枝を挿せといふ
声なしの鬼豆打つは笑止なり
父たちの墓の氷をまた思ふ　「泉」四月号
ひよどりの風姿ととのふ末黒の木
壜を出る蒸溜水に囀れり　「泉」五月号
日毎見て今日の蕾の紫木蓮

三月二十六日、わが誕生日の配膳は
折鶴の紅白そして青菜飯　「泉」六月号
粥食ふや粥のおもての花明り
一日の桜の窓を閉めにけり
亡骸に一番近き桜かな
枇杷剝いて枇杷食ふ所在なかりけり
今生の睡気の枇杷をすすりけり
一人静二人静と称へゆく　「泉」七月号
たはやすく雲入れ替る罌粟坊主
前山を雨押し移る牡丹かな
桐咲くや永遠に小さき母の顔
蛍袋ふつくら匂ひ袋ほど
病廊《リハビリ》のつたはり歩き梅雨明けん　「泉」八月号
あやめぐさ壜にひらきて食すすむ
翔子よ、靖子よ、敬次郎よ……
日がへりの帰省の酸素噴かせけり
代筆の手紙ばかりのさみだるる

鶲待つ鶲の色を言ひながら　「泉」九月号

妻と会ふ鶲の話するために

盆過ぎぬさざえの腸の白子にも

小鰯を一片かざす懐かしき

関鯵の一片かざす妻の箸

悼　関戸靖子

瞑目のとき過ぎやすし秋燕

竹煮草さらなる丈をのばし病む　「泉」十月号

気ののらぬ日の缶ゼリー食うべけり

病み廃れとは誰のこと麦こがし

二番目の長留患者鰻食ふ

山容の正しき村の盆祭　「泉」十一月号

青梨の母来に旧き友一人

注　母来は伯耆の古名

暮早くなりたることも寿《いのちなが》

大根も大根の葉もうまき頃

だんだんに懶くなりぬ冷まじき　「泉」十二月号

呼吸器に片手置きたる無月かな

看護婦のひとり呟く冬近し

ひと世とははるかな夜空後の月

なほ遠きところに鴨の日向あり　「俳句」一月号

小寒や石を渉れば石の声

初鳩の睦める枝の横歩き

しつかりと羽たたみけり寒鴉

大寒や身を立てて見る松の梢　「俳壇」二月号

飛ぶ鳥のおほかた黒し寒の内

清拭のすみたる五体火事遠し

屑籠に待春の日のすこし射す

踏みわたる畦ならなくに春の霜　「俳句研究」春号

畦青むとは一と冬を生きしこと

色強し活けて三日の藪椿

救急車出入口より春の猫

山川の急がぬ早さ閑古鳥　「俳句研究」夏号
夏の夜のすこしくだけし一法座
天涯の一鳥影を夏景色
川狩の水たふとびて積む石か
川狩の果てたる石を投げ散らす
柚子咲いて死後に親しき人の数　「俳句研究」秋号
裏返る机の上の樟落葉
滴りの真下の桶の水暗し
沈黙の涼しさも亦言はざりき
五十余年を経たり
焼跡の講座なりしが迢空忌　「俳句研究」冬号
黒猫のもつとも飛べる野分かな
清拭の一身さらす露けしや
曼珠沙華水中は水透きとほり
雲はみな山辺に沈み神の旅

二〇一〇年（平成二十二年）

蓑虫に栖みどころあり宙《そら》の色　「泉」一月号
うすうすといのちの汚れ木の実にも
冬至湯といふはなけれど柚子二つ　「泉」二月号
蓑虫も吾も普段着丈短か
肺気腫の日数の中の流行《はやり》風邪
水仙の喇叭の下の骸かな
丁寧に返す柄杓や初相撲
心づく前の日数の梅の花　「泉」三月号
薄氷の一片遠し寒山詩
身のどこかいつも冷たきカテーテル
交換のシーツの翳の寒戻り
ころり死ぬ話の中の梅白し
竹笊を重ねて運ぶ雨水かな　「泉」四月号
くれなゐのタオル一枚春景色

朝桜腹式呼吸空を見て　「泉」五月号

病閑や家訪ふかぎり躑躅濃し　「泉」六月号

生きてゐる蹠に固し五月の地

息痩せて急がぬ日数草茂る　「泉」七月号

ひとの眸に映りて注ぐ新茶かな

名句みな波郷に尽きし端午かな

ひとり拭く足裏白し夏夕べ

あらはれて山辺の星や五月尽

蕺菜を活けて地虫のごとくをり　「泉」八月号

赤星や嚙みて固さの鮭のとば

玫瑰の葉色緑に夜が浅し

中田昭太郎詩人初盆

自らへ手向けの薔薇の真紅の詩

山鉾の話きかせよ京がたみ　「泉」九月号

囃し過ぐ鉾の軋みは地の軋み

衿足の日焼も鉾の照り返し

病室の隅の明るき金魚草

ねこじやらし過去ことごとく風に失せ　「泉」十月号

耳搔きの尻と頭や鰯雲

天井のフックと秋の鏡かな

失声と失語といづれ天の川

君すこし唇読めよ秋天下

自堕落な吾ひとり立つ夏の夢　「泉」十一月号

人間に一語の絆いわし雲

秋寂びて遥かに妻の起居かな　「泉」十二月号

古町に路地失せにけり空也の忌

朋ありて夕空ふかし一の酉

呼吸器を励ます熊手飾りけり

牛の背の余す日向や年の内　「俳句」一月号

八月や戦ゆかりの目鼻立ち　「俳句」十一月号

逆縁といふ言葉より秋めきぬ

遠き木に親しみ忘れ葉月尽
鶏頭やすみやかに来る死後のこと
声失せて言葉かがやく白露かな
あたたかく枯れゆくものの中に臥す
「俳句研究」春号

呟くに白秋詩あり春の鳥
玉樟と老松の間の寒戻り
かへりみる月日かしこし春の霜
花の雪白衣処女と眺めけり
「俳句研究」夏号

一時帰宅を許さる
桜濃し死は一人づつ一夜づつ
はくれんの一弁ゆるぶ故園行
遅桜失声戸長傾ぎ立つ
飛ぶ虫も這ふ虫もなき草茂る
「俳句研究」秋号

夾竹桃関東節を口遊む
鈴虫の沈黙永き籠覗く
「俳句研究」冬号

道に出て旅の心の枯木山
水澄んで旅の心を思ひみる

二〇一一年（平成二十三年）

手拭をかるく絞つて冬迎ふ
「泉」一月号

波郷忌のなほ病みたらぬ弟子一人
病みはての心にも来よ鉢叩
札一つ人手だのみに納めけり
加湿器の落とす水音年堺《としざかひ》
「泉」二月号

長病みは長旅に似る寒の月
回想
枯山の刈株《かりばね》蹴つて根付《ねつけ》の子
根付は山の際。枯れた刈株は竈の燃料になる。
病むながし溲瓶に充たす寒の音
「泉」三月号

腰据ゑて病む身ほとりや冴返る
「泉」四月号

春荒の呼吸器跳ねて息漏らす
「泉」五月号

春荒の呼吸器を押し生きのびる
激震のかの地の病者春寒し
生きてあれ春幾千の呼吸器よ

ひとびとはすずろに病みぬ鳥雲に　「泉」六月号
いちまいの窓ある桜月夜かな
花時をそぞろに重ね白湯一つ
一の客二の客が言ひ花了る
藤房を抱きとめてよりわが家なり　「泉」七月号
緑蔭を通り抜け来し見舞人　「泉」八月号
意識《失神》ややもどりて来たるほととぎす
痰引いて火照る咽《のみど》や夏の月
秋近き《芭蕉に句あり》心といふを思ひみる
見《み》せ消《け》ちのごとき一人や夕端居　「泉」九月号
清拭の胸の色さす百日紅　「泉」十月号
妻もまた病みて留守なる鶏頭花
病室に来て鳴きやみし昼の虫　「泉」十一月号
顔拭いて眼を拭いて天高みけり
テーブルをすこし引き寄せ文化の日　「泉」十二月号

病人の飢ゑほのかなり寒昴
鳩に影雀に影や年用意　「俳句」一月号
長病みを称へられをる破魔矢かな
寒夕焼足元暗く祷りけり　「俳壇」二月号
太陽のうすうすとある浮氷　「俳句研究」春号
春荒の呼吸器が生き吾が生く　「俳句研究」夏号
激震の呼吸器に足す春の水
三月の十一日に生きしこと
空瓶に戻る花瓶やいなびかり　「俳句研究」秋号
はつ夏といへば川上澄生の絵
病みざまを生きざまとせり明易き
筆談の紙とり散らす夜の秋

二〇一二年（平成二十四年）

長病みのベッドの上の年用意　「泉」一月号
煤逃げの透析室にひそとゐて　「泉」二月号

きしませてベッドに戻る年境
元日の帰宅や妻に一礼す　「泉」三月号
男手の喰積の色片寄れる
元日は歌ふ日妻の誕生日
妻子ゐて年が来にけり古庇
摘んできてくれたる風のつくづくし　「泉」五月号
八十三歳になる
朧夜のこれからはみな世迷言
一病に縋る一生や桐の花　「泉」七月号
日蝕の通りすぎたる竹落葉　「泉」八月号
天は日の細みの極み竹落葉　「泉」九月号
昼かけて見えゐる月や夏祓
妻死せり音なく灼けて北の天　「泉」十月号
峰雲や胸中に焼く妻小さし
家に置くつもりの遺骨夏の月
幻の骨の白さも土用過ぐ

枯蓮の遺骨に触れてなほ高し　「泉」十一月号
宙宇《なかぞら》をつかみて飛べるしろばんば　「泉」十二月号
髪切つて一日をはる尉鶲
一食全粥３００g山眠る
寝ね足りて常の山河や初景色　「俳句」一月号
霜すこし踏みたる耳門《くぐり》までの径
芭蕉忌やタオルの裏の肌ざはり
病めば住む処をはなれ冬の星　「俳句四季」一月号
しんめうに潜りぬけたる瓢棚　「俳句四季」十二月号

二〇一三年（平成二十五年）

初冬の背中に廻る聴診器　「泉」一月号
年つまる南天の実の残り数
雪嶽の一稜烟る鯉の群　「泉」二月号
雪嶽の鯉揉みあへば信濃かな
鯉の眸の月下かがやく氷かな

悼　十二月二十九日、小西敬次郎同人逝去
歳晩の足跡として逝かれけり

節分の豆撒きに来し友二人　「泉」三月号

たまさかの廊下に出でぬ懐手

悼　泉主要同人美柑みつはる氏
三月十一日
大いなる山が迎へぬ春の雪

紅梅に瞑目のみの病者たち　「泉」四月号

若者と波郷を語る椿かな　「泉」五月号

痰引いてもらふ黄砂の荒るる中

垣通し水に浮かせて活けにけり

帰宅また白木蓮に遅るるか　「泉」六月号

曇り日や紙風船は閉ぢしまま　「泉」七月号

わが植ゑし竹のゆかりは妻が知る

捨ててまた拾ふ一句や夜の緑

夜をかけてつづく撰句や旱梅雨

膏薬を貼つたる腰も小暑過ぐ　「泉」八月号

中元やうなぎ・アンパン・家の桃

蜘蛛の巣を裏よりくぐる帰宅かな　「泉」九月号

新盆の掛手拭の裏返し

新盆の骨壺抱けば妻の音

住み慣れて妻の骨なり盆畳

祭笛一病院を囃し過ぐ

一身のどこか痒くて芒に穂　「泉」十月号

病者にも夜食一粒あんこ玉

誘はれて出て見る月の円さかな　「泉」十一月号

満月やサンソボンベを抱へ出づ

名月を懐に入れ戻るなり

晩秋や机の上の不立《ふりふ》文字　「泉」十二月号

妻よりも長生きをして暮の秋

やや寒や叩いて醒ます盆の窪

俯いて過ごすひと日や秋の暮

温暖化地球の色のなかまど　「俳句」一月号

俳縁のおほかた外様のちの月
全粥に匙立てて見る初景色
春の雪積む明るさに独りゐる　「ふらんす堂通信」一三六号（四月）
三飯は粥ときめたる木の芽かな　「俳壇」五月号
両手振り黄砂飛ぶ意を伝へけり
別れ霜自家発電のコード引く
朋《とも》垣《がき》のそれぞれ老いぬ真葛原　「俳壇」十二月号
顔拭ふタオルに冬の来る匂ひ

二〇一四年（平成二十六年）

切山椒つまむ見舞や三の酉　「泉」一月号
三の酉帰りの見舞小半時
ラグビーの声の逆巻く顔洗ふ
ラグビーのスクラムに冬深まりぬ
元日の看護婦詰所声もなし　「泉」二月号
旧宅や棟にあまりて初雀
亡き妻に一言申す御慶かな
全粥はわが命綱せりなづな
酸素室ボンベ犇めき松の内
立春の蚊がゐて重き胸の上　「泉」三月号
わが病みてむささびを見ず鬼女を見ず
誰かきて誰か帰りし春の雪

入院十年に及ぶ
生涯の一室として春蚊飼ふ　「泉」四月号
春の雪わが名廃れてすべて消ゆ
死ねば入れ替はる病室春蚊舞ふ
いつまでも痰鳴る咽よ梅遅し　「泉」五月号

カッポレを見し妻の感想文出づ
春宵の手帖に挟む妻の遺文《ふみ》

二年ぶりの入浴、人工呼吸器を伴ひてゆく
入浴に搬ばれてゆく暖かし
富士が見え桜が見えてよき病臥　「泉」六月号
クロッカス故園に立てば健やかに
木瓜の花たまには己れ許しやれ　「泉」七月号

母の日の妻の記憶のはや忘れ
病者にも憤るとき五月尽
妻恋ふは即ち謝する百日紅　「泉」八月号
鷺草や跡絶え跡絶えし見舞客
天上の妻にまづ見せ柿紅葉　「俳句」二月号
だれかれの麥さんも亡き波郷の忌
沈黙の日数卓上新暦
霜の日につかまり軀拭かれをり
息欲しく声欲しき日や竜の玉
看護婦の見せてくれたる春の雪　「俳句四季」四月号
春の雪八木重吉の詩《うた》響く

補遺・「鶴」投句時代

「馬酔木」水原秋櫻子選

一九五三年（昭和二十八年）

飾りなき病舎の聖夜咳多し　三月号
寒の月高く藁塚の列長し　四月号
静かなる芽立ちの前の避病院　五月号
春光の乱るや去年の芒原　六月号
雪柳ちひさき村は筵織る　七月号
独り居の夕べは薔薇の雨となる　九月号
青簾とぼしき幸をまもらむと　十月号
ひぐらしや遠く翳れる甲武信岳　十一月号
磯の香や浄めて古き盆の町　十二月号

一九五四年（昭和二十九年）

霧霽れて朝のコスモス高く生る　一月号
柿干すや紅葉明りの柿の村　二月号

「鶴」石田波郷選

一九五三年（昭和二十八年）

若水を汲みしばかりに咳いでぬ　四月号
山梨県
花杏散り初め山は雪あらた　六月号
病舎沈めりレモン色なす春の月　七月号
T女を見舞ふ
笑まひ弱しオレンヂ床に落としても　八月号
大川へうつうつ飛ばす石鹸玉
紫陽花や男ふたりの失業者　九月号
業罰のごとく大路の灼くるなり　十月号
虹立つや陋巷にして児生るる日　十一月号
残る蚊や女かへしし部屋の闇　十二月号

一九五四年（昭和二十九年）

かざす手も葡萄の珠も空に透く　一月号
盗汗の肌拭ふ月なき十三夜

熱の脚踏みしめて立つ秋日射す
白菊は寂しきか蜂よろめける　二月号
町遠き教会を出で初時雨

墓域整備のため、無縁墓、及び毀損おびたゞしき墓標、多く整理さる　五句

墓毀つ冬やラヂオの鎮魂歌　四月号
息白く毀たるゝ墓見てありぬ
冬寺の静けき垣と見しは墓
墓を積み轣轆寒き門を出づ
磊塊と撒ばるゝ墓冬微光
積む雪や一屋根ごとの聖家族　五月号
職なくて焼野を児らと守りてをり
初蝶がガアドに触れつ越えなやむ　六月号
就職依頼せむとて某氏を訪へば
行春のへつらひ多き舌の根よ　七月号

基地立川

行春や異国の兵に望郷歌
春懈し薬藤枷のごとく負ひ
若葉影娼婦の肩にあわただし
メーデー歌とよもし穂麦熟れそめつ　八月号

多摩少年院　二句

松蟬に百千の悔にはかなり
少年院楽湧き梅雨の最中なり　九月号
梅雨ながし院児の合唱また躓く

デフレの波及ぶ

爆音に隠るゝ蜥蜴ふり向かず　十月号
雀落つ梅雨操短の窓歪み
会議やゝ倦みをり夜の百日紅　十一月号
療養無頼昼寝の蹠窓に曝し

一九五五年（昭和三十年）

母、腎臓炎を病む

虫の夜の畳アンプルまろびをり　一月号
口あかく柘榴笑むもと母癒えたり
秋の暮猫の猜疑の瞳が青し　二月号
鶴嘴をかざす露けき弧を振りて
酒荒れの胸もて落葉翻へし行く　三月号

粉雪の飛ぶ闇すでに基地の柵
歳末無料診察恵まる
透視よし灯ともす聖樹町に町に
冬嫁かず鉄筆胼胝のしるき掌よ　四月号
繊維業界不況深刻なり
冬織らず箴反る旱つづきをり
わが二十五歳了らんとす
鳰の空薔薇色の雲移りをり
療院のMを訪ひ語る
下萌えや隠し莨の灰こぼれ　五月号
ジャズの町展けて低し木の芽坂
母、脳膜出血にて倒れ、危篤
雁行くと出でしにあらず薬壜　六月号
最悪の覚悟をうながさる
啓蟄の闇雪崩る、や母の方
恋愛事件起せし生徒と語る
花冷えの声荒げ夜も教師なり　七月号
恋戒しむ教師の胸辺蝶狂ひ
教師いつまで梅雨の白墨折れやすし
白墨の手を垂れゐるや花をはる　八月号
薔薇園を洩るる異国語やはらかし
田植女の泥脛ゆたか倒れ木越ゆ　九月号

子の腕の繃帯ゆるぶ夜の南風
立川市外砂川町基地拡張反対闘争
闘ふ地羽蟻犇めきひしめき発つ
母脳溢血やや良く
蠅叩腰萎え母や遊びをり　十月号
野田宇太郎氏居、文学散歩写真整理
ネガ覗く辺に河童忌の刻ゆかす
M未亡人
女の汗したたる人を葬る間も
砂川町基地拡張反対闘争
蟬の森犇く貌の緊りをり　十一月号
カンナ火のごとし曳かる、百姓に
甘藍苑一望あをしロシヤの歌
葡萄売が来て日曜の日矢と居り　十二月号
蓼うすし敗け闘争の旗提げて

一九五六年（昭和三十一年）

秋の風白鳥相搏つたのしき如　一月号
風邪ごゑに騙むかれをり坂下りつつ
枯木星厚き髪より顔おこす
湯に浮かせ旅果てのわが木の葉髪　二月号

死を思ふことしばしばなり
霜の幹弾痕ありや探りみる
寒雲やひとり咳く夜の坂
霜の日矢尻並めて豚搬ばるる　三月号
年の夜の接吻映画果つはやし
酔もなし三日鴉の枝揺すり
少女泣きやすしや霜の受験椅子　四月号
土工等よ霜の畚に赤紐結ひ
マスクして婚期近しと思ひをり　五月号
雪解靄肩相触れてやはらかし
時化濤へ角振り伊豆の鋤牛よ　六月号
潮濡れの背負梯子《しよひこ》まろべり豆の花
事務の胸メーデーの造花咲きいでて　七月号
不良教師たりや影振る吹流し
棕梠の月虻の羽音のひかり過ぐ　八月号
棕梠咲くや楽の「熊蜂」灯が昂り

蝌蚪飼つて褒貶もなし一教師　九月号
蝸牛の青垣籠めに痩せ初めぬ
林間教室・宮ケ瀬発電所にて　三句
かがまりて瀬が鳴る裾の明けやすし　十月号
いさかひし貌そのままに泳ぎだす
送電塔下軒寄せ霧の社宅群
西日中稿屑あふれ休暇果つ　十一月号
某に
久に得し向日葵の刻は信ずべし
葉隠りの栗に月さす希みあれよ
八王子少年院作業場
塗り並めて鳥籠の辺の汗若し　十二月号
怒りの詩荒壁搏つて秋夜の蛾

一九五七年（昭和三十二年）

鶏頭の隈も乱れず火事明り　一月号
落葉光帽ふちどりぬ老教師
柿むくや母に背きし夜の膝
顔あげて呟く地震や冬経つつ　二月号

夜も落葉鶏の睡りのましろさよ
アパートの焚火火照りを抱き寝む　三月号
揶揄かはしをり鶏頭に膝立てて
煙るストーブ吾も教師の手をかざす　四月号
咳いて何謀る自習監督者
信じをり茶房の卓に咳溜めて
吉野梅林
織工場梅見の顔が来て塞ぐ　五月号
割烹
独活きざむはや主婦めきて女生徒等
恋猫と墓地さまよへり怠るごと
春雪の墓地透く窓辺書を講ず　六月号
草蓬寄りて短かき母の影
葉桜や遺児の師として葬に侍す　七月号
薄暑の授業へ急ぐ喪章をつけしまま
花冷の日や色さはにチョーク函
修学旅行付添
夢殿に雨着の汗の乾きをり　九月号

橘夫人念持仏
梅雨の蝶うなづき拝す念持仏
仔鹿の辺旅程討議の円顔寄す
盲腸炎にて弟入院す、看取る
兄弟や団扇ひとつをたのみをり　十月号
祭笛一氷塊を恵まるる

一九五八年（昭和三十三年）

寒木瓜や一壺の骨の母を抱き　三月号
男手の厨火熾《さか》り寒鵙翔つ
寒木瓜や炉の戸はためき母焼けゆく　四月号
墓の底寒の日の射し及びたり
嘴寄せて冬墓雀饑ふかし

一九五九年（昭和三十四年）

芽木の間の富士汚れゐる懈怠かな　五月号
小康
梅雨暑し膿管を血の行き戻り　八月号
ははの息細しあぎとふ金魚など

一九六〇年（昭和三十五年）

妻寄れば櫟芽吹きの激しさよ　五月号
春曙不安愉しみ居る如し
月見草昏れつつ雨の御坂越え　十月号
青胡桃馬車馬は目を地に伏せて
送り火の散つて昏れゆく水田かな
葡萄売チョークまみれの手もて逐ふ　十一月号
梨むいて愉しき妻の微恙かな
鳥雲に服新しき教師達
影の大地を掻いて睡《ね》る犬月乾く　十二月号
生命激し多淫の部屋に葡萄垂れ

一九六一年（昭和三十六年）

国宝展
肩張つて風雷神像暮れはやし　二月号
「受胎告知」冬日歓喜の微塵たち
奥日光　二句
落葉松の奥も落葉松雪降れり　五月号
春雪や湯の湖の鴨に翔つ意なし
春泥を跳りくる妻目で迎ふ
垣結つて罪ほどの幸を偸みけり　六月号
街五月妊り妻を率てかへる
薔薇の風範読の肩萎えゐずや　七月号
産月に入る新じやがに箸たてて
簾吊り妻の産屋のととのひぬ　八月号
青葉木菟吾子に託さむ夢幾つ
汗垂れて産声待つと知られけり　十月号
簾ふかし麻睡の妻に指ふれて
胸うすく父となりしか氷菓なめ
振りあげし嬰の手の空や鶫渡る　十二月号
子守歌声のどこにも曼珠沙華
ちちろ虫夫婦の酔はひそかに来

一九六二年（昭和三十七年）

時雨ては竹のみ青し妻の村　一月号
立冬や柱の周囲風めぐり
葉牡丹はわが亡母の花見て佇てり　二月号
鶉食ふ顔緊りをり十二月
青空に枯木の秀義理欠きどほし　三月号
嚔して道のべ男の身が匂ふ
籠り撒く豆にも思ふ吾子癒えよ　四月号
耕牛の振り返るとき畦火冴ゆ
吾子の名のまばゆしや種痘通知くる　五月号
薄氷や停年教師裾かがよひ
畦跳んで蚪蚪おどろきぬ箒売
春月の出癲癇児ゆく大きな耳　六月号
春の雷画廊に聞けり眼を宙に
図書館に端午の傘の犇めけり　七月号

菖蒲提げ電車に人を凌ぎをり
鳥雲に異国の兵等ただ急ぐ　十二月号
平安神宮
紅枝垂桜《べにしだれ》禰宜にいざなはるるは誰ぞ
北海道の弟より野菜乏しと便りあり
送りきし鈴蘭ほどか野菜の値

一九六三年（昭和三十八年）

百日紅働らく水を蓋で飲む　一月号
カンナ炎え記憶の焦土いまも黒し
蝶飛んで授業逸れたる敗戦日
葉牡丹の渦解け母の忌日なり　二月号
寄鍋の湯気越しの貌憎みをり
ぽつてりと牛の厚肉雪狂ふ　三月号
寒卵無傷謗られてはゐずや
紙の鶴折り咳くも一教師　四月号
旱長し受験子を追ふ放れ犬
颪垣に島の火山灰飛ぶ鰈干　五月号

豆咲いて豆の手篠に火山灰深し
蘗の日に息深し炭焼夫
揚雲雀声張つて空青むなり　六月号
彼岸墓見えゐてチョーク強く書く
子の日は父の日昼菖蒲湯に刻長し　七月号
薔薇赤き一と間に妻と踊りをり
高尾山薬王院
杉の梅雨導師の緋衣に滴れり　八月号
杉昏く梅雨の兜巾をただよはす
濯ぎ女に泉常澄む青胡桃　十一・十二月合併号
新藷を洗ふ山川の青水沫
教卓に腰もたせをり避暑づかれ

一九六四年（昭和三十九年）

父、交通事故にて入院、肋骨折並びに口腔裂傷、ためにほとんど物も食へず
枯れはてて一病床にすがりをり　一月号
病床に来て声若し暦売
枯るる中はづむ一児を手向けとす　二月号
霜の墓女ばかりが囲み立つ
聖樹の灯赤ちりばめぬ妻擁かな　三月号
除日の妻迅風《はやて》駈けして部屋の内
脚漬けて海苔簇見をり誕生日　五月号
猪垣まで椿咲く田を鋤き返す
美女谷へ風めぐり落つ吹流し　六月号
袋掛をはりたる茶に呼ばれけり
機音や小庭の梨も袋被て
吉川英治旧居「草思堂」
萱青き庭山に歩をぬすみをり　八月号
見て足れり夏萩へだつ広雨戸
岳あふぐ山蟆子打ちし手をたれて　九月号
夏蝶の吹かるる高さ穂高抽く
梓川ゆるびて馬を冷しをり　十月号
鸖の岸教師もつとも汗垂れをり

夏休み果て近き夜を踊りをり
早稲の香と楽充つる朝の深呼吸　十一月号
学校園鶏頭茂り休暇果つ

一九六五年（昭和四十年）

鵙の贄かかげて風の凶作田　一月号
凶作田日和おろかにつづくなり
凶作田牛の鼻環鳴りて過ぐ
蝗取袋を白く田にかざす
鶫来鳴き耶蘇名マルタを葬りけり　三月号
穭田の日和あまさず大根干す
掛大根田に出て牛の永睡り
朝月の残る焚火や達磨市　四月号
一つ寒し筵こぼれし福だるま
焚火の秀二日の弱日渡りをり
牡丹雪窓に飛びつく稿を継ぐ　五月号

豆打つて靄おどろきぬ裏畠
受験期の日溜めて深きぼんのくぼ

埼玉県吉見百穴先住民族の住居址といふ

百穴に腰かがめゐる薄暑かな　八月号
蜥蜴出て岩の日吸へり穴居址
緑さす百穴二三見て疲る

叔母逝く

梅雨の畦わが死者行けり過《あやま》つな　九月号
蝸牛の道見え屍焼かれゆく
梅雨濡れの焼場雀と濡れ睦む
苗育つ夜毎の暗さ水にあり　十月号
屋敷田に夜は雨はしり田植季
朝の枝蝸牛の渦虹色に
刈り残す麦に霧湧く裾野村　十一月号
竹煮草積まれて集乳罐《かん》の霧湿り
霧を来る休暇児溶岩の切通し

一九六六年（昭和四十一年）

野分なか寺訪ふ襲ふごときかな　二月号
萩叢に若き疲れの影を倚す
雲の端に野分残れる雨月かな
雨月かな京に買ひ得し真淵の書
夜の机膝掛朱く学期了ふ　三月号
膝掛を贈られいよよ教師さぶ
笹鳴や窯場ひそめる雑木山　四月号
年つまる孕り妻に食戻り
柚子湯浴ぶ肋あらはに息災に
妊りしよりの白指八朔柑剝く　五月号
一掬の雨氷上の合格児
師への手紙手袋脱いで投函す　六月号
椿浮き交尾了へたる蟇も浮く
蟇交る音乾坤に響きけり
蠅とめて死病脱しぬ父の胸　七月号
交る蟇見てをり胸の奥昏く
胎児すでに名ありて一員さくらの夜
声あげて筍市場竹邃し　八月号
わが胸と八一碑の間蠅かよふ
逝く春の影疲れをり油塀
百日紅朝より業《ごふ》の飯を食ふ　十一月号
百日紅もの言はぬ口おそろしき
かなかなや瀬水父へて子にまつはり

一九六七年（昭和四十二年）

蓼の花水汲む列の縮むなし　一月号
梨むいて寧きににたる燭明り
吹ッ切れて笛の音寒し酉の市　二月号
べつたらや灯りそめし大欅
灯にまろぶ笊の目緩し一の酉

枯草に脱げり軍手の握り癖　三月号
日反りして枯野のノート蠅遊ぶ
消し残す一寒灯を死者の上
添ひ臥しの一隅琴と破魔矢立つ
外套を閉ぢず妬心をまた隠さず　四月号
綿虫に耐へゐるは口緘《つぐ》むなり
布晒す貌あげて冬果てにけり　五月号
雪雫肩うつて森うら若し
雪よんで口紅き鳥よ狂院に
窓ごしに狂女雪乞へり如何にせむ
雪薄し切株小法師居並びて　六月号
墓洗ふ背らの春や珠のごと
犬ふぐり踏みわたりたる赴任かな
春耕の神楽に似たる出雲かな　七月号
八雲像どれも横向き椿冷ゆ

牛の背の木洩れ日青き五月来ぬ　八月号
菖蒲園ふた分けて川濁りをり
東大寺戒壇院
燕来し簷へ口あけ天の邪鬼
わが家を含めて近隣の土地強制収用ときまる、反対闘争も空しく潰ゆ
吏の前や一語にも汗したたらせ　九月号
測量竿《ポール》立つ田へ苗取りの深踞み
青山へ道ひかりをり百日紅　十月号
親不知《おやしらず》歯掘られをり山車見えてをり
歯科医出て妻とふたりや雷軽し
父葬りきてひたすらな児の泳ぎ　十一月号
鳶《とび》職の子の鳶職の顔して泳ぎをり
茄子の花教師は無名なるがよし
ふたたび見ず万国旗上の秋燕　十二月号
花火音帰燕の空を流れけり

一九六八年（昭和四十三年）

頬燃えて坐す菊晴の講師席　一月号
柚子青く榛名へ傾ぐ一路標
小几にまろばせ青し榛名柚子
忘れ鍬谷戸の荒霜いたりけり　二月号
谷戸の道牛過ぐを待ち暮れはやし
馬場ヶ谷戸稲架延びこれに村沿へり
冬菜干す谷戸の庇をあますなし
白墨の寒き一行教師死す　三月号
葬さむし汝やストマイ初期患者
凭れゐる柱ゆゆしき猪を食ふ
夏蚕いま上がりし障子野へひらく　八月号
格子越しのみどりが眩し繭掻女
ことごとく蚕は繭ごもり椎の月
槐下に拾ひたる繭うすみどり
したたりて婆の歩幅の田植時
馬の瞳の潤みやすきを洗ひけり　十月号
椎の日のこぼれて青し繭の肌
見おろして見あげて父子の夏休み

交通事故にて一生徒を失ふ

菊白し喪の教室の空机　十一・十二月合併号
一教室露の机をあましたり

一九六九年（昭和四十四年）

つゆじもの嘘《あざむく》早口となりゐたり　一月号
富有柿や余命照るかに樹下の父
露寒の父死後言へり瞠りけり
声だして母在さざりし鬼やらひ　四月号
眼鏡拭くときの独りの鶺鴒
冬耕のひとりの影を虔めり
あさあさと水は急ぎぬ流し雛　五月号
桑の根を水ゆく雪解はじまれり

鼻風邪の上げ膳据ゑ膳笑ひけり
摘草の膝過ぎて水奏でそむ　六月号
花文字のマリヤ暦や復活祭
桜蘂流れて蝌蚪に後肢出づ
古書展
桐の花かの日の禁書ウインドに　七月号
青葉木菟覚めがての目は閉ぢしまま
巣箱コンクール
鎚音の孕雀となり寄らず
片蔭もなき母の墓買ひにけり　八月号
水掛けて干ぬ間の盆の墓拝す
夏の夜の声来て喪服借りゆけり
釣り捨てし小河豚をどれば晩夏光　九月号
晩涼の影となりゆく小河豚釣り
香まぎれず天草浜の梅筵
朝の露紅濃からずや美濃美田　十月号
出穂の風吹きぬけに豚糶られけり

「鶴」石塚友二選

一九六五年（昭和四十年）

木瓜抱くを都電に見つつ寒明けたり　六月号
春霙無体に妻を叱しをり
一児つひに卒業させぬ逐ふごとく
泣き羅漢ひとつ泣かしめ花の果　七月号
阿羅漢の哄笑天に桜満つ
岩冷えや暮れて花飛ぶ羅漢山

一九六六年（昭和四十一年）

塩田に汐流れ落つ春の雁　九月号
吹かれ立つ遍路に沖の白卯波
若布和職かくさねば酔ひがたし
枇杷吸ふ妻分娩後の汗大粒に　十月号
女教師の離水そのままプール閉づ　十二月号

一九六八年（昭和四十三年）

陰処白毛見いでて白し十二月　四月号
停電の父子ぞ寒き差しむかひ
鶲来鳴き霜の小流れはづみそむ
澄み細りつつ馬の眸の捨焚火　五月号
深雪踏む一途の顔を連ねけり
人逝きて葉に積む雪や二三たび

武州高尾山火渡祭

啓蟄の地に錫鳴つて火の始め　六月号
鳴弦や焚火に半歩踏み込んで
火祭の果てたる焚火婆が踰ゆ
あとさきに加賀野の畦火田を返す　七月号
夕野火や深まなざしの加賀乙女
したたりて春日の禁標《しめ》の代田縄

一九六九年（昭和四十四年）

木曽路

杣の湯や奈落へ霜の段梯子　二月号
湯をおとす拍子木に冷ゆ古襖
秋日跳ぶうなじなまなま恵那乙女
達磨市二めぐりして会へずけり　三月号
達磨市見とほしに機休みをり
栗挿して一生徒ややなじみそむ

戦後久しければ

塩をふり藷を食ふ一些事として　十一・十二月合併号
出穂季の雀奔らせ美濃美田

一九七〇年（昭和四十五年）

教へ子あり、学生運動に投じ、毒物をもて生を終る

サルビヤの鮮烈なりし少女の死　一月号
十月の雨まつすぐに葱匂ふ
喪構への師の家となりぬ菊の数　二月号
酒中花の冬芽めぐりて焼香す
遺影寧し冬芽椿のこぞる中
フィルム寒し赤くしぶとく父の癌　三月号
癌の語と短日の菊他は覚えず

父の余命量る空より風花す
寒の闇失禁の父小さく臥す　四月号
寒明くる癌に何待つこともなく
冬暁の雀らは眠り足りたるや
寿福寺、墓は岩壁をうがちて五輪を祀る
実朝や政子や龕の春の冷え　五月号
ジャン・ロルタ・ジャコブ墓とよ猫柳
恋の鳩に雀蹤きゐてうやうやし
谷戸ふかく屑屋が来たり豊後梅　六月号
千社札見上げる寒さもどりけり
恋果てし鳩大屋根の日が嘉す
蝌蚪の紐三日ほぐれず雨兆す　七月号
木瓜に出て祭のごとき蝶と虻
虎杖を噛みゐて水はとどまらず
母みまかりて久しければ
セル涼し吾の知らざる母の客　八月号
卯の花腐し髪の先まで力萎ゆ

大蟹の殻脱ぎをへし藜の花
傘さげて鉄路に沿へり桜桃忌
教室に七夕飾りあれば
つつましき希ひばかりの七夕竹　九月号
七夕竹梅雨雲軒にとどこほる
のぼろぎく挿して授業に出でゆけり
小千谷錦鯉糶場
汗の背へ重ね覗きに鯉糶場　十月号
青田より日傘湧きいで越の国
花たばこ山国の空撓みけり
女生徒の円肩二学期始まれり　十二月号
ひそと確かに死期来る父や白むくげ

一九七一年（昭和四十六年）

飲食《おんじき》のうまき頃ほひ山河澄み　二月号
山茶花や午《ひる》に間のある無色の刻
柿の朱が透きをり妻の浴後の掌
冬枯れの貼りつく眼鏡拭ひても

夕ざくら釣堀を去る手ぶらの手　七月号
蝌蚪生る麻痺の児跳り歩きして
春の森ゆるやかに貫く径ひとつ
大原は開かぬ門かも枳殻の芽　八月号
石楠花の露に指触れ開扉待つ
靴軽く来て石楠花の冷えを言ふ
マラソンに土塀の長さ竹柏芽吹く
盆の風父の箪笥に父のもの　十月号
墓洗ふ支へて病父拭きしこと
門火してすこし太めの妻の脚
新盆の父せかせかと来ることよ
船納屋に黒瞳遊ばせ浜の盆　十一月号
雲の峰のびきはまりし山車を組む
彼岸来る小豆筵に日が溢れ　十二月号
蓼咲くや旅にも出でず倦みもせず
水音を追ひゆく水や曼珠沙華

一九七二年（昭和四十七年）

彼岸墓地たまたま濃霧注意報　一月号
父死後の日の飛ぶごとし青木の実
綿虫の綿真白しと見て信濃
妻焚いて手も汚れずよ路地焚火　三月号
糸に貫く蜜柑の皮は母が干す
柚の香して風呂場鏡に妻白し

村上千鶴代夫人風邪を癒すに「啖ひ抜け」なることありといへば

風邪の神啖ひ抜くべき草の餅　五月号
暗きより暗き声わく鬼やらひ
巌渡る股間二月の潮流る

一九七五年（昭和五十年）

雀の頭躍り勤労感謝の日　二月号
柿高し縁側あれば老婆ゐて

蕎麦の花潮のごとし十三夜
中年の膝漂へり年忘れ　三月号
柚子すこし潤びて妻のしまひ風呂
風邪の床師の忌父母の忌継ぎ来る　四月号
大年の鴨居の上や父母の顔
　鷹ケ峯
杉しぐれ訪ひて芸術村址なし　五月号
　光悦墓は後世のものなり
雪の墓捨つるに似たる礼一つ
　常照寺
ちやんちやんこ母子石積み倦まずけり

著書解題──藤本美和子

〈句集〉

■第一句集『山王』

昭和五八（一九八三）年六月二〇日、牧羊社（東京都渋谷区渋谷二丁目一二の一二）より「現代俳句選集Ⅲ・1」として発行。発行者・川島壽美子。装釘・山崎登。定価・二二〇〇円。四六判上製函入。二〇〇頁。昭和四九（一九七四）年から昭和五七（一九八二）年までの作品三四七句を年代別に収録。「鶴」在籍時の作品は収録していない。「鶴」同人を辞し、小林康治主宰の「泉」創刊同人として編集に尽力していた時代の作品である。書名は産土八王子市の地名による。〈いつの世も弟子遺さるる涅槃變〉など、句集はすべて正字体による表記で構成。

■第二句集『樸簡』

平成六（一九九四）年九月二五日、ふらんす堂より泉叢書第57篇として発行。発行者・山岡喜美子。装釘・千葉皓史。定価・本体二二三三円＋税。四六判上製カバー装。一八四頁。昭和五八（一九八三）年以降平成五（一九九三）年までの作品三三〇句を四季別に収録。この間、平成二（一九九〇）年には石田勝彦に代わって「泉」主宰を継承。あとがきの「俳句は造化の語る即刻の説話と考へてゐる。俳人はその再話者である」は著者の俳句観を象徴する言葉ともなった。句集名は〈漉桁もまた樸簡をまぬかれず〉による。この句集により第三四回俳人協会賞を受賞。

■第三句集『寒木』

平成一四（二〇〇二）年九月二二日、ふらんす堂よりふらんす堂現代俳句叢書、および泉叢書第92篇として発行。発行者・山岡喜美子。装釘・君嶋真理子。定価・本体二七〇〇円＋税。四六判フランス装函入。一七八頁。平成六（一九九四）年から平成一三（二〇〇一）年までの三一九句を四季別に収録。集中に〈寒木を寒木として立たしめよ〉の句があるが、あとがきに「『樸簡』をひっくりかえしたら『寒木』になった。貧相は変わらないということである」と書いている。第二句集『樸簡』で俳人協会賞受賞後、体力気力ともに充実。旺盛に活躍していた時代の作品である。

■第四句集『沈黙』

平成二〇（二〇〇八）年九月九日、ふらんす堂より泉叢書第107篇として発行。発行者・山岡喜美子。装釘・君嶋真理子。定価・本体二四七六円＋税。四六判並製カバー装グラシン巻。一九四頁。平成一四（二〇〇二）年冬から平成二〇（二〇〇八）年春までの三三二句を年代別に収録。平成一五（二〇〇三）年八月に妻百合子が脳梗塞により倒れる。作者もまた平成一六（二〇〇四）年三月肺気腫による呼吸不全のため気管切開。以後、声を失い呼吸器に繋がれたまま筆談による入院生活を送る。〈三月の咽切つて雲軽くせり〉〈声なくて唇うごく暮春かな〉〈筆談は黙示に似たり冬木立〉等々、病床にあって自身の境涯句を多く詠んだ。集中、「沈黙」を詠んだ作品には〈沈黙のたとへば風の吾亦紅〉〈沈黙を水音として冬泉〉がある。一方、著者は「俳句性の最たるものが『沈黙』である」「言葉を使って、沈黙・無言を表現するところに俳句の最大の特徴がある」（『山王林だより』）と捉え、語り続けた。俳句形式に対する絶対的な信頼を銘と成し、俳句を詠み続けたのである。帯文には「高齢に至って閉塞的な病境涯を得たが、不思議にかえって日々新たなるものがある」と自在な心境を記す。本句集にて第九回俳句四季大賞を受賞。

■『沈黙』以後

平成二〇（二〇〇八）年「泉」六月号から平成二六（二〇一四）年「泉」八月号

までの掲載句、および総合誌に発表した全九八九句の内三〇三句を藤本美和子が選んだ。『沈黙』以後」は生前著者が命名していた句集名である。この句集の準備にとりかかろうとしていた矢先、体調を崩し面会も不可能となった。発表句を全句掲載することも考えたが、生前、『沈黙』以後の句はすべて自身の手で選び直した上で世に出したいという著者の意向が強かったため全句掲載には至らなかった。

■「俳句日記」

平成一七（二〇〇五）年一月一日から一二月三一日までふらんす堂のホームページ上に「俳句日記」を発表。入院中の病床から毎日一句、一年間休むことなく続けた。

■「鶴」投句時代

綾部仁喜は略歴に昭和二八（一九五三）年四月「鶴」に入会、石田波郷に師事と書いている。が、ほぼ同時期に水原秋櫻子主宰の「馬醉木」にも綾部純の俳号で投句、秋櫻子選を受けている。第一句集『山王』には「馬醉木」および「鶴」時代の作品は収録されていない。本書をまとめるにあたり、これら秋櫻子や波郷、石塚友二らの選を経た作品をすべて収録、「『鶴』投句時代」と名付けた。この時代の著者は詩誌の発行にかかわるなど、詩人との交流も多く詩作に打ち込んでいた時代。なお誤字、誤植があきらかな句についてはあらためた。

〈著書〉

■『山王林だより』

平成二〇（二〇〇八）年一〇月三〇日、角川SSコミュニケーションズより泉叢書第110篇として発行。発行者・田口惠司。装釘・熊谷博人。定価・本体二八〇〇円＋税。四六判上製カバー装。三〇八頁。主宰誌「泉」に「山王林だより」のタイトルで平成六（一九九四）年一月号より平成一八（二〇〇六）年七月号まで連載した俳句論の中から抄出。「俳句は器量」「鬼貫の俳句観」など、著者の俳句観が具体的に語られるものから、「句会で育つ」「俳句は七十から」等々、実作者にとって身近な話題の論も多く親しみやすい一書。この他、総合誌に寄稿した論考、「波郷が享けた横光利一・鬼貫からの示唆」「一つのことばから――波郷から龍太へ」を加える。前者は波郷の俳句観確立の過程を明快に説き、後者は波郷、飯田龍太に通底する「香気」について述べる。ともに示唆に富む論である。「俳句研究」掲載のインタビュー記事も収録。本書は「泉」創刊三五周年記念行事の一環として刊行、第二三回俳人協会評論賞を受賞。

綾部仁喜年譜——藤本美和子 編

昭和四年（一九二九）
三月二十六日、父綾部信雄、母アサの長男として東京八王子に生まれる。

昭和一〇年（一九三五）　六歳
四月、小宮第二尋常高等小学校（現・八王子市立第九小学校）に入学。

昭和一六年（一九四一）　一二歳
四月、東京府立第二商業入学。

昭和二〇年（一九四五）　一六歳
三月、都立第二商業卒業。四月、國學院大學専門部入学。折口信夫に「源氏物語」、「古典文学概論」、柳田國男に「神道概論」などを学ぶ。

昭和二三年（一九四八）　一九歳
春、左肺浸潤を発病。

昭和二四年（一九四九）　二〇歳
國學院大學文学部入学。

昭和二五年（一九五〇）　二一歳
秋、右肺浸潤を発病。

昭和二六年（一九五一）　二二歳
國學院大學文学部卒業。卒業後、今泉忠義研究室に所属、『日葡辞書』などを扱う。三年間自宅療養。

昭和二八年（一九五三）　二四歳
水原秋櫻子主宰「馬酔木」に綾部純の筆名で投句（一二月号まで）。同時に四月号より第二次復刊を遂げた石田波郷主宰「鶴」に投句開始。

昭和三〇年（一九五五）　二六歳
七月、詩誌「塩」（発行人土屋惠）に参加。「峡谷にて」「水甕について」などの詩を発表。

昭和三一年（一九五六）　二七歳
八王子市中学校教諭として採用される。
昭和三二年（一九五七）　二八歳
「鶴」第二回風切賞に応募。「ダムの周辺」が予選通過。詩誌「塩」の解消に伴い「新市街」発行、編輯発行人となる。「遡上」などを発表。刊行は七号（昭和三九年）まで。一二月一〇日母アサ没。
昭和三四年（一九五九）　三〇歳
谷百合子と結婚。
昭和四〇年（一九六五）　三六歳
一月、詩誌「詩と文学」（発行人青山鶏一）に参加。「密輪」などを発表。
昭和四三年（一九六八）　三九歳
「鶴」の第一三回風切賞佳作（応募作五六編、予選通過九編）となり「達磨藁《つと》束」三〇句が掲載される。
昭和四四年（一九六九）　四〇歳
一月、「鶴」同人となる。「鶴」六月号に「『酒中花』の統計的分析――波郷俳句の形式」と題し六頁にわたる評論を寄稿。一一月二一日、石田波郷没。
昭和四五年（一九七〇）　四一歳
一二月一九日、父信雄没。
昭和四七年（一九七二）　四三歳
「鶴」二月号に「飛鳥集作品短評」を寄稿。「鶴」四月号に評論「傳統のモノサシ」を寄稿。
昭和四九年（一九七四）　四五歳
一〇月、小林康治主宰「泉」に創刊同人として参加。
昭和五〇年（一九七五）　四六歳
「泉」二月号に「負の世界からの来訪者――岸田稚魚氏の近作に触れて」を寄稿。「泉」三月号から八月号の「新著紹介」に野崎ゆり香句集『紙漉村』、草間時彦句集『櫻山』、今村俊三句集『立歩』、本宮鼎三句集『櫂』、芦川源句集『異変』を採りあげる。六月号には「板谷清太郎のこと」を寄稿。一一月号の矢野絢句集『今里』特集において「古稀の充実」を寄稿。一〇月四日、五日、第一回「泉」大会開催（於・埼玉県湖畔荘）。
昭和五一年（一九七六）　四七歳
「鶴」同人を辞す。「俳句研究」七月号に「冬苔」八句発表。「泉」一月号に特別作品「西海」二〇句発表。「泉」一月号から一二月号の「現代句集渉猟」を担当、滝沢伊代次『塩市』・「回想のロマン」、能村登四郎『幻山水』・「山水自在」、山田みづえ『木語』・「木霊高貴」、宇佐美魚目『秋収冬蔵』・「屹立せる空間」、角川源義『西行の日』・「由縁と歌枕」、星野麥丘人『弟子』・「師承至純」、相生垣瓜人『明治草』・「果然たる瓜」、石川桂郎『四温』・「枕頭の花」、藤田湘子『狩人』・「征矢の軌跡」、『森澄雄句集』・「山河幻化」、加藤楸邨『吹越』・「巨いなる掌」、平畑静塔『壺国』・「思念の蛇」を寄稿。一〇月二日、三日、第二回「泉」大会開催（於・鎌倉光明寺）。

昭和五二年（一九七七）　四八歳

この年より「泉」の編集長となる。「泉」一月号から七月号の「書架春秋」に於いて、増田朴笛句集『現場暦』、内海涯舟句集『藁塚』、近藤愛子・近藤きねを句集『返り花』、堀古蝶著『筆洗歳時記』、星野石雀句集『薔薇館』、和公梵字句集『黄鐘』、村山古郷句集『かくれ蓑』を紹介。九月二四日、二五日、「泉」三周年記念大会開催（於・伊東温泉旅館「山平」）。

昭和五三年（一九七八）　四九歳

「俳句」一月号に「漆紅葉」七句発表。「泉」一月号から一二月号において「現代句集渉猟」を担当、秋元不死男『甘露集』・「軽みの花」、野島恵禾『山姫』・「慈篤山容」、鍵和田秞子『未来図』・「円座の座標」、古賀まり子『緑の野』・「清澄の風韻」、鈴木栄子『鳥獣戯画』・「機知考」、清崎敏郎『東葛飾』・「なつかしき遥かな声」、阿波野青畝『旅塵を払ふ』・「花鳥諷詠至妙境」、本宮銑太郎『崑崙集』・「傍流にして承けむもの」、川畑火川『石蕗集』・「凡医俳句の新展開」、小林康治『潺湲集』・「命の限り」、後藤夜半『底紅』・「一世一句風」、宮田正和『伊賀山中』・「伝統の梃子」を寄稿。一一月三日、「泉」五〇号記念大会開催（於・俳句文学館）。

昭和五四年（一九七九）　五〇歳

「俳句」五月号に時評「声調の回復」を寄稿。「俳句とエッセイ」八月号に宮坂静生著『俳句の出発』評「連句から見た俳句」を寄稿。「俳句とエッセイ」一〇月号の「特集・野見山朱鳥」に「野見山朱鳥論――その主観性と喩」を寄稿。「俳句とエッセイ」一二月号より三か月にわたって「俳書紹介」を担当。「泉」一月号から九月号まで「現代句集渉猟」を担当、上田五千石『森林』・「歩行について」、川崎展宏『義仲』・「学びの系譜」、醍醐育宏『感傷教師』・「誠実な教師像」、大串章『朝の舟』・「純粋な抒情」、木村蕪城『山容』・「山容自ら語る」、斎藤玄『雁道』・「常世の雁」、加藤三七子『華鬘』・「俳諧伝授の花」を寄稿。六月一六、一七日、「泉」夏期鍛錬会（於・精進湖）。一一月三日、「泉」五周年記念大会開催（於・日赤会館）。

昭和五五年（一九八〇） **五一歳**

一月、小林康治の勇退に伴い、同人句選を肥田埜勝美、雑詠句選を石田勝彦、編集を綾部仁喜、発行人を北野登が担当。「現代句集渉猟」は四月号に岸田稚魚『雪涅槃』・「芸と典型」、一〇月号に青柳志解樹『山水』・「清・明・直」を寄稿。「俳句とエッセイ」五月号に「紅梅」一二句を発表。同一〇月号に鈴木蚊都夫著『現代俳句の流域』の書評「深く温かい俳句史眼」を寄稿。一〇月四日、五日、六周年記念「泉の集い」開催（於・箱根町芦の湯温泉きのくにや旅館）。

昭和五六年（一九八一） **五二歳**

「泉」一月号に特別作品「根の国」五〇句発表。「俳句とエッセイ」二月号に黒沢宗三郎句集『寒瀧』評・「低く確かな声」を寄稿。「泉」三月号に「『根の国』特別作品評」を細川加賀が寄稿。「現代句集渉猟」に岡井省二『鹿野』・「ひとり遊びの景」を寄稿。「泉」四月号に小西敬次郎句集『今日』の一句鑑賞。「俳句とエッセイ」五月号「特集・うたのふるさと・鎌倉」に「久保田万太郎と鎌倉」を寄稿。「泉」六月号に宇佐美魚目『天地存問』・「草々瀝々」を寄稿。一〇月一一日、「泉」七周年記念大会開催（於・こまばエミナース）。

昭和五七年（一九八二） **五三歳**

「泉」一月号より「編集ノート」連載開始（平成六年まで）。六月五、六日、「泉」鍛錬会開催（於・余呉湖方面）。「泉」七月号に「野あやめ」三〇句発表。「泉」一〇月号に特別作品「盆篝」二〇句発表。「俳句」九月号から一二月号まで「俳誌月評」を寄稿。

昭和五八年（一九八三）　**五四歳**

「俳句」一月号に「滝じまひ」一八句発表。「俳句」四月号雑詠欄選者。「泉」五月号に「『春の岬』（三好達治『測量船』所収）の句切れについて」を寄稿。関戸靖子句集『結葉』評・「情こまやか」を寄稿。六月八日、第一句集『山王』（牧羊社）刊。六月一一、一二日、「泉」鍛錬会開催（於・京都鞍馬山）。「俳句とエッセイ」六月号に能村研三句集『騎士』評・「端正な抒情」を寄稿。同七月号の「現代俳句選集Ⅲの作家紹介」に「俗に徹する」を寄稿。「俳句」九月号に句集『山王』の書評「淡々と胸打つ『説話』」を島谷征良が寄稿。「俳句とエッセイ」九月号に「河鹿笛」三〇句発表。「泉」九月号にて句集『山王』特集、岡井省二が「『乾坤の変と説話』・綾部仁喜句集『山王』の世界」を寄稿。石田勝彦が「『……も亦おもしろし』・『山王』の句境」を寄稿。『山王』の「十句選」を北野登・肥田埜勝美・大澤ひろし・石田いづみ・稲島帚木・才記翔子・塩川京子・千葉皓史・根岸計雄・新郷登志子・山本真理・菅家瑞正が寄稿。「泉」一一月号の「現代句集渉猟」にて関戸靖子が『山王』・「訝しく高き抒情の世界」を寄稿。「俳句」一二月号の「'83収穫と邂逅　人と旅と書物、そして句との出会い」に寄稿。「俳句とエッセイ」一二月号に岡井省二句集『山色』評・「愛でたき精神の風景」を寄稿。

昭和五九年（一九八四）　**五五歳**

「俳句」一月号に「時雨忌」一四句発表。「俳句とエッセイ」一月号に矢島渚男著『白雄の系譜』評・「清冽な系譜の発掘」を寄稿。四月七日、八日、吉野山吟行句会。「泉」六月号に津田汀々子句集『石鼓』の「十句選」を寄稿。「俳句」八月号に「夏蕨」一三句発表。「泉」八月号に新郷登志子句集『搗栗』評・「生地の魅力」を寄稿。一一月二三日、「泉」一〇周年記念大会開催（於・京王プラザホテル新宿）。

昭和六〇年（一九八五）　**五六歳**

「俳句」二月号に「水霜」一五句発表。同号に神蔵器句集『能ヶ谷』評・「手わざの懐かしさ」を寄稿。「泉」二月号に北野登句集『遠鴨』の「十句選」を寄稿。「俳句」三月号に加藤三七子句集『戀歌』の一句について短文「恋属目」を寄稿。「泉」三月号に泉新人賞受賞者坂田トキ子のプロフィール・「人間との関わりを求めて」を寄稿。「俳句とエッセイ」四月号に中村姫路句集『赤鉛筆』評・「健康な自然体」を寄稿。「泉」五月号に石田勝彦句集『雙杵』の一句鑑賞を寄稿。「俳句研究」五月号から八月号まで「俳誌月評」を担当。六月一日、二日、「泉」鍛錬会開催（於・湖西比良）。「泉」一〇月号の児仁井しどみ句集『地桃』の「十句選」に寄稿。田中桐子句集『文殊』評・「きれいさび」を寄稿。「俳句」一一月号に岡本眸句集『十指』の一句について短文「中庸のよろしさ」を寄稿。「俳句」一二月号の特集「戦後俳句との邂逅」に「焦土のいろ」を寄稿。

昭和六一年（一九八六）　**五七歳**

「俳句」二月号に「ひとりの死」一五句発表。「俳句とエッセイ」二月号に上田操句集『直面』評・「蓄えと熟成と」を寄稿。「俳句とエッセイ」四月号に「水養生」三〇句発表。「俳句とエッセイ」五月号の「追悼・石塚友二」に「華陰温容――石塚友二先生を悼む」を寄稿。「泉」五月号の「津田汀々子追悼」に「露に病み」を寄稿。「俳句とエッセイ」六月号に青山多佳子句集『薊野』評・「縁《えにし》の薊」を寄稿。「泉」七月号に特別作品評（中野千代「山笑ふ」・小川今日子「初ざくら」）を寄稿。「泉」九月号に吉永英子句集『流燈』評・「一如の情」を寄稿。「俳句」一〇月号に「梅筵」一五句発表。「俳句とエッセイ」一〇月号に永田耕一郎句集『雪明』評・「雪明の夢」を寄稿。一〇月二四日、俳人協会主催「秋季講座」において講演。演題は「言葉とイメージ」。「俳句研究年鑑S62版」（一二月刊）に「俳誌展望」を寄稿。この年八王子市中野山王一―一七―八に転居。

昭和六二年（一九八七）　**五八歳**

「泉」一月号、志村貴代子句集『萬祝』の「十句選」に寄稿。同二月号、塩川京子句集『朱』の「十句選」に寄稿。「俳句」三月号に鍵和田秞子句集『飛

鳥』評・「飛鳥に立つ」を寄稿。「俳句研究」三月号に大石悦子句集『群萌』評・「女歌の男の眼」を寄稿。五月一六日、「泉」一五〇号記念大会開催（於・京王プラザホテル新宿）。「俳句」九月号に岡井省二句集『有時』の一句について短文「有時の絶景」を寄稿。「泉」九月号に「薄荷枕」三三句発表。同号の石田いづみ追悼特集に「弔辞」掲載、および石田いづみ遺句集『辛夷』の「十句選」に寄稿。「泉」一〇月号の才記翔子句集『登高』の「十句選」に寄稿。一〇月一四日、発行人北野登没。「泉」一一月号に仁喜作品「薄荷枕」評を関戸靖子が寄稿。「俳句研究」一一月号に「わが作句信条」を寄稿。「俳句研究」一二月号に「秋湯治」九句発表。「泉」一二月号の浜田菊代句集『藪柑子』の「十句選」に寄稿。「俳句研究年鑑S63版」に「今年の句集から――感銘五種」を寄稿。発行所を石田勝彦宅に移転。

昭和六三年（一九八八）　五九歳

「泉」二月号の北野登追悼特集に「思い出の一句」を寄稿。三月号の林省吉句集『雹』の「十句選」に寄稿。「俳句」七月号に坪内稔典著『弾む言葉・俳句からの発想』評・「リガリズムからの解放」を寄稿。「俳句研究」八月号に「若竹」九句発表。「俳壇」八月号の「俳壇地図」に「泉」の紹介文を掲載。

平成元年（一九八九）　六〇歳

三月、八王子市立中学校長歴任後退職。「泉」一月号に根岸計雄句集『両神山』評・「にこにこした太陽」を寄稿。「泉」三月号の関戸靖子句集『春の舟』の「十句選」に寄稿。「泉」五月号に特別作品「日永の餅」三〇句発表。大澤ひろし著「『随想集　金木犀』を読む」を寄稿。「泉」六月号の堀浮沈子句集『數へ唄』の「十句選」に寄稿。「泉」八月号の武市明子句集『初霞』の「十句選」に寄稿。同号に仁喜作品「日永の餅」評を関戸靖子が寄稿。「泉」九月号に特別作品「筑前・壱岐」三三句発表。「俳句とエッセイ」一〇月号に西田滋子句集『吉野葛』評・「真輝《ま》く吉野葛」を寄稿。「俳句」一一月号に林翔句集『春菩薩』の一句鑑賞を寄稿。「泉」一二月号にきちせあや句集『素描』

鑑賞。同号に仁喜特別作品「筑前・壱岐」評を関戸靖子が寄稿。

平成二年（一九九〇）　六一歳

「泉」主宰となる。「泉」一月号の石田勝彦句集『百千』特集に「十句選」を寄稿。「俳句研究」二月号に「くくり葱」九句発表。三月二四、二五日、泉同人総会開催（於・京都市コミュニティ嵯峨野）。「俳句」四月号に「繭玉」一八句発表。「俳句とエッセイ」五月号に「春の霜」三〇句発表。六月、俳人協会評議員となる。「俳句」七月号「雑詠欄」に平畑静塔とともに選者。

平成三年（一九九一）　六二歳

「俳句とエッセイ」一月号に村上冬燕句集『天蓋花』評・「向日葵の咲く国を訪ねて」を寄稿。「泉」三月号の渡辺良一句集『喃語抄』特集に「一句の周辺」を寄稿。三月、戸田の「泉」伊豆支部を訪ねる。「俳句」四月号の大特集「魅力的な実作者になるための意外な条件」に「一句のなかの意外な表現方法」を寄稿。「俳句とエッセイ」四月号に岡本眸著『季のある暮らし』評・「アットホームな入門書」を寄稿。同五月号に神埜羽石句集『秋蝶』評・「穏やかに滋味深い句境」を寄稿。「俳句」六月号の「大特集・思い切った季語の使い方と確実に写生の実力をつける方法」に「行事を詠み込んだ理解し易い写生句の作り方」を寄稿。八月三一日、九月一日、「泉」二〇〇号記念大会開催（於・箱根大平台温泉「一平荘」）。「泉」九月号の知久芳子句集『カチカチ山』特集の「一句の周辺」に寄稿。「俳句」一〇月号に岡井省二句集『前後』の一句鑑賞を寄稿。「俳句研究」一〇月号に「白くなれ」九句発表。「俳句」一一月号に加藤三七子句集『水無月遍路』の一句鑑賞を寄稿。「俳句とエッセイ」一二月号に成瀬櫻桃子編・久保田万太郎句集『こでまり抄』評・「最適任者による万太郎三五〇句選」を寄稿。「泉」一二月号の千葉皓史句集『郊外』特集の「一句の周辺」に寄稿。

平成四年（一九九二）　六三歳

「俳句」三月号に岡本眸句集『手が花に』の一句鑑賞を寄稿。四月、詩誌「今日」創刊（発行人土屋惠、守屋健）に参加。「早春」など発表。「俳句とエッセイ」四月号の「追悼・小林康治」に「高朗の声調」を寄稿。四月一八、一九日、「泉」湖北吟行会及び同人総会開催（於・奥琵琶湖、尾上温泉旅館「紅鮎」七六名参加）。「俳句」五月号に茨木和生句集『丹生』の一句鑑賞を寄稿。「俳句研究」七月号の「特集・夏の海と山をどう詠むか」に「大景の核」を寄稿。「俳句」一〇月号に伊藤敬子句集『日付変更線』の一句鑑賞を寄稿。

平成五年（一九九三）　六四歳

「俳句」一月号「大特集・平明な写生ともう一歩踏み込んだ吟行句の作り方」に短文「吟行の時何に目をつけるか」を寄稿。「俳句研究」三月号「特集・飯田龍太の世界」に「龍太五句　寒色の香気」を寄稿。「俳句とエッセイ」五月号に川口比呂之句集『ずつころばし』より三〇句抄出。五月二九、三〇日、「泉」奥三河吟行会開催（於・天竜奥三河国定公園湯谷温泉・湯谷観光ホテル泉山閣、六九名参加）。「俳句とエッセイ」七月号に『細川加賀全句集』評・「名手の全貌」を寄稿。同一〇月号に「簡素」三〇句発表。「俳句研究」一一月号に「秋澄む」一二句発表。「俳句」一二月号の「年末俳句開眼大特集・これ以上ない実作俳句開眼の特別決定版」に「吟行の何に開眼するか」を寄稿。同号の伊藤白潮句集『游』の一句鑑賞を寄稿。同号の浦野芳南句集『名水』の一句鑑賞を寄稿。

平成六年（一九九四）　六五歳

「泉」一月号より「山王林だより」連載開始。「俳壇」三月号の「自句自註シリーズ」に「三月の一句」を寄稿。「俳句研究」四月号の「北の旅南の旅」に随筆「波の子」を寄稿。「泉」七月号の池田弥生追悼特集に「弔辞」を掲載。「俳句」八月号に村沢夏風句集『玉壺』の一句鑑賞を寄稿。九月二五日、第二句集『樸簡』（ふらんす堂）刊。「俳句」一〇月号の「特集・今日の俳人」に「土用餅」一八句発表。同号に千葉皓史が「綾部仁喜小論」を寄稿。一〇月一七日、「泉」二〇周年記念大会及び同人総会開催（於・東京ガーデンパレス、参加者一〇六名）。「俳句研究」一二月号の「今年の秀句ベスト5」に「器量豊かな五句」を寄稿。

平成七年（一九九五）　六六歳

一月、第二句集『樸簡』が第三四回俳人協会賞を受賞。「俳句」一月号より一二月号まで「結社誌の役割を考える」を連載。同一月号に綾部仁喜句集『樸簡』について茨木和生が書評「真珠のような」を寄稿。「泉」三月号に『樸簡』特集・石田勝彦が「『耳の論』・綾部仁喜『樸簡』について」を寄稿。「一句の周辺」を井上弘美・百瀬靖子・菅家瑞正・千葉皓史・中村杏子・知久芳子・美柑みつはる・才記翔子が寄稿。受賞の言葉同時掲載。「俳句文学館」会報（三月五日付）の「顔」欄に「評論・鑑賞にも厳しさ」として後藤眞吉が寄稿。三月二七日、『樸簡』俳人協会賞受賞祝賀会開催（於・東京ガーデンパレス、参加者一〇五名）。「俳句」四月号に俳人協会賞受賞『樸簡』自選二〇句抄を発表。受賞第一作「安房」二一句発表。「俳句研究」五月号の「現代の俳人」に口絵四頁の掲載と「山辺」三六句発表。六月三、四日、「泉の集い」開催（於・かながわ女性センター）。「俳句朝日」七・八月号に「初対面」七句と小文発表。「俳壇」八月号に「明易」二〇句発表。九月九日、第一九回東京大神宮観月祭全国俳句大会に選者として出席。「俳句」一〇月号に「一列に」一五句発表。「文藝春秋」一〇月号の俳句欄担当。「俳句αあるふぁ」一〇・一一月号の「今日の俳句」に「重陽」七句と短文発表。一一月一〇日から一二日、銅鑼の会で新潟吟行。「泉」一二月号に柴崎七重句集『彼岸ばらひ』評・「孤心の輝き」を寄稿。

平成八年（一九九六）　**六七歳**

第一九回俳人協会新人賞選考委員を務める。「俳句研究」二月号の「特集・現代の名句の条件」に「名句の生まれにくい時代」を寄稿。「俳句」二月号に清水基吉句集『花の山』評・「遊んで、花の山」を寄稿。「俳句」三月号に角川照子句集『秋燕忌』の一句鑑賞を寄稿。「俳句」四月号に舘岡沙緻句集『遠き橋』の一句鑑賞を寄稿。「俳句」五月号に「鳥」一六句発表。「俳句文学館」（五月五日付）「的」欄に「新人賞選定に思う」を寄稿。五月二五、二六日、「関西泉の集い」開催（於・宇治花やしき浮舟園）。「俳句」六月号に伊藤敬子句集『存問』評・「日常の存問」を寄稿。「俳句朝日」六月号の「森澄雄の一句」に小文「『素直』で『豊かな心』」を寄稿。「俳句朝日」七月号に「八十八夜」八八句発表。「俳句」八月号に飯島晴子句集『儚々』の一句鑑賞を寄稿。「俳壇」九月号に「川明け」二〇句発表。「俳句朝日」九月号の「特集・類句類想を避ける」に「俳句らしさの、危うさ」を寄稿。一〇月、「秋田全県俳句大会」（秋田魁新報社主催）にて講演と選。「俳句」一一月号「大特集〈俳句上達のために〉実用的な季語の使い方」を寄稿。「俳句研究」一一月号「今月読んだ句集」に藤田湘子編『俳句への出発』を寄稿。「俳句研究」一二月号の「平成八年俳句の現在」のアンケートに回答。

平成九年（一九九七）　**六八歳**

第二〇回俳人協会新人賞選考委員を務める。「俳句朝日」一月号より一二月号まで「添削教室」を連載。「俳句朝日」二月号の「特集・雪を詠う」のアンケート「雪の一句」に小文「時代を映す俳句」を寄稿。「俳句」二月号「競作・梅を詠う」に「ささほうさ」七句発表。「俳句界」二・三月合併号の「昨年最も注目した句集など」のアンケートに回答。「泉」五月号、立木青葉郎追悼・追悼文「『朴の会』の青葉郎さん」を寄稿。六月二八日から三〇日、「大山・泉の集い」開催（於・鳥取県大山寺「とやま旅館」・米子市皆生温泉「東光園」）。「俳壇」六月号の「競詠新素材を詠む」に「居酒屋」三句発表。「俳句朝日」六月号に「空の微笑」七句発表。「俳句研究」七月号に「竹の皮」一五句発表。八月三一日、浦和俳句大会（「俳句朝日」・朝日新聞社主催）にて講演。「俳句」一〇月号に石田小坡句集『雲珠櫻』評・「絶妙の『間』」を寄稿。「俳句研究」一〇月号の上田五千石の俳句再入門の鼎談講座「第十講　定型と切れは句のいのち」に原裕とともに出席。「俳壇」一二月号の「五千石百句」に「綾部仁喜選」を寄稿。「俳句年鑑」の「世代別・'97年の収穫・八十代以上」に「一筋の道の眺め」を寄稿。「俳句研究」一二月号の「平成九年俳句の現在」のアンケートに回答。「俳句朝日」一二月号の年末大特集「一年の成果アンケート」に「自選の3句」を発表。

平成十年（一九九八） **六九歳**

「俳句研究」一月号の「haiken 中級講座第一講」の「私はこう学んだ、こう教えられた」に「膚身を通してしみこむもの」を寄稿。「俳壇」一月号から六月号まで「俳壇時評」を寄稿。「俳句朝日」一月号の「俳句実作入門」に「俳句は『切れ』」を寄稿。「俳句研究」二月号に「秋冬」一五句発表。「俳句」三月号に「年籠」一六句発表。「俳句朝日」三月号に「神保町」七句発表。「俳句研究」四月号の「こらむ講座」に「パッと消えて、のこらない」を寄稿。「俳句朝日」五月号の「特集・鳥を詠う」に「春禽燦燦」を寄稿。五月三〇、三一日、「泉の集い」開催（於・箱根「豊栄荘」・箱根旧道巡り）。「俳句」六月号に「有意義な虚子三俳話集の文庫化」を寄稿。「俳句研究」六月号の「テーマ鼎談・俳句十年目伸びる伸びないはここで決まる」に藤田湘子・石田郷子とともに出席。「俳句」七月号の「私が選んだ女流秀句『大アンケート』」に回答。「俳句朝日」七月号の「第一回俳句朝日賞創設記念選者競詠20句」に「青谷」を発表。「俳句研究」八月号に「若竹」九句発表。「俳句朝日」八月号の「実作入門」の「報告句を避ける方法」に「総論・報告とは何か 納得ではなく、感動を」を寄稿。八月一二日から一四日、荒船山吟行（牛の会）。「俳句」九月号の「60歳代大特集」に「ゆかりなし」八句発表。「俳句研究」九月号の「haiken 中級講座第九講」の「推敲の勘どころ」に「推敲は自己との対話」を寄稿。「俳句」一一月号の「鷹羽狩行・半世紀の俳歴」に「私が選んだ狩行秀句」を寄稿。一一月七、八日、三崎・城ヶ島吟行（銅鑼の会）参加。「俳句研究」一二月号の「テーマ鼎談・俳句はどこへ行くのか」に筑紫磐井、片山由美子とともに出席。「俳句現代」一二月号（創刊号）の「特集・石田波郷のこころざし」に「石田波郷一〇〇句選」の抽出及び「波郷が享けた横光利一・鬼貫からの示唆」を寄稿。「俳句朝日」一二月号の年末大特集「一年の成果アンケート」に「自選の3句」を発表。

平成一一年（一九九九） **七〇歳**

「俳句」一月号から一二月号まで西村和子、中原道夫とともに合評鼎談に出席。「俳句研究」一月号の「詠む時、つくる場所」に「俳句を拾う」を寄稿。「俳句研究」二月号の「中級講座十二ヶ月第二講　句を読むということ」に「俳句の読み取り」を寄稿。「俳句研究」三月号に「鮫」一二句発表。「俳句朝日」三月号の「俳句朝日賞選者競詠20句」に「懐手」を発表。「俳句」四月号に「寒木」一六句発表。五月二、三日、谷村・桂川吟行（雲の会）に参加。「俳句朝日」六月号の「第一回俳句朝日賞選考経過詳細」の座談会に神蔵器、倉橋羊村とともに出席。「俳句朝日」七月号の「俳句実作入門」の「『けり』の使い方」に「総論凜々しく美しい『けり』」を寄稿。「俳句研究」八月号の「私の作句信条」に「真面目とくすくす」を寄稿。俳人協会主催第三八回全国俳句大会に当日句選者として出席。一〇月一〇日、「泉」二五周年記念大会開催（於・東京ガーデンパレス）。「俳句朝日」一二月号の「近影、近詠」に写真と「秋芒」二〇句発表。同号の座談会「'99年の収穫を見る」に小宅容義、永方裕子、小島健とともに出席。「俳句年鑑」の「合評鼎談・総集編」に出席。「俳句研究年鑑」「1999年度作品展望」に「五〇代『気力と意欲』」を寄稿。「俳句朝日」一二月号の年末大特集「一年の成果アンケート」に「自選の3句」を発表。

平成一二年（二〇〇〇）　七一歳

「俳句研究」一月号の「俳句のヒント」に「波郷のことば」を寄稿。「俳句研究」二月号の「俳人アンケート・俳句の現在」に回答。「俳壇」三月号に「柚子山」一〇句発表。「俳句朝日」三月号の「俳句朝日賞選者競詠20句」に「歳晩」を発表。「俳句」五月号に「のどか」一六句発表。「俳句研究」六月号に「慈姑」七句発表。「俳句朝日」六月号の「第二回俳句朝日賞最終選考経過詳細」の座談会に神蔵器、倉橋羊村とともに出席。六月四日、五日、「泉の集い」開催（於・湯河原）。「俳句」八月号の「特集・主宰が明かす選句の基準・第一線の主宰者たちはこういう基準で句を選ぶ」に「俳句固有の性格と表現」を寄稿。「俳句研究」九月号に「夏越」三三句発表。同号の「今月の顔」の口絵に登場。一〇月八日、横須賀・猿島吟行（銅鑼の会）に参加。「俳句αあるふぁ」（一〇・一一月号）の「俳句が生まれる現場」に登場。御岳渓谷にて取材。「俳句研究」一二月号の「俳人アンケート・今年の収穫」に回答。「俳句朝日」一二月号の座談会「2000年の収穫をさぐる」に棚山波朗、鳴戸奈菜、橋本榮治とともに出席。「俳句朝日」一二月号の年末大特集「一年の成果アンケート」に「自選の3句」を発表。『新日本大歳時記』（講談社）に季語解説を執筆。

平成一三年（二〇〇一）　七二歳

第二四回俳人協会新人賞選考委員を務める。「俳句現代」二月号の「読本・飯田龍太」の「飯田龍太　作家論・作品論」に「一つのことばから――波郷から龍太へ」を寄稿。「俳句朝日」三月号の特集「蛇を詠む」に「蛇の首」と題した俳句鑑賞と「蛇」五〇句を選出。「俳句」五月号の扉に「葉桜」五句発表。五月二六、二七日、「清水・泉の集い」を開催（於・三保松原「三保園ホテル」）。「俳句研究」六月号の「中級講座十二か月」の「危うきに遊ぶ」に「固定への挑戦」を寄稿。「俳句研究」七月号の「主宰の目、選者の目」に「原則重視」を寄稿。「俳句」一〇月号に飯島晴子句集『平日』評・「坦々たる晩節」を寄稿。「俳句朝日」一一月号に神蔵器句集『貴椿』評・「篤実なる存問」を寄稿。「俳句」一二月号の「大特集・【生老病死】と俳句」のアンケート「私の闘病俳句」に「生涯余生」を寄稿。「俳句研究」一二月号「実力俳人大アンケート・いま、俳句について思うこと」に回答。「俳句朝日」一二月号の年末大特集「一年の成果アンケート」に「自選の3句」を発表。

平成一四年（二〇〇二）　七三歳

「俳句研究」一月号に森澄雄句集『天日』評・「豊饒なる常臥の世界」を寄稿。「俳句研究」二月号に「早梅」二〇句発表。「俳句朝日」三月号の「特集・芽吹きを詠む」の「芽吹きの一句」に「純粋な俳句性」を寄稿。「俳句」五月号に「二月稿」一六句発表。「俳壇」五月号に「三月稿」一〇句発表。「俳句朝日」五月号の「特集・蛙を詠む」

に「かえるの歌」と題した俳句鑑賞と「蛙」五〇句を選出。六月七、八日、上高地吟行（おおるり句会）に参加。「俳句朝日」七月号に「うららと」七句発表。「俳句研究」七月号の「俳句再考」に「話せばわかるか」を寄稿。「俳句」八月号大特集「豊饒の70歳代」に「繭籠」八句発表。九月二二日、第三句集『寒木』（ふらんす堂）刊。「俳句界」一一月号に「秋簾」七句発表。「俳句研究」一二月号の「実力俳人大アンケート・俳句の現在」に回答。「俳句朝日」一二月号の年末大特集「一年の成果アンケート」に「自選の3句」を発表。

平成一五年（二〇〇三）　七四歳

一月、「現代俳句の世界」（「俳句研究」編集部編）の「私の平成俳句」に「いつまでもいつも」を寄稿。「俳句」の「テーマ別私の一句　三六人集」のメンバーとして一月号から一二月号まで参加。「俳句研究」一月号の「新刊句集渉猟」に句集『寒木』が評される。「俳句」二月号のグラビアに遠山陽子と登場。同号に「枯園」五句発表。「俳句研究」四月号に「寒の内」二〇句発表。四月五日、六日、「浜名湖・泉の集い」を開催（於・静岡県弁天島温泉、浜名湖観光ホテル「開春楼」）。「俳句」四月号の「大特集・定型の底知れぬ力」に「総論・定型というもの」を寄稿。「俳句研究」七月号に「鈴木真砂女の一句」を寄稿。八月、妻、百合子脳梗塞にて倒れる。「泉」に連載中の「山王林だより」は九月号（No.一一〇）をもって休載。一〇月、発行所を藤本美和子宅に移転。「俳句界」一〇月号に巻頭作品一二句「夏木立」発表。「俳句αあるふぁ」一〇・一一月号の「αあるふぁの顔」に登場、インタビュー記事と「自選一五句」掲載。「俳壇」一二月号に「重陽」一〇句発表。「俳句界」一二月号の特別企画「俳句の国・日本」に代表句三句発表。「俳句研究年鑑」（二〇〇四年版）の「今年の感銘句」に「三句燦燦」を寄稿。

平成一六年（二〇〇四）　七五歳

「俳句」一月号の新年詠に「枯れ」一二句発表。「俳句研究」一月号に「寒夕焼」一〇句発表。三月、肺気腫による呼吸不全のため気管切開の手術、入院。以後声を失い筆談による入院生活となる。この間「泉」五月号、六月号は大澤ひろしが代選。「俳句界」五月号に「辻に立つ」八句発表。「俳句研究」七月号に「失声記」三二句発表。七月九日、前代表石田勝彦没。「泉」八月号より「山王林だより」は番外編として不定期ながら再開。「俳句研究」一〇月号に「夏旺ん」三三句発表。一〇月八日、「泉」三〇周年記念大会及び同人総会開催（於・東京ガーデンパレス）。

平成一七年（二〇〇五）　七六歳

一月から一二月までふらんす堂ホームページの「俳句日記」に登場。「俳句」三月号の特別作品五〇句に「黙示」発表。「泉」四月号の石田勝彦追悼特集に「こぼれ話ひとつ」を寄稿。「俳句研究」六月号に特別作品三三句「今日」を発表。五月、「俳句研究」のインタビューを入院中の病院ロビーにて（筆談）受ける。インタビュアーは髙柳克弘。同九月号の「現代俳人の貌」にインタビュー内容掲載。「俳句」一二月号の「近代結社の師系」に寄稿。「俳句研究年鑑」（二〇〇六年版）の「俳句この一年」に「終末期を生きる」を寄稿。

平成一八年（二〇〇六）　七七歳

「俳句」一月号に新年詠八句「百木」を発表。「俳句研究」一月号に「冬の花」一〇句発表。五月一三日、一四日、「泉」鍛錬会及び同人総会開催（於・栃木県光徳温泉日光アストリアホテル）。「俳句研究」三月号に「木の声」二〇句発表。「俳句四季」八月号に巻頭作品三句発表。「俳句」一〇月号に「枇杷二つ」一六句発表。「俳句研究年鑑」（二〇〇七年版）の「俳句この一年」に「わたくし的ということ」を寄稿。

平成一九年（二〇〇七）　七八歳

「俳句」一月号に新年詠八句「枯野」を発表。「俳句研究」一月号から三月号まで「三か月連続競詠」に参加。一月号に「冬泉」、二月号に「伊勢暦」、三月号に「待春」各二〇句発表。五月一三、一四日、「泉」鍛錬会開催（於・千葉県鴨川かんぽの宿）。「俳句研究」九月号に「夏料理」八句発表。「俳句界」一二月号に三句発表。「俳句研究年鑑」（二〇〇八年版）の「俳句この一年」に「『俳句研究』の休刊に思う」を寄稿。

平成二〇年（二〇〇八）　七九歳

「俳句」一月号に新年詠八句「多摩」を発表。「俳句研究」春号に「春を待つ」一二句発表。五月一一、一二日、「泉」鍛錬会開催（於・長野県戸倉上山田温泉　ホテル清風園）。「俳句研究」秋号に「秋口」一二句発表。「俳句研究」冬号に「枯れ」一二句発表。九月九日、第四句集『沈黙』（ふらんす堂）刊。一〇月三〇日、評論集『山王林だより』（角川SSコミュニケーションズ）刊。「俳句」一一月号の「結社はいま…」に「泉」が紹介される（執筆・藤本美和子）。「俳句研究年鑑」（二〇〇九年版）の「俳句この一年」に「読者を信じる」を寄稿。

平成二一年（二〇〇九）　八〇歳

一月、評論集『山王林だより』が第二三回俳人協会評論賞を受賞。「俳句」一月号に新年詠八句「寒の入」を発表。同二月号に遠山陽子による句集『沈黙』の書評「冬泉の静謐」掲載。「俳壇」二月号に「春隣」一〇句発表。「俳句研究」春号に「二月」一二句発表。「高浜虚子の世界」（角川学芸出版）の「私の虚子掌論」に「包まれて共感」を寄稿。「俳句研究」夏号に「雲の峰」一二句発表。七月、第四句集『沈黙』が第九回俳句四季大賞受賞。「俳句四季」七月号に「受賞のことば」を寄稿。「泉」八月号では『沈黙』句集特集を組む。句集評は「造化から賜りしもの」を藤本美和子、「『韻文精神』をみたすもの」を井上弘美が寄稿。「一句の周辺」をきちせあや、柴崎七重、坂田トキ子、笹尾照子、長沼利恵子、菅家瑞正、山本恵子らが寄稿。「俳句」一〇月号の「特集・友を詠む、友と詠む」の「句友から学んだこと」に「朱に交われば」を寄稿。「俳句四季」一〇月号「今月のハイライト」に「『泉』三五周年」を寄稿。「俳句研究」秋号に「涼し」一〇句発表。「俳句研究」冬号に「十題」一〇句発表。「俳句研究年鑑」（二〇一〇年版）の「俳句この一年」に「蛇笏・龍太の系譜」を寄稿。

平成二二年（二〇一〇）　八一歳

「俳句」一月号に新年詠八句「初富士」を発表。「俳句研究」春号に「春の霜」一〇句発表。「俳句研究」夏号に「故園行」一〇句発表。「俳句四季」五月

号に巻頭三句発表。「俳壇」六月号の「特集・いよよ華やぐ——八十歳からの俳句人生」に「故園」八句と短文発表。「正岡子規の世界」（角川学芸出版）に「私の子規掌論」・「『俳句の初歩』に学ぶ」を寄稿。「俳句研究」秋号に「草茂る」一〇句発表。同号に「自註三四句」発表。「WEP俳句通信」（五八号）に「石榴」二五句発表。一〇月一日、「泉の集い」開催（於・かながわ女性センター）。「俳句」一一月号に「北の樹」一六句発表。「俳句」一二月号の「森澄雄の生涯と仕事」の「森澄雄の俳句鑑賞」に「澄雄俳句の文体」を寄稿。「俳句研究」冬号に「枯木山」一〇句発表。「俳句研究年鑑」（二〇一一年版）の「俳句この一年」に「森澄雄氏を送る」を寄稿。

平成二三年（二〇一一）　**八二歳**

「俳句四季」一月号に巻頭三句発表。「俳句」一月号に新年詠八句「破魔矢」を発表。「俳句研究」春号に「早春」一〇句発表。「俳句四季」四月号の「新作家訪問」（綾部仁喜）に登場。「泉」四月号より新設一頁エッセイ「季節の窓」の連載開始。「俳句研究」夏号に「激震」一〇句発表。「俳壇」六月号の「巻頭エッセイ」に「療養生活と療養俳句」を寄稿。「俳句研究」秋号に「明易」一〇句発表。

平成二四年（二〇一二）　**八三歳**

「俳句四季」一月号に巻頭三句発表。「俳句」一月号に新年詠八句「年始」を発表。四月一〇日、「泉の集い」開催（於・笛吹市石和町農村環境改善センター）。七月一八日、妻、百合子没（享年七六）。「NHK俳句」一一月号の「俳句上達へのメッセージ」に「日常を掬いとる俳句」を寄稿。「俳句四季」一二月号に巻頭三句発表。「泉」のホームページ開設。

平成二五年（二〇一三）　**八四歳**

俳人協会名誉会員となる。「俳句」一月号に新年詠八句「むささび」を発表。三月九日、ふらんす堂企画による「綾部仁喜特集」のインタビューを病室にて行う（インタビュアー山岡喜美子）。「ふらんす堂通信」一三六号に新作一〇句「春へ」を発表。インタビュー記事とともに堀本裕樹が「凜乎たる沈黙」、藤本美和子が「師綾部仁喜の横顔──生地に根ざす」を寄稿。九月二七日、「泉の集い」（於・かながわ女性センター）。「俳壇」一二月号に巻頭作品「偶」一〇句発表。

平成二六年（二〇一四）　八五歳

「泉」主宰を藤本美和子に譲り顧問に就任。「俳句」二月号に「年の内」一六句発表。「俳句四季」四月号に巻頭三句発表。「俳句αあるふぁ」八・九月号に「わたしの来し方行く末」を寄稿。七月、体調悪化により面会不能となる。一〇月二六日、「泉」四〇周年記念大会及び祝賀会（於・吉祥寺聘珍樓）。

平成二七年（二〇一五）

一月一〇日急性呼吸不全にて死去。享年八五。戒名は韶峰仁喜居士。「俳句文学館」（三月五日付）に「綾部仁喜名誉会員を悼む」として藤本美和子が寄稿。一一月一日、高尾・うかい鳥山にて「綾部仁喜先生を偲ぶ会」を行う。誌友四一名が集う。「泉」一一月号にて「綾部仁喜追悼号」を組む。口絵に思い出の写真。追悼エッセイとして「幻の一句」を藤本美和子、「黙示」を井上弘美、「先生からの葉書」をきちせあやが寄稿。「思い出の一句」を辻純、菅家瑞正、柴崎七重、岡野由次、石井那由太、秋山てつ子、荒井英子、今関淳子、植竹春子、大坂黎子、古津ミネ子、小橋信子、笹尾照子、高野美智子、長曽美沙子、長沼利恵子、藤本夕衣、山本恵子、陽美保子、横山悠子が寄稿。ほかに「綾部仁喜二百句抄」「綾部仁喜略年譜」を掲載。

あとがき

生前、綾部仁喜と約束していた全句集をここにようやく出版できる運びとなりました。

作業の最中、新型コロナウイルス感染症などの緊急事態があったとはいえ、年譜作成など資料収集が大幅に遅れてしまったこと……。これはひとえに私自身の力不足によるものです。誰よりも泉下の綾部仁喜先生にお詫びせねばなりません。

本書は既刊句集『山王』『樸簡』『寒木』『沈黙』に、あらたに「『沈黙』以後」を加えたものです。

この他、第一句集『山王』以前、つまり「馬酔木」「鶴」に所属、水原秋櫻子、石田波郷、石塚友二の選を経ながら句集には未収録であった全作品を「『鶴』投句時代」と名付け、収めることにいたしました。三人の先師の選にまみえるよき機会となりますれば幸いです。また、ふらんす堂の「俳句日記」も収録いたしました。

綾部仁喜は昭和二十八年、二十四歳で俳句を始め、石田波郷に師事。波郷門であることを生涯誇りとし、波郷の掲げた「韻文精神」を礎に後進の指導にあたりました。

平成二年、石田勝彦から第三代「泉」主宰を継承後は「俳句以外のなにものでもない俳句」「純粋俳句」を私共に説き続け、実践に努める歳月でもありました。なかでも第二句集『樸簡』の「あとがき」に記した「俳句は造化の語る即刻の説話と考へてゐる。俳人はその再話者である」は綾部の俳句観を端的に示す言葉として知られています。

しかしながら、平成十六年三月末、七十五歳の折、肺気腫による気管切開のため声を失いました。筆談に頼る日々でしたが、

綿虫や病むを師系として病めり　仁喜

と自身の境涯もまた「師系として」享け入れ、十年余りにおよぶ入院生活を送ったのでした。その間、主宰として病床での選句を続け、自身の作品発表を通して私共に「俳句とは何か」を発信し続けてくれたのです。病床にありながら、俳句とともに生きる姿勢を示し続けて下さった先生にあらためて畏敬の念を捧げたく存じます。

入院中、筆談時に交わした数々のメモからは綾部仁喜の声が息遣いとともにいまも聞こえてまいります。

この声に耳を傾け、綾部仁喜の膝下で学べることの叶った幸運を心において、仲間とともに歩みつづけたく思います。

出版に際しまして、ご協力賜った「泉」の皆さまに心より感謝申し上げます。ことに「『沈黙』以後」の作品収集においては陽美保子さん、年譜作成にあたっては小山草史さんにお世話をおかけしました。ふらんす堂の山岡喜美子さまにも多大なるご協力を賜りました。

初句索引の段階では井上弘美さんにお力添えをいただきました。記してお礼を申し上げます。

本書が綾部仁喜の俳句に接する一書として、多くの皆さまに読み継がれてゆく機会となりますことを心より願っております。

二〇二四年七月

泉主宰　藤本美和子

●初句索引

○配列は現代仮名遣いによる五十音順である。
○初句が同じ場合、第二句を付記し本書の出現順に並べた。

あ　行

空いてゐる　九三
喘ぎ引く　一三八
あをあをと　一四八
青き踏む　一六八
青きもの　一八
青胡桃　二〇八
青苔に　五九
青鷺の
—首納まりて　九九
—望遠鏡は　一七三
—羽交ひに眠る　一八九
青笹の　六五
青簾　二〇三
青空が　一三三
青空に　二〇九
青空の　一八二
青空を
—蛭のびきつて　六〇
—きのふの花の　一二六
青田より　二一七
青梅雨の
—箱にそだてて　二〇
—奥の一樹に　一七三
青梨の　一九一
青饅に　一六五
青饅を　一三四
青萩に　一三一
青葉木菟
—鳴いてはじまる　四〇
—吾子に託さむ　二〇八
—覚めがての目は　二一五
青鬼灯
—夕日みづみづしく　二三
—月日とりとめ　一〇〇
—一茎に夜の　一三七
—また雨降つて　一七四
赤き実の　一八三
赤すぎる　一五一
赤とんぼ　一〇五
赤星の　六〇
赤星や　一九三
赤松の　一二九
赤ままや　一八〇
明るくて　二七
秋暑く　一七七
秋風の　一〇六
秋草を　一八〇
秋口の　一七七
秋口や　四三
秋雲の　一四一
秋寂びて　一九三
秋澄むと　一五〇
秋近き　一九五
秋蝶の　一八一
秋湯治　七六
秋の雨　一〇七
秋の風　二〇五
秋の暮　二〇四
秋の波　七一
秋日跳ぶ　二一六
空瓶に　一九五
秋深みたり　七七
秋遍路　一七
秋めくと　一八九
秋めくや　一三
悪声を　一六七
悪相と　一六
あけくれも　一一八
あけてまた　一三八
揚花火　一七六
通草裂け　一七九
揚雲雀　二一〇
明易き　二二六
吾子の名の　二〇九
朝あけの　一三七
あさあさと　二一四
朝市の　一一二
朝顔の　一〇六

麻殻を　一〇四
朝曇　一三七
朝桜　一九三
朝寒の　一二七
朝月の　二一一
朝鳥の　一四三
朝寝して　二五
朝の枝　二一一
朝の茶が　一八九
朝の露　二一五
朝の窓　一七一
朝拭きの　一七九
浅蜊飯　一一
足跡を　九八
足凍てて　二五
足音の
—また遠ざかる　一二
—来て止まりたる　一八三
紫陽花は　一七五
紫陽花や　二〇三
脚漬けて　二一〇
足許に
—うすき水ある　一一五
—始まる道や　一四四
足もとの　六四
趾の　一〇四
蘆若葉　五七
梓川　二一〇
畦青む　一九一
汗垂れて　二〇八
畦跳んで　二〇九
汗の背へ　二一七
遊び着の　六四
あたたかく　一九四
新しき　八二
あたらしき
—泥水が来る　一二五
—道に人ゐて　一七六
熱き茶の　六五
厚物に　一一一
あとさきに　二一六
アパートの　二〇七
脂こき　六四
油蟬　六七
雨降嶺や　五八
雨音に　一〇五
雨音の　二四
蜑が家の　三二
雨雲の　六一
雨乞の　一〇二
海女小屋の　七一
雨樋の　九二
雨水を　一〇五
網出づる　一〇〇
雨凍みの　一六四
雨降つて　九〇
あめふらし　四〇
あめんぼう　六〇
あやまちて　一六七
あやめぐさ　一九〇
鮎錆びて　二七
荒々と　六〇
洗ひたる
—硯の裏を　一六
—硯の山河　二〇
阿羅漢の　二一五
あらたまの
—手を当てて幹　一四五
—いのちの痰を　一九〇
荒畑の　九一
荒浜と　八四
あらはれて　一九三
ありありと　六六
蟻がゐて　一七四
或るときの　一六四
安房海女に　一一七
安房棚田　一五三
吾を生かす　一七〇
あんかけの　一三
鮟鱇の
—頭上の電球が　一二
—夢みる眼　一一四
—肝のいかにも　一一四
庵主さま　四四
遺影寧し　二一六
家裏の　一〇六
家に置く　一九六
怒りゐて　二四
怒りの詩　二〇六
斑鳩の　四四
息白く　二〇四
生きて会ふ　六二
生きてあれ　一九四
生きてゐる　一九三
息のどか　一三五
生髯の　一〇一
息欲しく　一九九
息痩せて　一九三
いくたびも
—波くつがへる　四〇

—草に触れたり 一七六
生くるとは 一五七
活け枯らす 一五一
活けて日の 一八九
池水を 五六
いさかひし 二〇六
いささかは 一七九
石臼に 一三
石臼の 七九
石垣を 五六
意識やや 一九五
石組を 一五四
石段の 一五五
碑の 三六
いづこより 一八三
椅子涼し 六四
出雲巫女 三一
伊勢へ向く 六五
磯の香や 二〇三
虎杖を 二一七
板羽目に 六六
一庵を 五三
一教室 二一四
一郷に 三六
一児つひに 二一五
一日に 五五
いちにちの
—日和の消ゆる 一一八
—記憶の中の 一三一
一日の
—半分が過ぎ 一四三
—桜の窓を 一九〇
いちにちは 一四六
一の客 一九五
一八の 一七一
鳶尾草や 九七
一病に 一九六
一木に 一一〇
いちまいの 一九五
一羽来て 九〇
一荷来て 一七四
一掬の雨 二一二
一枝活け 一五〇
一章を 一四〇
一食全粥 一九六
一身の 一九七
一卓に 一二七
一鳥を 一二一
一灯を 七一
いつの世も 一一
一歩づつ 一〇八
一本の
—道あり冬に 一二八
—芒の水を 一四〇
一本を 一〇九
いつまでも
—いつも八月 七〇
—痰鳴る咽よ 一九八
いつよりの 一〇四
出で入りの 一一九
凍蝶に 一四六
糸南瓜 一三
糸に貫く 二一八
蝗取 二一一
いなびかり 一〇五
犬つげの 七六
いぬふぐり
—じやんけんしては 一一
—声かたまつて 二九
—大足の師を 二九
犬ふぐり 二一三
寝ね足りて 一九六
居眠りの 四五
いのちある 一二八
生命激し 二〇八
訝しき 二九
いまだしき 四四
意味のある 六五
藷植ゑて 一六七
藷かぼちや 二七
芋の穂に 一七七
イルカ歌 一五六
いろいろの 七七
色失せる 一七五
色草を 一三二
色強し 一九一
岩々に 七四
岩茸は 三五
岩づたふ 九二
岩肌の 一一八
岩冷えや 二一五
巌渡る 二一八
慇懃な 一一七
魚臭き 二一
浮び出し 九三
浮氷 八九
浮葉にも 九八
鶯に 五一
鶯の
—声たちのぼる 五一

—老ゆる大きな　九九
雨月かな　二一二
雨後の木の　二三
牛飼ひの　一九
牛突きの　三二
牛鳴いて　一二五
牛の背の
—余す日向や　一九三
—木洩れ日青き　二一三
丑の日の　一七六
後ろ手を　一八三
うす味に　九七
うすうすと
—幹乾きゐし　五七
—いのちの汚れ　一九二
薄氷　一五七
薄氷に
—うすうす残る　一四二
—足踏みなほし　一六七
薄氷の
—向かうが見えて　一六六
—平らかならぬ　一六九
—一片遠し　一九二
薄氷や　二〇九
薄氷を　一五二
鶉食ふ　二〇九
疑へば
—院内感染　一六七
—前山の藤　一七〇
打ち寄する　一七五
美しき　一七
空蟬を　一七七
うつつなき　一三二
俯いて　一九七
腕組みの　二六
独活きざむ　二〇七
うとまれて　七七
鰻屋の　一七
海坂の　七一
海底の　九四
卯の花腐し　二一七
馬作り　一七五
馬の瞳の　二一四
産みをへし　三四
海霧の　五九
産月に　二〇八
海鳥の　一三七
海の鵜の　一七三
海の日の　一一六
湖まはり　四一
海山の　一七八
梅一分　三八
梅干して　六七
裏返る
—蟬の嗚咽を　二六
—机の上の　一九二
末枯を　一八〇
裏口を　九三
裏年の　三二
裏盆の　七〇
裏山の
—聖の樫の　三八
—十歩の松を　一一八
瓜食うて　六五
瓜食べて　六九
熟れ柿の　三七
運慶の　一五
雲中の　六一
雲梯の　一五二
エジプトの　二二
枝打ちの
—下り立てる足　一一五
—そらの空きたる　一四七
枝々に　二一
枝先の
—こたへて雪を　一四二
—ほのぼの尖る　一五八
枝払ふ　二〇
柄の尻を　三七
笑まひ弱し　二〇三
ＭＲＩに　一六四
絵筵の　六三
衿足の　一九三
炎日に　六六
槐下に　二一四
円心を　九八
遠足児　五七
塩田に　二一五
炎天の
—岩から岩へ　二六
—怒れる岩を　二七
炎天へ　一〇二
炎天や　一〇二
炎天を
—行く直立の　一〇二
—行く漆黒を　一七五
厭離庵　四四
生ひいでて　八九
大いなる　一九七
大岩を　七六

おほかたは
—蛍袋の 一五四
—枯葉色なる 一八四
大蟹の 二一七
大川へ 二〇三
大国魂神へ 三一
大皿の 一七二
おほぜいの 一六七
大束の 八二
大津絵の 一五
大手門 一七
おほてらの 八四
大年の
—用なけれども 三八
—暗き机に 四七
—鴨居の上や 二一九
おほとりの 二三七
大縄手 三〇
大橋が 一〇六
大原は 二一八
大ぶりの 一〇八
大部屋に 一五〇
大部屋は 二三五
大部屋を 七二
大屋根の 一八〇
大鷲の 一六六
大綿に 七八
大綿や 二八
起きなほりては 六三
沖の鴨 一一七
奥ゆきの 一〇三
送りきし 二〇九
送り火の 二〇八
稚くて 一五〇
幼な子の 七七
をさな子の 九六
押し出づる 一六三
押しこぞる 三〇
押黙る 九六
啞われに 二三六
遅桜 一九四
恐山 二六
遠方の 一一〇
落ちつかぬ 一八九
落葉光 二〇六
落葉せぬ 一一三
落簗の 七四
頤を 一一〇
男手の
—喰積の色 一九六
—厨火熾り 二〇七
音すこやか 一八二
音たてて
—きたる時雨を 一四四
—流るるものの 一六七
音ひとつ 一四六
乙女子の 五五
踊子の
—遥かなる目の 七〇
—足休むとき 一〇五
をなもみの 一八〇
おのづから
—ほどけし桑の 五七
—曲りて萩の 一〇七
お遍路に 一四三
朧夜の
—子役にすこし 三四
—かならず鯰 五五
—これからはみな 一九六
朧より 九三
をみなへし 一四〇
思ひ出す 一三三
思ふまま 一七
親不知歯 二一三
降りぎはの 九一
織工場 二〇七
折鶴の 一九〇
折れて咲く 一七八
飲食の 二一七
温暖化 一九七
女の汗 二〇五
女らの 六一
女らや 九四

か行

カーテンの 一六七
カード式 一六八
魁偉なる 三五
会議や、 二〇四
回診医 一四八
鳰とも 七八
街道は 六九
外套を 二一三
魚梆の 五三
かへりみる 一九四
顔あげて 二〇六
顔拭ふ 一九八
顔拭いて
—ゐて長崎の 六九
—眼を拭いて 一九五

かがまりて　二〇六
かがやきて　四〇
柿高し　二一八
柿接いで　九一
垣通し　一九七
柿の木に　三三
柿の朱が　二一七
柿干すや　二〇三
柿むくや　二〇六
垣結つて　二〇八
かく暑き　七一
かくてこの　一五七
格別な　一三一
掛大根　二一一
崖土の　一八三
影の大地を　二〇八
崖のぼる　一八九
影睦む　一七九
陽炎の
—芯ひえびえと　九二
—奥行なども　九二
籠出づる　三七
風音も　六三
風垣に　二〇九
風車　二五
傘さげて　二一七
かざす手も　二〇三
暈月を　四二
飾りなき　二〇三
河鹿きく　五九
加湿器の　一九四
霞被て　五三
霞草ばかりを　一三〇
風入や　三一
風邪ごゑに　二〇五
風邪の神　二一八
風邪の床　二一九
片蔭に　一〇二
片蔭も　二一五
片蔭や　一〇二
かたくりの　五一
形代に
—かけたる息の　六八
—なき鳩尾を　六八
形代の　六七
形代を　九九
肩張つて　二〇八
かたまつて　七八
語り継ぐ　一三〇
学校園　二一一
学校の　一七八
郭公や
—万緑のどの　四一
—下山の頭　六一
蝌蚪生る　二一八
蝌蚪飼つて　二〇六
蝌蚪の紐
—突かれて泥を　九三
—三日ほぐれず　二一七
門火して　二一八
かなかなや　二一二
金串の　八九
カニューレの　一七〇
蚊の声を　一二七
かばかりの
—畝数にして　一三三
—ことたふとしや　一六五
黴煙　九八
香まぎれず　二一五
鎌倉の　九〇
蒲の穂の　一七九
蒲の絮　三三
噛み合はす　一七九
髪切つて　一九六
神さまが　九五
紙漉の　三八
紙漉女　三八
神棚に　八〇
紙の鶴　二〇九
神の浜　三三
紙袋置く　二四
神舞と　四六
紙を切る　一七六
亀石の　三四
萱青き　二一〇
萱の葉に　一四
粥食ふや　一九〇
唐神の　六二
烏瓜　一八〇
落葉松の　二〇八
からむしを　七五
借られたる　九五
雁がねの　二九
刈草の　六一
刈込みの　一八一
刈り残す　二一一
雁行くと　二〇五
枯るる中　二一〇
枯るるべく　一八二
枯菊を　七九

枯れきつて 七九
枯木星 二〇五
枯草に
—親しみし手を 一四四
—脱げり軍手の 二一三
枯草を 一八三
枯桜 二七
枯紫蘇の 七九
枯蔓の 五四
枯れに入る 三三
枯蓮の 一九六
枯れはてて
—わが生涯の 一八四
—一病床に 二一〇
枯山の
—去年の光に 一四一
—刈株蹴つて 一九四
川明けの 一〇〇
川風の
—しやこばさぼてん 八四
—ふるへやまざる 一三一
川狩の
—水たふとびて 一九二
—果てたる石を 一九二
川狩や 六〇
川杙の 八九
川筋に 五六
川中に 三七
河原木も 九七
寒明くる 二一七
寒明けに 一四七
寒荒れの 八三
寒雲や 二〇六
寒鴉
—田畑といふ 二二〇
—ひとこゑは空 二二一
かんかんに 五六
寒紅梅 一六四
寒肥の 一五
看護婦の
—ピアスの金も 六三
—そこにをりたる 一三九
—声のこぼれの 一五一
—廊下の声の 一六九
—ひとり呟く 一九一
—見せてくれたる 一九九
元日の
—茶の冷えてゐし 二八
—帰宅や妻に 一九六
—看護婦詰所 一九八
元日は 一九六
漢籍を 三七
寒卵 二〇九
邯鄲を 一四
巫の 九一
カンナ火の 二〇五
カンナ炎え 二〇九
寒ぬくし 一五
寒の雨 一二〇
癌の語と 二一六
寒の月 二〇三
寒の水 一五二
寒の闇 二一七
観音の 八一
寒梅の 一四二
寒晴や 一六四
寒旱 一九
干瓢の 一〇三
寒凪の 八四
寒鮒の 一一九
岸壁の 八一
寒紅に 八三
寒木と 一四五
寒木に 一五二
寒木の
—ふたたびの影 一五六
—暮れてまとへる 一五七
寒木を 一二〇
寒木瓜や
—一壺の骨の 二〇七
—炉の戸はためき 二〇七
寒干しの 二二一
寒餅の 二一九
寒餅を
—切り悪縁を 二二一
—一口食ひて 二二〇
寒夕焼
—妻と見る日を 二三四
—足元暗く 一九五
甘藍苑 二〇五
観覧車 三九
寒林へ 一五二
聞きとめて 一〇五
菊芋や 三五
菊枯るる 七九
菊白し 二一四
聞くのみの
—八十八夜 一七〇
—羽子板市を 一八四
きしませて 一九六

黄菖蒲も　一三一
黄水仙
—咲く一尺に　一四三
—顔施をわれに　一五三
帰宅また　一九七
北空を　一八九
木津川を　二六
狐火や　一一七
着なれたる　一七
木の声に　一四七
木の瘤の　一六三
気ののらぬ　一九一
木の股に　四五
貴船菊　一一一
君すこし　一九三
逆縁と　一九三
客ひとり　五八
救急車　一九一
旧正の
—水の立てたる　五一
—畦道を来る　一六五
旧宅や　一九八
旧知とは　一七七
牛鍋や　一一四
旧盆の　一〇四
今日ありて　一六九
狂院に　一五
教会の
—棟上げてゐし　二九
—石油ストーブ　一一一
暁光の　一四六
凶作田
—日和おろかに　二一一
—牛の鼻環　二一一
教師いつまで　二〇五
競漕の
—出足遅れし　一七〇
—勝者もつとも　一七〇
兄弟や　二〇七
教卓に　二一〇
夾竹桃　一九四
胸中に　一三八
今日の日が　一四三
今日の暉が　一九〇
けふのひの　一五八
きらきらと　四〇
桐咲くや　一九〇
切山椒　一九八
切支丹　七七
桐の花
—居留守を妻に　三〇
—かの日の禁書　二一五
桐の実や　一一三
霧霽れて　二〇三
霧を来る　二一一
金盞花　一六四
空也忌の
—大杉に垂れ　四六
—ひと時雨　一一三
空也像　一五
供華の菊　一二七
草刈つて　六二
草木より　一四四
草摘の　三四
草の露
—たたずむ者は　一八〇
—子を抱いて　一八一
草の花　三二
草の葉の　一〇五
草の実を　一二七
くさびらの　一四
嚔して　二〇九
草萌を　一六七
草蓬　二〇七
樟落葉　三一
屑籠に　一九一
葛切に　一七六
屑に出す　五九
楠の下　四三
葛餅の　六五
下り簗　二七
口あかく　二〇四
口あけて　一八二
口々に　二一一
嗽ぐ　九五
朽花を　一七四
靴軽く　二一八
国神と　三二
国引の　三二
首垂るる　一七四
熊食ふや　八〇
熊蟬や　一三
熊鍋の　八〇
汲みこぼす　七五
雲ありて　八三
蜘蛛の巣を　一九七
雲の端に　二二二
雲の峰　二一八
雲はみな　一九二
曇り日の　五二

曇り日や　一九七
暗きより　二一八
海月にも　六六
蔵元の　五九
くらやみを
—見るとき立ちて　一一九
—年来つつあり　一一九
栗落葉　一八四
栗挿して　二一六
栗を煮る　一八〇
くれなゐの　一九二
暮れはてて　七七
暮早く　一九一
黒黒と　一七三
クロッカス　一九八
黒猫の　一九二
桑いきれ　一二
桑の根を　二一四
桑の葉の　一三七
桑の実を　五九
軍艦が　一一七
軍艦を　六三
啓蟄の
—闇雪崩るゝや　二〇五
—地に錫鳴つて　二一六
啓蟄や　一六六
鶏頭と　一四〇
鶏頭の
—太郎と見れば　二一
—舌禍の如く　二四
—隈も乱れず　二〇六
鶏頭や　一九四
鶏頭を　七二
激震の
—かの地の病者　一九四
—呼吸器に足す　一九五
激流を　一七二
今朝秋の　一七六
今朝秋や　六八
今朝もゐる　一八五
夏至の雲　一七三
消し残す　二一三
月蝕の　四七
血中酸素　一三八
月齢も　九五
煙るストーブ　二〇七
玄関に　一七〇
紫雲英田の　三九
玄黄を　一六五
乾坤に　一五九
献体の　七二
恋戒しむ　二〇五
恋猫と　二〇七
恋猫に　一六六
恋猫の　三四
恋の鳩に　二一七
鯉の眸の　一九六
恋果てし　二一七
小鰯を　一九一
行雲と　一五九
交換の　一九二
耕牛の　二〇九
甲子園　一七七
格子越しの　二一四
耕人の　七六
口中に　一三六
紅梅に
—梅坪囃子　二九
—待たされすぎの　五二
—瞑目のみの　一九七
紅梅の
—その先の紅　五二
—眼を白梅に　九〇
紅梅を　一五七
業罰の　二〇三
河骨の　五九
膏薬を　一九七
声あげて　二一二
声失せて　一九四
声声の　一三五
声出さぬ　一〇八
声だして　二一四
声なくて　一三六
声なしの
—言葉減りゆく　一八九
—鬼豆打つは　一九〇
声のして　一〇六
声ひとつ　一四五
こほろぎを　一八一
五月逝く
—江戸手拭の　九七
—燕の羽を　一七二
凩の　一一三
呼吸器に　一九一
呼吸器の
—息の強弱　一六七
—回路の撓ふ　一八〇
—点滅に年　一八五
呼吸器を　一九三
酷暑の痰　一七五

焦げくさき　五四
ここにまた　一四七
心づく　一九二
こころまづ　一二九
腰おろす　一八九
来し方の　六四
仔鹿の辺　二〇七
腰さそふ　九六
腰据ゑて　一九四
五十音図　一三六
小綬鶏の　一四
コスモスに
—触るる燕と　一〇八
—午後の色風　一八九
こぞりては　一七七
応ふるに　九九
小几に　二一四
子燕の　一七二
ことごとく
—低し雀も　一七四
—蚕は繭ごもり　二一四
寿ぐに　一五六
子供らは　七六
粉雪の　二〇五
子の腕の　二〇五
子の股間　二三
この際の　一七五
この十二単　一七一
この寺や　一三二
このところ　一六三
子の日は父の日　二一〇
このままで　一〇七
子の耳の　一一七
木の芽山　三九
この山の
—霧深くして　一一二
—遅れ紅葉も　一八二
子羊に　七三
牛蒡引く　七五
こまごまと　九三
こまやかに　二八
菰巻いて　一一五
菰巻の
—縄音のよく　一二八
—人ごゑ松を　一二八
菰巻を
—ほどきたる松　五三
—枝にもらへる　一一六
子守歌　二〇八
籠り撒く　二〇九
これよりの　一二五
更衣　五八
ころり死ぬ　一九二
金剛峯寺より　七二
今生の　一九〇
こんなもの　一一〇
渾にして　四六
蒟蒻の　一六

さ　行

皂角子の　四六
さいかちの　一八四
採血の　一七八
歳月の　一五八
西国は　一三〇
妻子ゐて　一九六
歳晩の　一九七
冴え返る　一六五
囀の　一六八
竿替へて　八一
遡る　五六
交る蟇　二一二
鷺草や　一九九
左義長の　二八
咲きのべて　一七六
桜濃き　五五
桜濃し　一九四
桜蕊　一七〇
桜蘂
—降つて昨日の　一八九
—流れて蝌蚪に　二一五
桜見る　五五
酒荒れの　二〇四
酒かけて　六三
酒飲みて　一九
笹鳴の　八一
笹鳴や　二一二
漣の　八九
山茶花の　七八
山茶花や
—竹のへりたる　一七
—午に間のある　二一七
差し入れの　一七〇
射しとほる　一八二
さしのべし　七八
さしむかふ　二二六
誘はれて　一九七
実朝や　二一七
サフランに　一六九
さまざまに　八三

寒きこと　一一三
曝す由　一七七
ざりがにの　一〇〇
去りぎはの　一三〇
百日紅
—遠目の色と　六八
—働らく水を　二〇九
—朝より業の　二一二
—もの言はぬ口　二一二
サルビヤの　二一六
騒がしき　五七
さわさわと　九三
爽やかに　一七九
三月の
—咽切つて　一三四
—十一日に　一九五
三鬼忌の　一一
残菊と　一二七
山茱萸や　一四二
山上に
—鍵使ひをり　九六
—寺ある村の　一三六
山上の
—家あきらかに　一三八
—家に灯の入る　一六三
山荘の　一一二
酸素室　一九八
三の酉　一九八
三飯は　一九八
山望を　一一五
山貌を　一一九
山容の　一九一
幸せな　一三五
椎樫の　一二〇
椎の日の　二二四
思惟仏を　二四
塩鮭を　一八四
潮濡れの　二〇六
塩をふり　二一六
歯科医出て　二二三
子規の忌の　一七九
しぐるると　一一三
時雨ては　二〇九
時雨とも　八一
時化濤へ　二〇六
死期はかり　一四八
四五本の　七六
地魚の
—白身をほぐす　六三
—腮ばかりの　一〇〇
ししうどの　六八
猪垣の
—村の慈姑田　四三
—石の割れ目の　四六
—端見えてゐる　五三
猪垣まで　二一〇
猪垣や　四六
猪垣を　四五
蜆屋に　五四
死者一人　一七五
静かなる　二〇三
しづかにも　七三
シスターの　一八二
舌すこし　一四七
したたりて
—婆の歩幅の　二一四
—春日の禁標の　二一六
滴りの　一九二
下萌えや　二〇五
下萌を　一六六
自堕落な　一九三
七月の　一七五
七五三　一一三
しつかりと　一九一
失声と　一九三
尿袋　八四
死水と　一〇二
死ぬるにも　五一
死ねば入れ　一九八
しばらくと　一四九
しばらくは　一八九
渋柿の　四四
師への手紙　二一二
島牛の　六二
島山は　九五
事務の胸　二〇六
注連飾　三三
霜草を　一一六
霜すこし　一九六
死も生の　一五二
下野の　七六
霜の墓　二一〇
霜の日に　一九九
霜の日矢　二〇六
霜の幹　二〇六
霜柱
—無言は力　八二
—引き抜いて　一五六
—帰宅の足と　一八三
霜光る　一八三

石楠花の　二一八
芍薬を　一七二
ジャズの町　二〇五
石鹼玉　一六五
沙羅の花　一七四
ジャン・ロルタ　二一七
十一面さんの　四一
十一や　二三
秋燕や　三五
十月の　二一六
十月や　一八九
秋暁の　二三二
十三夜　七五
秋水の　一〇九
秋声と　一七七
楸邨の　七四
袖珍版　二三九
秋天や　一四〇
十二月八日　一八四
宗門帳　一三
十薬の
—匂ひの中の　九七
—短かき茎を　一七二
秋冷の　七五
蟄閉ぢし　六九
受験期の　二一一
「受胎告知」　二〇八
酒中花の　二一六
棕梠咲くや　二〇六
棕梠の月　二〇六
春陰の　一四八
殉教の　一二
春月の出　二〇九
春光の　二〇三
春耕の　二一三
春宵の　一九八
春水に　九二
春雪の　二〇七
春雪や　二〇八
春泥の
—母牛を押す　九一
—乾きはじめを　一五八
—流れどまりが　一五八
春泥を　二〇八
生涯の
—一つ硯を　一〇四
—一室として　一九八
生姜祭　一〇六
小寒や　一九一
少女泣き　二〇六
少年院　二〇四
菖蒲園　二一三
菖蒲提げ　二〇九
菖蒲湯を　一六
精霊舟　一〇五
女教師の　二一五
職なくて　二〇四
書庫までの　一〇七
除日の妻　二一〇
女生徒の　二一七
白息の　七八
白魚の　八九
白紙に　一〇九
白紙を　一五五
白菊に
—もつとも冬の　一三三
—生者の顔が　一四一
白菊は　二〇四
白玉の　六五
白波の　一一一
白百合の　一六九
白百合や　三〇
白地着て
—おのれのことを　六四
—まつさらな夢　六四
白シャツの　三四
しろじろと　二二一
白つつじ　一七一
白南風や　六一
しろばんば　一一五
咳いて　二〇七
新藷を　二一〇
しんかんと　六八
信じをり　二〇七
新蕎麦の　三六
死んでも怒るなと　一四六
新豆腐　一三二
新米の　七七
しんめうに　一九六
新藁の　一一一
新藁を　一一〇
翠陰を　一〇一
西瓜一つ　二〇
水仙が　一六八
水仙の
—まつすぐ疲れ　一六三
—喇叭の下の　一九二
水仙を
—まつすぐ立てて　一二一
—高きに活けて　一九〇

水中花 三五
垂直に 一四八
水平に 一五六
水兵の 九八
睡蓮の 一七三
縋らんと 一三二
杉昏く 二一〇
漉桁も 八二
杉しぐれ 二一九
杉谷の 五九
杉の梅雨 二一〇
杉山に 一三九
杉山へ 五九
過ぎゆきし 一四八
過ぎゆくは 九三
すぐ降りる 一七七
すこやかな 六二
濯ぎ女に 二一〇
煤逃げの 一九五
鈴虫の 一九四
鈴虫を 七一
雀落つ 二〇四
雀の頭 二一八
簾編む 一〇〇
簾吊り 二〇八
簾ふかし 二〇八
捨ててまた 一九七
ストックや 一三五
すみずみを 六〇
住み慣れて 一九七
墨の香の 一三一
澄み細り 二一六
澄むといふ 一〇九
すもも売 一七五
するすると 一七
ずるずると 九〇
製餡所 二四
晴雲や 一八九
正眼の 五一
青山へ 二一三
清拭の
—すみたる五体 一九一
—一身さらす 一九二
—胸の色さす 一九五
聖樹の灯 二一〇
青春の 二四
背高に 一六三
晴天や 四五
生別と 一八五
清明や 一六八
関鯵の 一九一
雪嶽の
—一稜烟る 一九六
—鯉揉みあへば 一九六
雪渓の 六三
節分の 一九七
節分や 一五
銭洗ふ 一八
蟬遠し 一七九
蟬飛んで 一三九
蟬の森 二〇五
蟬放つ 一三九
セル涼し 二一七
全粥に 一九八
全粥は 一九八
選句稿 一八五
船室に 一〇六
千社札 二一七
全身に 一八一
船長の 一六四
船腹の 八一
煎餅屋の 八〇
添ひ臥しの 二一三
雑木山 五一
霜降と 一一六
葬さむし 二一四
早春や
—畦の彼方に 一五七
—空の奥より 一六五
蒼天と 一六三
送電塔下 二〇六
そくばくの 六四
底澄みて 一三
底紅や 七〇
卒論は 一七五
袖口の 一五六
その先に 九二
蕎麦の花 二一九
杣の湯や 二一六
空みちて 一五三
空灼くる 二七
存外の 一八二
存念の 三五

た行

大寒の
—木を樫と言ひ 三八
—閉ぢたる口を 一五七
大寒や 一九一
大根も 一九一

大根を　三四
胎児すでに　二一二
代筆の　一九〇
台風下　一七八
台風の
—沖とほりをり　三六
—浜を二三歩　三六
—戸の半開き　三六
—逸れし大根　三六
—虫立ち騰る　一七八
太陽の　一九五
田植女の　二〇五
誰が息か　一三四
高きより　一五七
たかだかと　一七五
誰がための　一五八
高円山は　三七
焚上げの　一八二
滝行者　四五
滝行の　四四
滝閉ぢて　四五
焚火跡　八二
焚火の秀　二一一
たくさんの　一二九
岳あふぐ　二一〇
茸籠に　七三
竹皮を　一三〇
竹伐つて　一四
竹笊を　一九二
竹煮草
—さらなる丈を　一九一
—積まれて集乳罐の　二一一
竹の皮　一三〇
筍飯　四〇
筍を　九七
丈のばす　一七一
竹箒　一一五
田煙りの　七四
竹を挽く　九九
竹をもて　一〇一
蛸生簀　六七
蛸壺に　一一五
たそがれの　一五四
闘ふ地　二〇五
たたかはぬ　五七
佇めば　二七
たたずめる　一五四
ただ立つてゐる　六六
ただならぬ　四四
只の日の　一六五
立ちあがる　一一五
立ちどまる　一八三
立雛の　九〇
たちまちに　六五
立つことの　九一
たつぷりと　一一〇
蓼うすし　二〇五
蓼咲くや　二一八
立て捨てに　三五
立てて来る　一八九
蓼の花　二一二
七夕竹　二一七
田に雲が　一二
谷底に　一六
種藷の　一六八
種袋　二九
田の畔の　一六九
旅の指　二六
玉垣の　四六
玉樟と　一九四
たまさかの　一九七
ためらはず　一七六
たらちねの　五一
達磨市
—二めぐりして　二一六
—見とほしに機　二一六
だるま船　五六
誰か来て　七〇
誰かきて　一九八
だれかれの　一九九
垂れたれば　一四六
誰も立つ　一五一
だれよりも　一三
たわたわと　三一
たはやすく　一九〇
痰切れず　一八四
短日と　二二八
短日の　一一三
だんだんに
—一目散に　六一
—懶くなりぬ　一九一
痰つまり　一五三
探梅の
—夕雲色を　八四
—しばらくありし　二一一
痰引いて
—火照る咽や　一九五
—もらふ黄砂の　一九七
知恵伊豆の　七九
智慧深き　五四

ちかぢかと　一〇八
力抜く　一一四
父死後の　二一八
父たちの　一九〇
父と子の　六〇
父の日と　二三
父の日の　一七三
父の世の　一九
父の余命　二一七
父母の　七〇
父葬りきて　二一三
ちちろ虫　二〇八
竹幹の　九六
地の声に　一四四
乳呑児に　一四三
茅の輪結ふ　九九
茶が咲いて　四六
茶摘女の　二六
茶の花の　一二八
茶の花を
—可憐と見たり　一八四
—活けて二日の　一八四
ちやんちやんこ　二一九
中元や　一九七
宙に書く　一三五
中年の　二一九
蝶飛んで　二〇九
直立を　一六三
散りかかる　九四
散りたれば　一六五
散紅葉　一八四
沈黙の
—たとへば風の　一四〇
—涼しさも亦　一九二
—日数卓上　一九九
沈黙を　一五五
つひに風邪　一六七
使はれぬ　一八〇
つぎの世の　一八九
月見草　二〇八
土筆生ひ　三四
つたなくて　二三
鎚音の　二一五
突つ立つと　一二九
つつましき　二一七
椿浮き　二一二
つばくらの　一七四
つばくらめ　二五
燕来し　二一三
燕来て　一五九
燕くる　五三
燕去る　一五〇
呟くに　一九四
妻言はず　一四六
妻が来て　一四〇
妻恋ふは　一九九
妻死せり　一九六
妻焚いて　二一八
妻と会ふ　一九一
妻に逢ひ　一四三
妻に似ぬ　二五
妻にまた　一四六
妻の雛　三九
妻の麻痺　一六四
妻の眼が　一四六
妻もまた　一九五
妻病ませ　一三三
妻よりも　一九七
妻寄れば　二〇八
つまらなき　六四
つまらぬと　一八三
摘草の
—子が長靴を　五四
—膝過ぎて水　二一五
旋風巻く　一六三
積む雪や　二〇四
爪切つて　一八九
爪切りに　一六四
つややかな　一一一
梅雨暑し　二〇七
梅雨兆す　一七三
露草に　一八一
露草を　一八九
露けさの
—放下の白緒　四二
—中の一つの　一〇七
露けさは　一二七
露寒の　二一四
つゆじもの　二一四
露とんで　六八
梅雨ながし　二〇四
梅雨濡れの　二一一
梅雨の畦　二一一
梅雨の蝶　二〇七
露の墓　二一
露の日の　七五
露の淵　六九
釣り捨てし　二一五
釣船の　九五
釣堀を　一九

吊しおく　七六
鶴嘴を　二〇四
摘んできて　一九六
停電の　二一六
剃頭の　六九
丁寧に　一九二
テーブルを　一九五
手ざはりの　一三二
手ざはりは　一四九
鉄線を　一七一
鉄鉢を　六九
手で集め　八〇
蝸牛の
—青垣籠めに　二〇六
—道見え屍　二一一
ででむしへ　四二
手にのせて　一一〇
手に触るる　一三六
手拭を　一九四
手の中に　一九〇
てのひらに
—隠るる硯　二〇
—夕暮ののる　一一八
てのひらの　一〇七
てのひらを　一二七
手袋を　八二
出穂季の　二一六
出穂の風　二一五
寺の縁　四〇
寺の庭　一四
照り黒き　一七八
照波や　六五
手をあげる　八九
天涯の　一九二
天狗岩にて　四五
天草干す　一〇三
天行の　七四
添削の　一九〇
天日の　一八九
天井の　一九三
天上の　一九九
天水田　一五四
天高く　七三
電灯の　六一
天は日の　一九六
天麩羅に　五六
天へゆく　五五
天よりも　七二
闘牛の
—若角祓ふ　二三
—漆黒虻を　二三
—黒繊ゆく　二三
陶硯の　二〇
冬耕の　二一四
冬至湯と　一九二
透視よし　二〇五
踏青の　五三
陶枕の　一〇一
冬眠の　四六
到来の　一八五
遠き牛　七三
遠き木に　一九四
遠き日は　一八九
遠き世の　一二五
遠く来て　九九
遠くまで　八〇
とほくまで　一五四
遠く行く　一五二
遠く見て　八三
遠声の　一一二
通し鴨　二九
遠空を　一八一
とほつ世の　一四八
遠走る　五八
通りぬけ　八二
蜥蜴出て　二一一
跡切れては　一四〇
蕺菜を　一九三
毒流し　六〇
土工等よ　二〇六
常世なる　四〇
年焚火　四七
年つまる
—南天の実の　一九六
—孕り妻に　二一二
年の夜の　二〇六
年守る　一八五
図書館に　二〇九
図書館の　六九
年寄の　八二
隣にも　一〇二
隣家の　一七七
どの家も　五八
どの草葉　九六
飛ばしけり　二二
とびけらの　一〇八
跳びついて　一七三
飛縄の　一六三
鳶職の子の　二一三
飛ぶ鳥に　一六五

飛ぶ鳥の　一九一
飛ぶまへの　一三一
飛ぶ虫も　一九四
朋ありて　一九三
朋垣の　一九八
朋来たる　一七二
友増えず　四七
点るまで　九八
鳥帰る　一五八
鳥影の　一六八
鳥雲に
—寺の大きな　一一
—山河このごろ　三九
—服新しき　二〇八
—異国の兵等　二〇九
採りて軽き　一七四
鳥群の　一八五
鳥渡り　一〇八
取ることの　七五
どんど火の
—勢ふ鳶口　二八
—裾ひろがりて　二八
どんど餅　二八
蜻蛉生れ　四一
どんみりと　九八

な行

内陣に　一一三
苗挿しの　一五三
苗育つ　二一一
苗床に　九一
苗札も　九一
なほ遠き　一九一
永かりし　八三
長き夜は　一四四
長崎の　二一
梅雨季　四二
宙宇を　一九六
なかなかに　六七
永眠る　一七六
長病みの　一九五
長病みは　一九四
長病みを　一九五
永らふと　九〇
亡骸に　一九〇
鳴声の　一〇二
亡き妻に　一九八
鳴きやみて　一〇五
泣き羅漢　二二五
投げ渡す　一一〇
梨の花　五五
梨むいて
—愉しき妻の　二〇八
—寧きにになる　二一二
茄子の馬　六九
茄子の花　二一三
鉈打つて　一五四
夏暁の　一三七
夏浅し　一七一
夏落葉　一三一
夏をどる　一五三
夏了る　一四九
夏風邪の　六三
夏枯の　一〇二
夏枯れの　一四九
夏菊や　一五三
夏木より　一四九
夏霧に　六〇
夏桑に　一七二
夏蚕いま　二一四
夏潮や　六二
夏空の　六二
夏蝶の　二一〇
夏蝶を　六二
夏つばめ　四一
夏の夜の
—すこしくだけし　一九二
—声来て喪服　二一五
夏果ての　六八
夏休み　二一一
撫子の　一七八
撫でる手の　一七一
なかまど　一一一
ななくさの　二二
七草の　一五六
何が面白くて　一一九
なにげなく　一五四
なになすと　一八四
何もせぬ　七〇
何もなき　二二一
菜の花に
—泥が粘りて　五七
—束の間の雪　一六五
菜の花や　一六七
鍋尻に　一一八
鍋焼を　一六三
海鼠くふ　八一
並び立つ　一八三
並べたる　一一五
楢山の

―馥郁とある　一一九
―何となけれど　一三九
鳴神の　七五
何となき　一六九
何となく　一八一
新盆の
―掛手拭の　一九七
―骨壺抱けば　一九七
―父せかせかと　二一八
匂ひにも　一六四
鳰の空　二〇五
二月尽く　一九
握らする　一三二
煮崩れの　一八五
二三人　一四一
虹立ちて　三二
虹立つや　二〇三
西日中　二〇六
西日のベッド　一七八
日蝕の　一九六
日本は　一四三
二の午も　一六六
二の酉の　一八三
二番目の　一九一
二百十日　一七八
入浴に　一九八
仁淀川　一七
庭土の　一七二
鶏の　六七
人形に　一一六
人間に　一九三
糠床の　七四
抽んでて　三一
温め酒　三七
布晒す　二一三
塗畦の　九六
塗り並めて　二〇六
濡れてゐる
―やうなる芒　七一
―青鬼灯を　一三一
盗汗の肌　二〇三
ネガ覗く　二〇五
葱の屑　八〇
葱坊主　一六九
ねこじやらし
―もつともらしく　一七六
―過去ことごとく　一九三
猫の子が　三四
猫の子へ　三四
鼠茸　一一〇
寝疲れの　一七一
熱の脚　二〇四
根の国に　三一
根の国や　三〇
涅槃会の　五二
涅槃会や　一六五
涅槃図の　九〇
涅槃図を　一三四
眠たさの　一三四
眠らざる　一三二
眠らせる　七八
懇ろな　一一四
ねんねこの　三三
野遊びの　九六
野あやめの　四〇
のうぜんの
―花数暑く　一〇一
―蔓の長短　一三七
脳天に　一三八
能舞台　五五
残りたる　一三五
残る梅　一六八
残る蚊や　二〇三
のつてきたりし　一二〇
のどかさに　九二
咽切りし　一四八
咽に入る　一八〇
咽の穴
―早出燕に　一三四
―ときどき哭きぬ　一六五
咽元に　一七四
罵れる　五二
のぼろぎく　二一七
乗りてゆく　一五九
野分なか　二一二

は行

俳縁の　一九八
肺気腫の　一九二
蝿叩　二〇五
蝿とめて　二一二
葉おもりの　七一
墓洗ふ
―背らの春や　二一三
―支へて病父　二一八
墓毀つ　二〇四
墓に挿す　二三
墓の底　二〇七
墓山の　四四
墓を積み　二〇四

萩こぼし 一七
萩寺の 三七
萩の風 四四
萩の実も 一一一
萩叢に 二二二
萩叢の 一〇七
波郷忌の 一九四
爆音に 二〇四
白菜の 一一二
白杖の 五二
薄暑の授業へ 二〇七
白鳥に 一二五
白鳥の
—首の高さに 一一六
—立上りたる 一一六
白墨の
—手を垂れゐるや 二〇五
—寒き一行 二一四
白木蓮 一六九
はくれんに 九三
はくれんの
—影はくれんに 五五
—一弁ゆるぶ 一九四
葉隠りの 二〇六
葉桜や
—童女の遊び 一七一
—遺児の師として 二〇七
稲架の陰 三一
芭蕉忌や 一九六
嘴寄せて 二〇七
外す気の 一〇六
蓮の実を 一八〇
機音も 五三
機音や 二一〇
裸木に 一八五
裸木を 一四五
畑土の 一二〇
機場所の 一九〇
畑焼の 一四七
巴旦杏 一七六
八月の 一七七
八月や
—鬱とさびしき 一七六
—戦ゆかりの 一九三
初秋の 一七七
初泉 八三
初午や 一六五
初鴨の 一八一
初鴨を 一〇九
初恋の 一一六
八朔や 一〇五
初霜の 一一六
初空が 一五六
初凪の 一六三
初旅の 二五
はつたりと 一八一
初蝶が 二〇四
初蝶や 一六八
初電車 一一八
はつ夏と 一九五
初鳩の
—なかの寒 二四
—睦める枝の 一九一
初花や 一六九
初日浴ぶ 一三三
はつ冬の 一一二
初冬の
—谷空をゆく 一八二
—背中に廻る 一九六
初盆さま 四二
初夢の
—泥のごときが 三八
—死者なかなかに 八二
鳩に影 一九五
花アカシヤ 一一六
花ありて 九四
花杏 二〇三
花了る 一八九
鼻風邪の 二一五
花柘榴 一七三
花菖蒲 一一二
花店の 七九
花たばこ 二一七
花つけて 六七
花どきの 九四
花時を 一九五
花の雨 五五
花の雪 一九四
花冷えの 二〇五
花冷の 二〇七
花火音 二一三
花片の
—きのふの靴を 五六
—浮き立つ心 一七〇
花見船 五六
花文字の 二一五
羽浮いて 一四五
母ありて 一五一
馬場ヶ谷戸 二一四
葉ばかりの 六七

帚木の 一四九
帚木を 一一三
母と子の 一二九
母刀自の 一五四
ははの息 二〇七
母の忌を 三三
母の日の 一九九
母の日や 一七〇
葉牡丹の 二〇九
葉牡丹は 二〇九
浜鴉 六六
蛤の 九五
玫瑰の 一九三
浜木綿の 一七五
浜木綿や 一二
囃し過ぐ 一九三
薔薇赤き 二一〇
薔薇選るや 八四
薔薇園を 二〇五
薔薇の風 二〇八
貼替の 一八二
春曙 二〇八
春荒の
―呼吸器跳ねて 一九四
―呼吸器を押し 一九四
―呼吸器が生き 一九五
春一番 一六六
春動く 一四七
春風邪の 一六七
春鴨と 一三六
はるかより 一三〇
春暮るる 一三六
遥けしと 一〇七
春氷 一二五
春雨や 一六八
春懈し 二〇四
春の雨 一六八
春の礁 五六
春の泥 三九
春の蕗 三九
春の森 二一八
春の山 一四二
春の雪
―法王も咽 一四二
―積む明るさに 一九八
―わが名廃れて 一九八
―八木重吉の 一九九
春の雷 二〇九
春迅風 一六六
春日の廊 一三五
春祭 五四
春霙 二一五
春めくと 一六六
春を待つ
―十指の一指 一五七
―ひよどりの見る 一九〇
晴れてきし 六二
晴れとほし 一五〇
葉を一つ 一三三
ハンカチの 一六六
晩菊や 四五
晩秋や 一九七
半錠の 一八九
帆船の 一六四
半通夜の 四一
半日の 七八
鷭の岸 二一〇
晩涼の 二一五
万緑の 二〇
日当つて 八〇
日当りて 三三
柊の
―花隠れなる 一一二
―花の香寒く 一五一
柊を 一四四
ひえびえと 七九
日がへりの 一九〇
戻りて 七六
日傘より 一七七
彼岸来る 二一八
彼岸墓 二一〇
彼岸墓地 二一八
蟇交る 二一二
引締る 九四
引鳥の 一五八
引き残す 一〇七
ひぐらしや 二〇三
日毎見て 一九〇
蘗の 二一〇
膝掛を 二一二
膝ついて 四三
久に得し 二〇六
膝もとに 一四六
ひじき束 九五
菱の実の 一四四
美女谷へ 二一〇
びしよ濡れの 一〇九
ひそと確かに 二一七
日反りして 二一三
鶲待つ 一九一

火襷の　一二七
ひたすらに　一四一
穭田の　二一一
筆談の
—指先あたり　一三五
—紙とり散らす　一九五
筆談は　一四一
早長し　二〇九
ひと足の　一八二
ひと足を　一四五
単衣着て　一二六
一駅を　五八
人影の　一四七
ひと騒ぎ　五二
一束に　一一〇
一つ寒し　二一一
一つ知る　八四
一つづつ　七九
一つ高し　一七八
人づての　一四九
ひとつ見て　一四八
ひとところ　九八
人なくて　一〇三
ひとの眸に　一九三
一畑は　四一
ひとびとは　一九五
人見えて　一五三
一文字の　一六三
人行きし　一〇六
人逝きて　二一六
ひと世とは　一九一
人よりも　一五五
ひとり明け　一八九
独り居の　二〇三
ひとり食ふ　一七一
一人静　一九〇
ひとり拭く　一九三
雛芥子と　一七二
雛壇の　二五
灯にまろぶ　二一二
日の音の　一四五
簸の川の　三一
日の烟り　一四二
日の夏や　一三八
檜葉垣の　七二
火祭の　二一六
媛神や　三二
姫始　二一
紐強く　一七七
百人を　一一三
百八灯　一〇四
百木に　一四三
百木の
—一木にして　二一一
—中の欅の　一四五
百菌の　一七三
百穴に　二一一
冷やかに
—簗竹を踏み　二七
—山桑は幹　一八一
ひややかに　七五
病院の
—小正月なる　一六三
—秋暑の椅子を　一七七
病閑や　一九三
病室に
—人来て聖歌　一五六
—禾立てて麦　一七二
—ひひらぎの枝を　一九〇
—来て鳴きやみし　一九五
病室の
—連翹ばかり　一六八
—ここにも一つ　一六八
—隅の明るき　一九三
病舎沈めり　二〇三
病者にも
—夜食一粒　一九七
—憤るとき　一九九
病床に
—匂はせ飲める　一六九
—半跏が強し　一七四
—裂けて信濃の　一七九
—或る日のこころ　一八四
—来て声若し　二一〇
病棟に　一八九
病棟の
—寝ぬるに早き　一七九
—聖夜の燭の　一八五
病人の
—病人を見る　一八三
—飢ゑほのかなり　一九五
病壁に　一七四
病廊の　一九〇
鵯来鳴き　二一一
ひよどりに　九五
ひよどりの　一九〇
ひらかざる　一四一
比良坂や　三〇
ひらひらと　一六六
昼顔の　一七二

昼かけて　一九六
昼火事の　一五九
午闌けて　一三四
昼どきの　九五
昼寝せり　一七四
昼のあと　一四八
広島の　一七六
鶸来鳴き　二一六
枇杷吸ふ妻　二一五
枇杷の種　一三二
枇杷二つ　一三七
枇杷剝いて　一九〇
枇杷剝くや　一七二
便箋を　一七五
壜に挿す　一七四
壜を出る　一九〇
フィルム寒し　二一六
風船虫　二三
風紋を　一一二
笛方の　四二
吹かれ立つ　二一五
葺替の　五三
葺替や　二二
蕗の薹　一六六
蕗味噌に　一六六
蕗味噌の　一五八
袋掛　二一〇
富士が見え　一九八
藤棚の　二二六
藤の房　一六
藤房の
—揺るるごとくに　一三六
—老いたる庭に　一七一
藤房を　一九五
節々の　一九
富士道の　一〇八
風情ある　一八五
ふたたび見ず　二一三
札一つ　一九四
ぶちぬきの　一一四
二日灸　五二
吹つ切つて　四二
吹ッ切れて　二一二
筆太に　三六
葡萄売　二〇八
葡萄売が　二〇五
葡萄珠　一八〇
船納屋に　二一八
舟虫に　六六
山毛欅若葉　一九
踏み崩す　一五七
踏み出して　九八
踏み残す　一四二
踏み跨ぐ　七八
踏みわたる　一九一
踏むことの　一二九
冬暁の　二一七
冬泉　一五二
富有柿や　二一四
冬織らず　二〇五
冬柏　三三
冬枯れの　二一七
冬菊に　一二八
冬菊や　一四一
冬岸の　一八
冬草に　八〇
冬ざれや　一一六
冬蝶の　一五五
冬寺の　二〇四
冬菜干す　二一四
冬の水　一五一
冬日向　一八三
冬深し　一五二
冬帽子　一一五
冬鵙の　一五五
冬嫁かず　二〇五
ふらここに　一六六
ぶらんこの
—子が高漕いで　一六八
—まはりの九月　一七八
ぶらんこを　一六九
振りあげし　二〇八
不良教師　二〇六
古き句を　一五四
ふるさとは　七九
古年の　一四五
古町に　一九三
触れよとて　一八五
風呂敷の　一四九
風呂の柚子　八一
べつたらや　一四一
ベッドより　二一二
紅枝垂桜　二〇九
紅の花　三五
紅蓮の　一〇三
蛇穴を　一六七
蛇さげて　七四
放下踊
—大竹籔に　四二
—この世かなしと　四三

―よく見れば歯を　四三
豊作を　一八九
牡丹の
―蕾の先が　九七
―をはりの花を　一七一
豊年や　三〇
澎湃として　一九
朴咲いて　一七三
鬼灯の
―大赤玉を　七〇
―花の曇りと　九八
―旱の色を　一〇九
―花挿してより　一三七
―赤からずとも　一三九
―青より出でし　一三九
―色あがらざる　一五〇
―徒花一つ　一七三
鬼灯や　一七六
頬撫でる　一四二
朴はいつも　四〇
頬燃えて　二一四
測量竿（ポール）立つ　二一三
祝ぎ言葉　二九
木瓜抱くを　二一五
木瓜に出て　二一七
木瓜の花　一九八
鉾杉の　四五
干梅に　一〇三
ぼたもちに　一六七
蛍袋　一九〇
牡丹桜　一七〇
牡丹鍋　一一四
牡丹雪　二一一
ぼつてりと　二〇九
陰処白毛　二一六
ほととぎす　二六
ほの白き　一六九
ほのぼのと　一二〇
鯔とんで　二一
盆過ぎぬ　一九一
盆魂さま　三五
盆魂と
―寝ねて柱の　二〇
―同じ距離にて　一七五
盆魂の　四二
盆月夜　四二
盆の風　二一八
盆の川　七〇
盆焼きを　一〇四
盆休み　三六
本流の　一〇九

ま　行

前山を　一九〇
牧の牛　一〇八
真葛原　三一
蟷螂の　九九
まくなぎや　六一
交りて　一五三
マスクして　二〇六
跨ぎては　一二七
また痰の　一八四
まだ何も　一六九
街五月　二〇八
町遠き　二〇四
松風に　一〇〇
松過ぎの　一二〇
まつすぐな　一六三
まつすぐに
―細道が来る　三〇
―声の出でたる　一二一
―来る元日の　一五一
松蟬に　二〇四
松茸に　七三
待つといふ　一七六
松の木に　一四〇
待宵の　一七九
祭馬　五八
祭笠　一〇〇
祭笛
―一病院を　一九七
―一氷塊を　二〇七
まつろはぬ　二〇
窓ごしに　二一三
窓占めて　一八
窓の顔　一七一
まなざしの　一一六
眼差しは　一八九
まなじりの　一六四
皆や　九三
まばたきて　二二
麻痺妻の　一三三
幻の　一九六
豆打つて　二二一
豆咲いて　二二〇
繭掻きの　一二六
繭籠の　一二六
繭玉の
―歩かぬに揺れ　八二
―乾びし音を　一一九

檀の実　一八三
眉寄せて　一五〇
マラソンに　二一八
円き木に　一五九
まるめろの　一一一
満月の　一七九
満月や　一九七
万歳の
—代替りして　一八
—かすめし父の　一八
まんさくの　九〇
曼珠沙華
—ごちやごちや咲いて　二一
—橘寺の　七二
—水中は水　一九二
万両を　一八四
見えてゐて　六九
見おろして　二一四
深熊野に　五四
神輿船　六六
妊りし　二一二
実桜や　一七二
陵の　七一
短夜の　六三
見知りたる　一五九
身じろぎの　一〇九
水揚げぬ　一八一
水揚げの　一一九
水入れて　一四九
湖を　一〇三
水桶を　七二
水音の　一七八
水音は
—遥かを急ぎ　一〇一
—地を離れず　一五五
水音を　二一八
水貝の　一〇一
水貝や　三二
水掛けて　二一五
自らへ　一九三
水切りの　四一
水すこし　一〇一
水澄んで
—口のとがれる　七三
—旅の心を　一九四
水溜　一八〇
水の上　九一
水の面を　一四五
水鉢を　一二六
水張つて　五三
水引草　一七九
水引の　一八九
水踏んで　一〇九
見せ消ちの　一九五
味噌蔵の　一二
みぞそばの　一八一
味噌玉の　九〇
味噌秤　四一
みぞるるや　一六六
道なべて　一一一
道に出て　一九四
道端に　一二六
道幅に　二五
道見えて　一四三
三椏に　五七
見つめては　七一
見て足れり　二一〇
見て踏めぬ　一四二
見て安し　一五五
緑さす
—師の墓に胸　二二
—百穴二三　二一一
水口の　一〇〇
水底に　八三
水無月の　九九
峰雲や　一九六
身のどこか
—こそばゆき冬　一八二
—いつも冷たき　一九二
蓑虫に　一九二
蓑虫も　一九二
耳掻きの
—二日の曲り　一三四
—尻と頭や　一九三
耳掻きを　一七〇
深雪踏む　二一六
見ることの　一八九
見るほどの　九四
見渡して　五二
迎火の　四四
麦踏の　一二五
木槿咲く　一七八
椋鳥の　一六七
剝く蕗の　二九
無下に見ず　一〇六
むささびを　一六三
虫の声　一八二
虫の夜の　二〇四
虫細る　一八一
胸うすく　二〇八

胸に影　一七八
胸ゆるく　六五
む、と口　七四
名句みな　一九三
名月や　一〇八
名月を　一九七
鳴弦や　二一六
瞑目の　一九一
メーデー歌　二〇四
眼鏡拭く　二一四
芽木の間の　二〇七
芽揃への　一五八
瞑るは　一一七
眼の奥に　一九〇
目をあけて　一三〇
眼をあげる　一八一
眼を遠く　一六五
眼を投げる　九二
緬羊の　七三
喪構への　二一六
木喰の　二六
木犀と　一八二
鵙の贄　二一一
鵙晴れの　一八一
凭るるに　一一七
凭れゐる　二一四
餅臼の　一一八
餅搗の　一一八
籾殻に　七六
樅の木の　一〇三
百千鳥
―一つ烈火の　一一
―毘盧遮那仏に　三九
桃摘花　五四
桃畑の　五四

や　行

八雲像　二一三
焼跡の　一九二
灼け岩に　二七
屋敷田に　二一一
椰子の実に　六六
耶蘇とゐて　一三
耶蘇の島　一二
八街や　三〇
寄居虫と　一六八
谷戸の道　二一四
谷戸ふかく　二一七
簗打つや　五九
簗竹の
―灼けてゐたりし　四三
―節の揃はぬ　一〇四
簗の水　四三
藪入の　八三
藪蘭に　一三九
病さへ　一八四
山裏の　一一八
山垣の　一八三
山鴉　一一四
山雀の　六一
山川の　一九二
山下る　三六
山国に　四五
山国の　四一
山坂を　七〇
山裾に　一七五
山空の　一一八
山出水　一二
山に入る　四三
山の背と　一四七
山の根に　五七
山の端を　九四
山のむかご　四六
山畑や　一八
山襞に　一一九
山びとに　七三
山吹の　一七〇
山鉾の　一九三
山水に　三八
病みざまを　一九五
病み廃れ　一九一
病みたれば　一七三
病みはての　一九四
病み臥せば　一六九
病み肥り　一七二
病む妻や　二八
病むながし　一九四
病めば住む　一九六
ややありて　九一
やや寒の　一一二
やや寒や　一九七
やや強き　五八
揶揄かはし　二〇七
やはらかく　一〇七
夕暮れは　一七四
夕ざくら　二一八
幽囚の　一八二
夕野火や　二一六
夕蒸しの　六七
行かざりし　六四

雪薄し　二一三
雪折の　一二九
雪解靄　二〇六
雪雫　二一三
行きずりの　一五
雪吊の　一二五
雪の影　一六四
雪の墓　二一九
雪晴の　一二〇
雪催　一六四
雪柳　二〇三
雪山の　三九
雪予報　一六四
雪よんで　二一三
行く鴨の　一三四
行春の　二〇四
逝く春の　二一二
行く春や　一三六
行春や　二〇四
ゆくりなく　一八九
柚子青く　二一四
柚子咲いて　一九二
柚子すこし　二一九
柚子の値や　一四
柚子湯浴ぶ　二一二
夕立バス　一六
ゆつくりと　九二
湯豆腐を　一一四
湯に浮かせ　二〇五
湯に戻る　一八五
柚の香して　二一八
湯の花の　五七
指先が　一五三
指先の　一三一
夢殿に　二〇七
夢にすら　一七八
夢やすき　七二
許されし　一七三
揺るるほか　八一
揺れかはす　一三八
揺れながら　七七
湯をおとす　二一六
酔ひ怒る　八一
酔もなし　二〇六
やうやくに　一八〇
よく上げて　六〇
よく晴れて　八三
横顔の　一五一
横からも　七五
横切れる　一七一
汚れたる　一一四
夜桜と　九四
夜桜の　一七〇
葭切の　九九
葭簀より　一〇〇
寄鍋の
―真ん中赤き　三七
―湯気越しの貌　二〇九
夜に入りて　七二
夜の机　二一二
呼び翔たす　一八〇
夜廻りの　一一七
読初は　一五六
夜も落葉　二〇七
夜の雛　一六六
寄りかかる　七八
よろよろと　八九
夜をかけて　一九七
夜をこめて　二三

ら行

磊塊と　二〇四
雷に抱く　二六
雷若し　一六
落日の　六二
ラグビーの
―声の逆巻く　一九八
―スクラムに冬　一九八
辣韮の　七三
ラベンダー　一七二
亂といふ　一七三
立春の　一九八
立春や　一六五
立身の　一一
立冬や　二〇九
吏の前や　二一三
留任と　二五
竜の玉　一五二
流木を　一一七
良寛像　七四
良寛の　二〇
猟銃と　三七
両手振り　一九八
漁の具の　六六
療養無頼　二〇四
緑蔭の　一〇一
緑蔭や　三五
緑蔭を
―幹がもつとも　一〇一
―通り抜け来し　一九五

累卵と　一一
盧遮那仏　三〇
暦日は　一四一
烈風の　五四
連翹が　一六八
廊下試歩　一三八
老教師　一九
老人の　九七
臘梅を　一六四
臘八の　八〇
艪の音と　一〇三

わ　行

若鮎の　一三〇
吾が息と　一六九
わが植ゑし　一九七
若楓　二五
わが影の　一七〇
若竹や　一七一
わがための　一七四
若菜野や　一二九
わが眠り　九四
わが咽の　一三五
若葉影　二〇四
わが封書　四七
わが骨を　六七
若水を　二〇三
わが胸と　二一二
若布和　二一五
若者と　一九七
わが病みて　一九八
別れ霜　一九八
山葵田の　九二
忘らるる　一四七
忘れ鍬　二一四
忘れざる　一四九
早稲の香と　二一一
棉の実が　一七九
棉吹くを　一七九
綿虫に　二一三
綿虫の
　—あと日暮来る　二一八
　—綿真白しと　二一八
綿虫や　一五一
渡り鳥
　—欅は影と　七四
　—ひとたび消えて　一四〇
藁の香の　一四
わらはべの　五二
割箸の　四三
割箸を　一三〇
われとわが　一二九
吾に来る　一二六

季語索引

＊［　］は収録句集を示す
［山］＝『山王』
［樸］＝『樸簡』
［寒］＝『寒木』
［沈］＝『沈黙』
［日］＝『俳句日記』
［以］＝『沈黙』以後
［補］＝補遺・「鶴」投句時代

春

時候

［春］
正眼の構へとなりし春の滝　［樸］　五一
春の礁波の子取りが渡り消ゆ　［樸］　五六
山上に鍵使ひをり春の寺　［寒］　九六
踏み残すその先の先春の道　［沈］　一四二
人見えて後ろ姿や春の坂　［沈］　一五三
生きてあれ春幾千の呼吸器よ　［以］　一九四
春僻し薬藤枷のごとく負ひ　［補］　二〇四
墓洗ふ背らの春や珠のごと　［補］　二一三
［二月］
巌渡る股間二月の潮流る　［補］　二一八
［旧正月］
旧正の水の立てたる虫柱　［樸］　五一
旧正の畦道を来る放れ犬　［日］　一六五
［寒明］
手をあげる高さに寒の明けにけり　［寒］　八九
寒明けにまだ日数ある水辺かな　［沈］　一四七
飛ぶ鳥に空一つづつ寒明けて　［日］　一六五
木瓜抱くを都電に見つつ寒明けたり　［補］　二一五
寒明くる癌に何待つこともなく　［補］　二一七
［立春］
立春や言葉跳ねたる女学生　［日］　一六五
立春の蚊がゐて重き胸の上　［以］　一九八
［早春］
早春や畦の彼方に別の畦　［沈］　一五七
早春や空の奥より吾の声　［日］　一六五
［春浅し］
高きより声くる春の浅きかな　［沈］　一五七

［冴返る］
突つ立つといふことの寒戻りけり　［沈］　一二九
冴え返る生生世世を一瞬に　［日］　一六五
交換のシーツの翳の寒戻り　［以］　一九二
玉樟と老松の間の寒戻り　［以］　一九四
腰据ゑて病む身ほとりや冴返る　［以］　一九四
千社札見上げる寒さもどりけり　［補］　二一七
［余寒］
川杙の丈高に寒残りけり　［寒］　八九
［春寒］
激震のかの地の病者春寒し　［以］　一九四
実朝や政子や龕の春の冷え　［補］　二一七
［春めく］
春動く氷の上の氷かな　［沈］　一四七
或るときの妻の起居や春兆す　［日］　一六四
春めくと風もみあへる竹林　［日］　一六六
［雨水］
枝先のほのぼの尖る雨水かな　［沈］　一五八
竹笊を重ねて運ぶ雨水かな　［以］　一九二
［二月尽］
二月尽くかがやかざりし一日もて　［山］　一九
［三月］
三月の咽切つて雲軽くせり　［沈］　一三四
三月の十一日に生きしこと　［以］　一九五
［如月］
岩づたふきさらぎ海女といはれけり　［寒］　九二
［啓蟄］
啓蟄や梢ほのめき雑木山　［日］　一六六
啓蟄の闇雪崩る、や母の方　［補］　二〇五
啓蟄の地に錫鳴つて火の始め　［補］　二一六
［彼岸］
まばたきて彼岸の父にまだ会はず　［山］　三二
罵れる歯がすこやかや彼岸婆　［樸］　五二
白杖の行きたる音も彼岸過　［樸］　五二
ぼたもちに家伝の艶や入彼岸　［日］　一六七
椋鳥の来て羽散らす彼岸かな　［日］　一六七
ぶらんこの子が高漕いで彼岸過ぐ　［日］　一六八
彼岸墓見えゐてチョーク強く書く　［補］　二一〇
［清明］
清明や冷水飲んで痰引いて　［日］　一六八
［春の日］
春日の廊転室ベッド走る走る　［沈］　一三五
したたりて春日の禁標の代田縄　［補］　二一六

［春暁］
浮び出し春暁の顔ものを言ふ　［寒］　九三
皆や春暁に闇とどこほり　［寒］　九三
春曙不安愉しみ居る如し　［補］　二〇八
［春の宵］
春宵の手帖に挟む妻の遺文　［以］　一九八
［暖か］
エジプトの泪壺とぞあたたかし　［山］　二三
入浴に搬ばれてゆく暖かし　［以］　一九八
［麗か］
智慧深き人ゐて車中うららかに　［樸］　五四
［長閑］
のどかさに一歩さびしさにも一歩　［寒］　九二
息のどかカニューレを嵌め換へてより　［沈］　一三五
耳掻きを消息子とは長閑な語　［日］　一七〇
［遅日］
押黙る遅日の口を見つめをり　［寒］　九六
［花冷］
花冷えの声荒げ夜も教師なり　［補］　二〇五
花冷の日や色さはにチョーク函　［補］　二〇七
［花時］
花どきの湯桶を注いで匂ひけり　［寒］　九四
日本は花どきローマ法王逝く　［沈］　一四三
花時をそぞろに重ね白湯一つ　［以］　一九五
［蛙の目借り時］
借られたる目の戻らんとしつつあり　［寒］　九五
［八十八夜］
湯の花の強き八十八夜かな　［樸］　五七
目をあけて闇の八十八夜かな　［沈］　一三〇
聞くのみの八十八夜飯を食ふ　［日］　一七〇
［暮の春］
春暮るる床頭台のあれやこれ　［沈］　一三六
声なくて唇うごく暮春かな　［沈］　一三六
［行く春］
行く春や手に一本のカテーテル　［沈］　一三六
行春のへつらひ多き舌の根よ　［補］　二〇四
行春や異国の兵に望郷歌　［補］　二〇四
逝く春の影疲れをり油塀　［補］　二一二
［春惜む］
竹幹のつめたき春を惜しみけり　［寒］　九六
五十音図指さして春惜しみけり　［沈］　一三六
［四月尽］
わが影の踏んで歪める四月尽　［日］　一七〇

天文

[春光]
どの草葉ともなき春のひかりかな [寒] 九六
くれなゐのタオル一枚春景色 [以] 一九二
春光の乱るや去年の芒原 [補] 二〇三
[春の月]
病舎沈めりレモン色なす春の月 [補] 二〇三
春月の出癲癇児ゆく大きな耳 [補] 二〇九
[朧月夜]
朧夜の子役にすこしくはれける [山] 三四
朧夜のかならず鱠食ひし顔 [樸] 五五
朧夜のこれからはみな世迷言 [以] 一九六
[朧]
空いてゐるところに坐る朧かな [寒] 九三
朧より朧へ越ゆる村境 [寒] 九三
看護婦の廊下の声の朧かな [日] 一六九
[東風]
深熊野に怕き友ゐて桜東風 [樸] 五四
[春一番]
春一番狐に鶏をまた獲られ [日] 一六六
[春疾風]
春迅風試験少女らただ急ぐ [日] 一六六
つひに風邪咽吹き鳴らす春嵐 [日] 一六七
春荒の呼吸器跳ねて息漏らす [以] 一九四
春荒の呼吸器を押し生きのびる [以] 一九四
春荒の呼吸器が生き吾が生く [以] 一九五
[霾]
痰引いてもらふ黄砂の荒るる中 [以] 一九七
両手振り黄砂飛ぶ意を伝へけり [以] 一九八
[春雨]
春の雨梢ばかりに降りにけり [日] 一六八
春雨や削り細りし通し畦 [日] 一六八
[花の雨]
花の雨座敷を替へて悼みけり [樸] 五五
[春驟雨]
垂直に鳥飛ぶ春の驟雨中 [沈] 一四八
[春の雪]
春の雪法王も咽切りたまふ [沈] 一四二
呼吸器の息の強弱春の雪 [日] 一六七
花の雪白衣処女と眺めけり [以] 一九四
大いなる山が迎へぬ春の雪 [以] 一九七
春の雪積む明るさに独りゐる [以] 一九八

誰かきて誰か帰りし春の雪 [以] 一九八
春の雪わが名廃れてすべて消ゆ [以] 一九八
看護婦の見せてくれたる春の雪 [以] 一九九
春の雪八木重吉の詩響く [以] 一九九
春雪の墓地透く窓辺書を講ず [補] 二〇七
春雪や湯の湖の鴨に翔つ意なし [補] 二〇八

[淡雪]
牡丹雪窓に飛びつく稿を継ぐ [補] 二一一

[雪の果]
降りぎはの舟のひと揺れ名残雪 [寒] 九一

[春の霙]
春霙無体に妻を叱しをり [補] 二一五

[春の霜]
死ぬるにも力を要す春の霜 [樸] 五一
母と子の眺めてゐたる春の霜 [沈] 一二九
咽の穴ときどき哭きぬ春の霜 [日] 一六五
踏みわたる畦ならなくに春の霜 [以] 一九一
かへりみる月日かしこし春の霜 [以] 一九四

[忘れ霜]
別れ霜自家発電のコード引く [以] 一九八

[春雷]
春の雷画廊に聞けり眼を宙に [補] 二〇九

[霞]
猪垣の端見えてゐる霞かな [樸] 五三
魚梆の大魚の吐ける霞かな [樸] 五三
霞被て仏の魚籃見に行かむ [樸] 五三
機音も霞の中やうつせ貝 [樸] 五三
誰が息か咽を出で入る夕霞 [沈] 一三四

[陽炎]
陽炎の芯ひえびえと立ちにけり [寒] 九二
陽炎の奥行なども思ひみる [寒] 九二
筆談の指先あたりかげろふか [沈] 一三五

[春陰]
春陰の寄りて凭らざる幹一つ [沈] 一四八

[花曇]
天麩羅にかぎる魚や花曇 [樸] 五六

地理

[春の山]
春の山隣りに声をかけてやれ [沈] 一四二
道見えていづこへ越ゆる春の山 [沈] 一四三

[春の野]
眼を投げるたびの春野でありにけり [寒] 九二

【焼野】
ひよどりの風姿とゝのふ末黒の木　[以]　一九〇
職なくて焼野を児らと守りてをり　[補]　二〇四
【春の水】
春水に揺られて魚の口そろふ　[寒]　九二
激震の呼吸器に足す春の水　[以]　一九五
【水温む】
わらはべの両足に水ぬるみけり　[樸]　五二
永らふといふことの水温みけり　[寒]　九〇
去りぎはの一瞥に水ぬるみけり　[沈]　一三〇
大鷲の羽撃きの水ぬるみたり　[日]　一六六
【潮干潟】
引締る水幾尋ぞ汐干潟　[寒]　九四
【春田】
よろよろと畦のかよへる春田かな　[寒]　八九
【苗代】
苗育つ夜毎の暗さ水にあり　[補]　二一一
【春泥】
春の泥わたりて罪をふやしけり　[山]　三九
春泥の母牛を押す仔牛かな　[寒]　九一
誰がための道ひと筋や春の泥　[沈]　一五八
春泥の乾きはじめを踏むことに　[沈]　一五八
春泥の流れどまりが膨れをり　[沈]　一五八
春泥を跳りくる妻目で迎ふ　[補]　二〇八
【残雪】
牛鳴いて雪形はまだ雪の中　[沈]　一二五
【雪間】
巫の鴉を叱る雪間かな　[寒]　九一
音たてて流るるものの雪間かな　[日]　一六七
【雪解】
雪解靄肩相触れてやはらかし　[補]　二〇六
雪雫肩うつて森うら若し　[補]　二一三
桑の根を水ゆく雪解はじまれり　[補]　二一四
【薄氷】
雑木山春の氷を置きにけり　[樸]　五一
たらちねの母が溶けゆく春氷　[樸]　五一
漣の上に残れる氷かな　[寒]　八九
春氷砕くに理由などはなし　[沈]　一二五
薄氷にうすうす残る水の息　[沈]　一四二
薄氷を水の離るるひかりかな　[沈]　一五二
薄氷ふたたびの刻流れだす　[沈]　一五七
薄氷の向かうが見えて少年期　[日]　一六六
薄氷に足踏みなほし石たたき　[日]　一六七
薄氷の平らかならぬ指ざはり　[日]　一六九

薄氷の一片遠し寒山詩　［以］　一九二
薄氷や停年教師裾かがよひ　［補］　二〇九
【氷解く】
浮氷藻屑の脚を垂れにけり　［寒］　八九
カード式テレビが消えて浮氷　［日］　一六八
太陽のうすうすとある浮氷　［以］　一九五

生活

【花衣】
川筋にくはしきひとの花衣　［樸］　五六
【蕗味噌】
蕗味噌に療養肥りはばからず　［日］　一六六
【若布和】
若布和職かくさねば酔ひがたし　［補］　二一五
【青饅】
青饅を男のものとしたりけり　［沈］　一三四
青饅にひねもす空の鳴る日かな　［日］　一六五
【干鰈】
風垣に島の火山灰飛ぶ鰈干　［補］　二〇九
【白子干】
その先に立つをつつしめ白子干す　［寒］　九二
【草餅】
風邪の神啖ひ抜くべき草の餅　［補］　二一八
【桜餅】
鳥影のゆつくり過ぎぬ桜餅　［日］　一六八
【椿餅】
ハンカチの宝形包み椿餅　［日］　一六六
【菱餅】
カーテンの陰より賜ふ雛の餅　［日］　一六七
【菜飯】
折鶴の紅白そして青菜飯　［以］　一九〇
【味噌豆煮る】
雨降つてゐる味噌玉の匂ひかな　［寒］　九〇
味噌玉のまだやはらかき宵祭　［寒］　九〇
【春炬燵】
妻に似ぬ女優を褒めぬ春炬燵　［山］　二五
【霜除とる】
菰巻をほどきたる松歩きけり　［樸］　五三
【屋根替】
葺替や羽影浮きくる山鴉　［山］　二三
一庵を葺替へてゐる雫かな　［樸］　五三
葺替の駿州萱の小束かな　［樸］　五三

【垣繕ふ】
さしむかふ声ある垣を繕へる　［沈］　一二六
垣結つて罪ほどの幸を偸みけり　［補］　二〇八
【野焼】
夕野火や深まなざしの加賀乙女　［補］　二一六
【畑焼く】
畑焼のあと雨が降り雪が飛び　［沈］　一四七
耕牛の振り返るとき畦火冴ゆ　［補］　二〇九
あとさきに加賀野の畦火田を返す　［補］　二一六
【麦踏】
麦踏の折り返す足とんと踏む　［沈］　一二五
【耕】
おほぜいのうちの四五人耕せる　［日］　一六七
春耕の神楽に似たる出雲かな　［補］　二一三
【田打】
時化濤へ角振り伊豆の鋤牛よ　［補］　二〇六
猪垣まで椿咲く田を鋤き返す　［補］　二一〇
【畑打】
荒畑のひとひろがりを打ち始む　［寒］　九一
【畦塗】
塗畦のざつとながらの二三枚　［寒］　九六
【種物】
種袋妻の手籠に幾日経ぬ　［山］　二九
【苗床】
苗床に筵の厚き一夜あり　［寒］　九一
【苗札】
苗札も挿したる土もあたらしき　［寒］　九一
【芋植う】
藷植ゑて来し手の替ふる水枕　［日］　一六七
【接木】
柿接いで大粒の雨いたりけり　［寒］　九一
【海苔掻き】
脚漬けて海苔篊見をり誕生日　［補］　二一〇
【桑解く】
おのづからほどけし桑の曇りかな　［樸］　五七
【茶摘】
木津川を雷下りきし茶摘籠　［山］　二六
雷に抱く金輪際の茶摘籠　［山］　二六
旅の指摘みて宇治茶の芯長き　［山］　二六
茶摘女の一瞥を雷躱しけり　［山］　二六
【磯遊び】
見るほどのものなき磯に遊びけり　［寒］　九四

【遠足】
遠足児去来の墓をさげすみぬ　[樸]　五七
【踏青】
踏青の五六歩にして気の迷ひ　[樸]　五三
見て踏めぬ野がそこにあり青みをり　[沈]　一四二
青き踏むまなこばかりが先立ちて　[日]　一六八
【野遊】
野遊びの味噌こそよけれにぎりめし　[寒]　九六
【摘草】
草摘のしきりに捨つる指のもの　[山]　三四
摘草の子が長靴を脱ぎにけり　[樸]　五四
摘草の膝過ぎて水奏でそむ　[補]　二一五
【梅見】
織工場梅見の顔が来て塞ぐ　[補]　二〇七
【花見】
石垣を突いて廻しぬ花見船　[樸]　五六
花見船見物されてゐたりけり　[樸]　五六
【ボートレース】
競漕の出足遅れし早稲田艇　[日]　一七〇
競漕の勝者もつとも俯伏せり　[日]　一七〇
【風船】
曇り日や紙風船は閉ぢしまま　[以]　一九七
【風車】
風車山の仏にたてまつる　[山]　二五
【石鹸玉】
石鹸玉息を離れて鮮しき　[日]　一六五
朝の窓石鹸玉過ぎ燕過ぐ　[日]　一七一
大川へうつうつ飛ばす石鹸玉　[補]　二〇三
【ぶらんこ】
ふらここに風吹きすぎるばかりにて　[日]　一六六
【春の風邪】
春風邪の巣とぞ外来待合所　[日]　一六七
【花粉症】
疑へば院内感染花粉症　[日]　一六七
【種痘】
吾子の名のまばゆしや種痘通知くる　[補]　二〇九
【朝寝】
朝寝して或ひは晩年かも知れず　[山]　二五
【入学試験】
少女泣きやすしや霜の受験椅子　[補]　二〇六
早長し受験子を追ふ放れ犬　[補]　二〇九
受験期の日溜めて深きぼんのくぼ　[補]　二一一
一掬の雨氷上の合格児　[補]　二一二

【卒業】
円き木に細長き木に卒業歌 [沈] 一五九
ぶらんこを漕ぐともあらず卒業子 [日] 一六九
一児つひに卒業させぬ逐ふごとく [補] 二一五

行事

【初午】
初午や織音絶えし機の町 [日] 一六五
二の午も過ぎにし風の狐塚 [日] 一六六
【二日灸】
二日灸秩父の雪が見えにけり [樸] 五二
【針供養】
鎌倉の山まどかなる針供養 [寒] 九〇
【雛祭】
雛壇の奈落に積みて箱の嵩 [山] 二五
妻の雛かかはらざれば失せにけり [山] 三九
立雛のまぬかれがたく立ちにけり [寒] 九〇
立つことのひとりとなりし雛かな [寒] 九一
舌すこしのぞける雛飾りけり [沈] 一四七
夜の雛いよいよ妻と離れ病む [日] 一六六
【雛流し】
あさあさと水は急ぎぬ流し雛 [補] 二一四
【闘牛】
闘牛の若角祓ふ祭酒 [山] 二三
闘牛の漆黒虻をゆるさざる [山] 二三
【メーデー】
メーデー歌とよもし穂麦熟れそめつ [補] 二〇四
事務の胸メーデーの造花咲きいでて [補] 二〇六
【春祭】
春祭縁の下より人現れて [樸] 五四
蜆屋に提灯が出て春祭 [樸] 五四
宙に書く文字やどこかに春祭 [沈] 一三五
【涅槃会】
いつの世も弟子遺さるる涅槃変 [山] 一一
つたなくて涅槃図のをろがまれけり [山] 二三
涅槃会の猫の開けたる夜の襖 [樸] 五二
涅槃図の一人みづみづしくありぬ [寒] 九〇
涅槃図を掛けたる寺の庭通る [沈] 一三四
涅槃会や散華の裏に青畝の句 [日] 一六五
【高尾山火渡り祭】
鳴弦や焚火に半歩踏み込んで [補] 二一六
火祭の果てたる焚火婆が踰ゆ [補] 二一六
【開帳】
大根を一本抜きぬお開帳 [山] 三四

［遍路］
お遍路に触れたる指を記憶せり　［沈］　一四三
［仏生会］
海底の揺りあげてゐる仏生会　［寒］　九四
［甘茶］
女らや甘茶そそぐに声しなひ　［寒］　九四
病床に匂はせ飲める甘茶かな　［日］　一六九
［花御堂］
池水を床下に引き花御堂　［樸］　五六
［御忌］
道幅に流るる雨や法然忌　［山］　二五
一日の半分が過ぎ法然忌　［沈］　一四三
何となき法然贔屓法然忌　［日］　一六九
［復活祭］
累卵といふ据わりやう復活祭　［山］　一一
神さまが大好きな子へ染卵　［寒］　九五
ひよどりに食む花多し復活祭　［寒］　九五
白百合の画の染卵ウィーンより　［日］　一六九
花文字のマリヤ暦や復活祭　［補］　二一五
［西行忌］
指先がはたりと遠し西行忌　［沈］　一五三
［三鬼忌］
三鬼忌の四月くれなゐ又みどり　［山］　一一
酒飲みて蹠痒し三鬼の忌　［山］　一九
［虚子忌］
花ありて鳥ゐて虚子の日なりけり　［寒］　九四

動物

［猫の恋］
初恋のわが猫こゑをあげにけり　［山］　一六
恋猫の雷神めくを二匹飼ふ　［山］　三四
恋猫に降る雨なれば見過ごさん　［日］　一六六
救急車出入口より春の猫　［以］　一九一
恋猫と墓地さまよへり忿るごと　［補］　二〇七
［猫の子］
猫の子が橘寺に来て鳴けり　［山］　三四
猫の子へ善の顔向け二面石　［山］　三四
［蛇穴を出づ］
蛇穴を出てまづ憩ふ石の上　［日］　一六七
［蜥蜴穴を出づ］
まだ何も失なはぬ艶蜥蜴出づ　［日］　一六九
蜥蜴出て岩の日吸へり穴居址　［補］　二一一

［お玉杓子］
蝌蚪の紐突かれて泥を吐きにけり　［寒］　九三
あたらしき泥水が来る蝌蚪の紐　［沈］　一二五
ここにまた亡び残りの蝌蚪の水　［沈］　一四七
蝌蚪飼つて褒貶もなし一教師　［補］　二〇六
畦跳んで蝌蚪おどろきぬ箒売　［補］　二〇九
桜蘂流れて蝌蚪に後肢出づ　［補］　二一五
蝌蚪の紐三日ほぐれず雨兆す　［補］　二一七
蝌蚪生る麻痺の児跳り歩きして　［補］　二一八
［蛙］
たたかはぬ蛙がわれを見上げけり　［樸］　五七
［春の鳥］
啞われに声をかけ捨て春鴉　［沈］　一三六
悪声を交はし尾長も春の鳥　［日］　一六七
呟くに白秋詩あり春の鳥　［以］　一九四
［百千鳥］
百千鳥一つ烈火のごときあり　［山］　一一
百千鳥毘盧遮那仏にダリの髭　［山］　三九
島山は紺あたらしや百千鳥　［寒］　九五
［鶯］
鶯に足もと冷えもけふかぎり　［樸］　五一
鶯の声たちのぼる峠の木　［樸］　五一
［雲雀］
揚雲雀声張つて空青むなり　［補］　二一〇
［春の鴫］
ひらひらと地上におりぬ春の鴫　［日］　一六六
［燕］
つばくらめ小学校の廂かな　［山］　二五
燕くる鴟さかだちて迎へけり　［樸］　五三
咽の穴早出燕に見られしや　［沈］　一三四
燕来て貧しき空のあるばかり　［沈］　一五九
横切れる燕の影と思ひ知る　［日］　一七一
燕来し簷へ口あけ天の邪鬼　［補］　二一三
［白鳥帰る］
白鳥に雲間のありて帰るなり　［沈］　一二五
［春の雁］
塩田に汐流れ落つ春の雁　［補］　二一五
［帰雁］
雁がねの行きつくしたる水や空　［山］　二九
訝しき方へ雁がね帰りけり　［山］　二九
一羽来て帰雁の列となりにけり　［寒］　九〇
雁行くと出でしにあらず薬壜　［補］　二〇五
［引鴨］
観覧車いま最高や鴨帰る　［山］　三九

行く鴨の遥かに声を失へり　［沈］　一三四

［残る鴨］

留任ときまりし春の鴨見をり　［山］　二五
ひと騒ぎしてそれからの春の鴨　［樸］　五二
ずるずると残りし鴨に違ひなし　［寒］　九〇
残りたるのちの日数に鴨泳ぐ　［沈］　一三五
春鴨と咽の穴とゆるぎなし　［沈］　一三六

［鳥帰る］

引鳥の声ともあらず空ひびく　［沈］　一五八
鳥帰るころの北空ならば見る　［沈］　一五八
ほの白きテレビの中を鳥帰る　［日］　一六九

［鳥雲に入る］

鳥雲に寺の大きな白緒下駄　［山］　一一
鳥雲に山河このごろ面白き　［山］　三九
ひとびとはすずろに病みぬ鳥雲に　［以］　一九五
鳥雲に服新しき教師達　［補］　二〇八
鳥雲に異国の兵等ただ急ぐ　［補］　二〇九

［囀］

囀の一つの声を記憶せり　［日］　一六八
壜を出る蒸溜水に囀れり　［以］　一九〇

［鳥交る］

嗽ぐ水に塩気や鳥の恋　［寒］　九五
恋の鳩に雀蹤きゐてうやうやし　［補］　二一七
恋果てし鳩大屋根の日が嘉す　［補］　二一七

［孕み雀］

見知りたる雀も卵抱くころか　［沈］　一五九
鎚音の孕雀となり寄らず　［補］　二一五

［鳥の巣］

うすうすと幹乾きゐし小鳥の巣　［樸］　五七

［古巣］

釣船の出払つてゐる古巣かな　［寒］　九五

［白魚］

白魚の網を叩けばあらはれて　［寒］　八九

［諸子］

西国はいまだに遠し焼諸子　［沈］　一三〇

［若鮎］

若鮎の匂ひの水を搬び来る　［沈］　一三〇

［栄螺］

かんかんに一つ置きたる大栄螺　［樸］　五六
眠たさの栄螺の足を立たさんと　［沈］　一三四

［蛤］

蛤の余せる水を跨ぎけり　［寒］　九五

［浅蜊］

浅蜊飯妻の薄口醤油かな　［山］　一一

［田螺］
曇り日の蘆這ひのぼる姫田螺　［樸］　五二
［寄居虫］
寄居虫と遊び来たりし指細し　［日］　一六八
［地虫穴を出づ］
ややありて穴出づる虫もう一つ　［寒］　九一
歳月の疎遠の虫も出づる頃　［沈］　一五八
けふのひのひかりのひとつ地虫いづ　［沈］　一五八
［初蝶］
初蝶や歩いてゆけば道のびて　［日］　一六八
初蝶がガアドに触れつ越えなやむ　［補］　二〇四
［蝶］
恋戒しむ教師の胸辺蝶狂ひ　［補］　二〇五
［蜂］
騒がしき養蜂箱を抱へけり　［樸］　五七
［虻］
棕梠の月虻の羽音のひかり過ぐ　［補］　二〇六
［春の蚊］
生涯の一室として春蚊飼ふ　［以］　一九八
死ねば入れ替はる病室春蚊舞ふ　［以］　一九八
［春蟬］
松蟬に百千の悔にはかなり　［補］　二〇四

植物

［梅］
梅一分紅茶の湯気の魔法壜　［山］　三八
見渡してをりたる梅の別れかな　［樸］　五二
午闌けて洩らす一語や梅遅し　［沈］　一三四
人影のひとつがうごき梅の花　［沈］　一四七
爪切りに爪受けありて梅蕾む　［日］　一六四
散りたれば池波梅の紅と白　［日］　一六五
みぞるるやしろじろ邃き梅林　［日］　一六六
残る梅残る命の白さとも　［日］　一六八
心づく前の日数の梅の花　［以］　一九二
ころり死ぬ話の中の梅白し　［以］　一九二
いつまでも痰鳴る咽よ梅遅し　［以］　一九八
［紅梅］
紅梅に梅坪囃子伝へたる　［山］　二九
紅梅に待たされすぎのとろろかな　［樸］　五二
紅梅のその先の紅濃かりけり　［樸］　五二
紅梅の眼を白梅に戻すなり　［寒］　九〇
紅梅を過ぎたるあたりにて訊かん　［沈］　一五七
紅梅に瞑目のみの病者たち　［以］　一九七

【椿】

色強し活けて三日の藪椿　〔以〕　一九一
若者と波郷を語る椿かな　〔以〕　一九七
八雲像どれも横向き椿冷ゆ　〔補〕　二一三

【初花】

枯蔓の絡まつてゐし初ざくら　〔樸〕　五四
こまごまとひろびろと初ざくらかな　〔寒〕　九三
わが咽の穴より暗し初桜　〔沈〕　一三五
初花や子への手紙に死後のこと　〔日〕　一六九

【枝垂桜】

遡る蜂ゐて桜枝垂れけり　〔樸〕　五六
紅枝垂桜禰宜にいざなはるるは誰ぞ　〔補〕　二〇九

【桜】

桜濃き三角巾の中の腕　〔樸〕　五五
桜見る肺活量を使ひきり　〔樸〕　五五
能舞台解かれてゐる桜かな　〔樸〕　五五
だるま船さくらの中を通りけり　〔樸〕　五六
さわさわと人いれかはる桜かな　〔寒〕　九三
幸せな桜もすこし見たりしと　〔沈〕　一三五
今日の日があり桜盈ちゐたりけり　〔沈〕　一四三
とほつ世のひとつのこの世桜咲く　〔沈〕　一四八
ひとつ見てふたつ見てみな遠ざくら　〔沈〕　一四八
空みちて圧しくる桜痰狂ふ　〔沈〕　一五三
行雲と桜と空に別れあふ　〔沈〕　一五九
病み臥せば甕のさくらや遠桜　〔日〕　一六九
吾が息とさくらの息と通ふまで　〔日〕　一六九
牡丹桜撓はぬ枝のなかりけり　〔日〕　一七〇
一日の桜の窓を閉めにけり　〔以〕　一九〇
亡骸に一番近き桜かな　〔以〕　一九〇
朝桜腹式呼吸空を見て　〔以〕　一九三
桜濃し死は一人づつ一夜づつ　〔以〕　一九四
いちまいの窓ある桜月夜かな　〔以〕　一九五
富士が見え桜が見えてよき病臥　〔以〕　一九八
胎児すでに名ありて一員さくらの夜　〔補〕　二一二
阿羅漢の哄笑天に桜満つ　〔補〕　二一五
夕ざくら釣堀を去る手ぶらの手　〔補〕　二一八

【夜桜】

夜桜となりゆく川の面かな　〔寒〕　九四
夜桜の差し込む痰を引きにけり　〔日〕　一七〇

【花】

花片のきのふの靴を履きにけり　〔樸〕　五六
わが眠り花の眠りに通ふまで　〔寒〕　九四
山の端をつたひて花を送りけり　〔寒〕　九四
青空をきのふの花の流れけり　〔沈〕　一二六

痰つまり花狂乱の一天地 〔沈〕 一五三
乗りてゆく花片軽し鎮魂 〔沈〕 一五九
乾坤に瞠いて花おくりけり 〔沈〕 一五九
花片の浮き立つ心思ひみる 〔日〕 一七〇
花了るベッドの上の胡坐居も 〔以〕 一八九
粥食ふや粥のおもての花明り 〔以〕 一九〇
一の客二の客が言ひ花了る 〔以〕 一九五
白墨の手を垂れゐるや花をはる 〔補〕 二〇五
泣き羅漢ひとつ泣かしめ花の果 〔補〕 二一五

【遅桜】
遅桜失声戸長傾ぎ立つ 〔以〕 一九四

【落花】
釣堀を吹き撓めたる落花かな 〔山〕 一九
散りかかる花片なれば立ちつくし 〔寒〕 九四
声声の叫び走れる落花かな 〔沈〕 一三五
岩冷えや暮れて花飛ぶ羅漢山 〔補〕 二一五

【残花】
口中に冷ます番茶や残る花 〔沈〕 一三六

【桜蘂降る】
桜蕊ほろと終末医療の語 〔日〕 一七〇
桜蘂降つて昨日の今日のこと 〔以〕 一八九

【牡丹の芽】
頰撫でることが挨拶牡丹の芽 〔沈〕 一四二

【山茱萸の花】
山茱萸や水辺は影のにぎやかに 〔沈〕 一四二

【辛夷】
天へゆく道あきらかに辛夷咲く 〔樸〕 五五
吾に来る漣ばかり花こぶし 〔沈〕 一二六
昼火事の煙のとほる花こぶし 〔沈〕 一五九

【花水木】
老教師ゆるやかに過ぐ花水木 〔山〕 一九

【三椏の花】
三椏に生魚割く峠口 〔樸〕 五七

【連翹】
病室の連翹ばかり明るしや 〔日〕 一六八
連翹が咲いて大きな日向かな 〔日〕 一六八

【山桜桃の花】
雨樋の轟きやまぬ花ゆすら 〔寒〕 九二

【躑躅】
白つつじ大むらさきと咲き重ね 〔日〕 一七一
病閑や家訪ふかぎり躑躅濃し 〔以〕 一九三

【雪柳】
雪柳ちひさき村は筵織る 〔補〕 二〇三

［木蓮］
はくれんの影はくれんに納まらず　［楪］　五五
はくれんに朝日うやうやしくありぬ　［寒］　九三
妻に逢ひ白木蓮に会ひしこと　［沈］　一四三
白木蓮仰ぐボンベをつかみけり　［日］　一六九
日毎見て今日の蕾の紫木蓮　［以］　一九〇
はくれんの一弁ゆるぶ故園行　［以］　一九四
帰宅また白木蓮に遅るるか　［以］　一九七
［藤］
藤の房長しや脚を組み替ふる　［山］　一六
藤棚の外なる房は揺れにけり　［沈］　一二六
藤房の揺るるごとくに痰引けり　［沈］　一三六
疑へば前山の藤鏦る　［日］　一七〇
藤房の老いたる庭に帰り着く　［日］　一七一
藤房を抱きとめてよりわが家なり　［以］　一九五
［山吹］
山吹の夜更けの花に触れもして　［日］　一七〇
［桃の花］
牛飼ひの村は牛の香桃の花　［山］　一九
烈風の摘花となりぬ桃畑　［楪］　五四
桃摘花手当り次第とも見ゆる　［楪］　五四
桃畑の奥の花濃を歩きけり　［楪］　五四
一日に加ふ一日桃咲いて　［楪］　五五
乙女子の髪のふれたる桃の花　［楪］　五五
月齢も十日に近し桃の花　［寒］　九五
［梨の花］
梨の花妻を老いしめてはならず　［楪］　五五
昼のあとうすき夜が来て梨の花　［沈］　一四八
［杏の花］
花杏散り初め山は雪あらた　［補］　二〇三
［ネーブル］
笑まひ弱しオレンヂ床に落としても　［補］　二〇三
［八朔柑］
妊りしよりの白指八朔剝く　［補］　二一二
［木の芽］
雷若し芽吹山より鳴りいでて　［山］　一六
教会の棟上げてゐし樺の芽　［山］　二九
木の芽山雨も翼をひろげけり　［山］　三九
芽揃へのひとたび白み櫟山　［沈］　一五八
三飯は粥ときめたる木の芽かな　［以］　一九八
静かなる芽立ちの前の避病院　［補］　二〇三
ジャズの町展けて低し木の芽坂　［補］　二〇五
芽木の間の富士汚れゐる懈怠かな　［補］　二〇七
妻寄れば櫟芽吹きの激しさよ　［補］　二〇八

大原は開かぬ門かも枳殻の芽　〔補〕　二二八
マラソンに土塀の長さ竹柏芽吹く　〔補〕　二二八
【春林】
春の森ゆるやかに貫く径ひとつ　〔補〕　二二八
【蘗】
かがやきて蘗長けぬ寺の桐　〔山〕　四〇
蘗の日に息深し炭焼夫　〔補〕　二二〇
【若緑】
いくたびも波くつがへる松の芯　〔山〕　四〇
【桑】
桑いきれ半端な雨のこぼれけり　〔山〕　一二
【金縷梅】
まんさくの花盛りなる古葉かな　〔寒〕　九〇
【木瓜の花】
今日ありて今日の命の木瓜赤し　〔日〕　一六九
木瓜の花たまには己れ許しやれ　〔以〕　一九八
木瓜に出て祭のごとき蝶と虻　〔補〕　二一七
【樫の花】
腕組みの腕に溜りぬ樫の花　〔山〕　二六
【猫柳】
ジャン・ロルタ・ジャコブ墓とよ猫柳　〔補〕　二一七
【榲の花】
山の根に箒の及ぶ花榲　〔樸〕　五七
【郁子の花】
裏口をもはらに使ふ郁子の花　〔寒〕　九三
咽切りしよりの日数や郁子咲けり　〔沈〕　一四八
【竹の秋】
寝疲れの首廻したる竹の秋　〔日〕　一七一
【春落葉】
病室のここにも一つ春落葉　〔日〕　一六八
【黄水仙】
黄水仙咲く一尺に妻の顔　〔沈〕　一四三
黄水仙顔施をわれに賜ひけり　〔沈〕　一五三
【喇叭水仙】
水仙が喇叭を吹いて風邪癒えぬ　〔日〕　一六八
水仙の喇叭の下の骸かな　〔以〕　一九二
【紫羅欄花】
ストックや嚥下訓練匙舐めて　〔沈〕　一三五
【金盞花】
金盞花来て咲く安房の花畑　〔日〕　一六四
【クロッカス】
クロッカス故園に立てば健やかに　〔以〕　一九八

【ヒヤシンス】
サフランに会釈ヒヤシンスにも会釈　［日］一六九
【霞草】
霞草ばかりを買ひて来しごとし　［沈］一三〇
【都忘れ】
朝市のみやこわすれの色もかな　［山］一二
【菜の花】
菜の花に泥が粘りて近江かな　［樸］五七
菜の花に束の間の雪残りけり　［日］一六五
菜の花やをさな子に時ありてこそ　［日］一六七
【豆の花】
潮濡れの背負梯子まろべり豆の花　［補］二〇六
豆咲いて豆の手篠に火山灰深し　［補］二一〇
【葱坊主】
葱坊主立てし小壜を大切に　［日］一六九
【茎立菜】
ゆつくりと白帆が過ぎぬ茎立菜　［寒］九二
【独活】
独活きざむはや主婦めきて女生徒等　［補］二〇七
【山葵】
山葵田のくびれのゆるぶところかな　［寒］九二

【種芋】
種藷のひとつ大きな北あかり　［日］一六八
【下萌】
はるかより礼送られて下萌ゆる　［沈］一三〇
忘らるる栄死者にあり草萌ゆる　［沈］一四七
下萌を踏み下萌を言に言ふ　［日］一六六
草萌を抓み集めしひと袋　［日］一六七
下萌えや隠し蓑の灰こぼれ　［補］二〇五
【草の芽】
語り継ぐことなどはなし名草の芽　［沈］一三〇
【ものの芽】
これよりの雨風を待つもの芽かな　［沈］一二五
割箸を立てしばかりに物芽いづ　［沈］一三〇
【畦青む】
畦青むとは一と冬を生きしこと　［以］一九一
【若芝】
をさな子の仕草見せたる春の芝　［寒］九六
【紫雲英】
紫雲英田の花の間の水またたける　［山］三九
【苜蓿】
腰さそふひと平らあり苜蓿　［寒］九六

〔土筆〕
土筆生ひ遥かより来し歯の痛み 〔山〕 三四
焦げくさき土筆の屑も食べにけり 〔樸〕 五四
摘んできてくれたる風のつくづくし 〔以〕 一九六
〔虎杖〕
虎杖を噛みゐて水はとどまらず 〔補〕 二一七
〔犬ふぐり〕
いぬふぐりじやんけんしては歩を進め 〔山〕 一一
いぬふぐり声かたまつて過ぎにけり 〔山〕 二九
いぬふぐり大足の師を恋ひにけり 〔山〕 二九
玄黄を天地としたり犬ふぐり 〔日〕 一六五
只の日の只の光りの犬ふぐり 〔日〕 一六五
犬ふぐり踏みわたりたる赴任かな 〔補〕 二一三
〔垣通〕
あやまちてその名愉しき垣通 〔日〕 一六七
垣通し水に浮かせて活けにけり 〔以〕 一九七
〔十二単〕
この十二単いささか洋かぶれ 〔日〕 一七一
活けて日の濃くなる十二単かな 〔以〕 一八九
〔一人静〕
一人静二人静と称へゆく 〔以〕 一九〇
〔蕗の薹〕
立身の明治の戸口蕗の薹 〔山〕 一一
生ひいでてものの匂ひの蕗の薹 〔寒〕 八九
金串の突き抜けてゐる蕗の薹 〔寒〕 八九
蕗味噌の包みのうへの蕗の薹 〔沈〕 一五八
蕗の薹二つもらひぬ二つの香 〔日〕 一六六
〔春の蕗〕
春の蕗すすり窪めしたなごころ 〔山〕 三九
〔蓬〕
産みをへし猫が入りゆく青蓬 〔山〕 三四
交りて道ゆたかなり草蓬 〔沈〕 一五三
草蓬寄りて短かき母の影 〔補〕 二〇七
〔片栗の花〕
かたくりの花の韋駄天走りかな 〔樸〕 五一
過ぎゆくは過ぎゆきて片栗の花 〔寒〕 九三
〔種漬花〕
田の畔の種付花も時を得て 〔日〕 一六九
〔蘆の角〕
水の上水の下なる蘆の角 〔寒〕 九一
〔蘆若葉〕
蘆若葉獺と言ひ切りにけり 〔樸〕 五七

［鹿尾菜］
ひじき束浮かせ来るなる波づたひ　［寒］　九五
昼どきの湯がまつたりとひじき釜　［寒］　九五

夏

時候

［夏］
看護婦のピアスの金も夏景色　［樸］　六三
夏枯の色みられたる水辺草　［寒］　一〇二
日の夏や欅つらぬき屋敷森　［沈］　一三八
夏枯れのいちはやき色河原草　［沈］　一四九
夏をどる雑魚うれしさよ地曳網　［沈］　一五三
天涯の一鳥影を夏景色　［以］　一九二
自堕落な吾ひとり立つ夏の夢　［以］　一九三
［初夏］
病棟に常のもの音夏はじめ　［以］　一八九
はつ夏といへば川上澄生の絵　［以］　一九五
［五月］
手に触るるものの冷たき五月来ぬ　［沈］　一三六
カニューレの咽に苛立つ五月来る　［日］　一七〇
生きてゐる蹠に固し五月の地　［以］　一九三
街五月妊り妻を率てかへる　［補］　二〇八
牛の背の木洩れ日青き五月来ぬ　［補］　二一三
［立夏］
吾を生かす呼吸器の意志立夏なり　［日］　一七〇
［夏浅し］
夏浅し机の上のもの影も　［日］　一七一
［薄暑］
薄暑の授業へ急ぐ喪章をつけしまま　［補］　二〇七
百穴に腰かがめゐる薄暑かな　［補］　二一一
［麦の秋］
湖まはり来し麦秋の郵便夫　［山］　四一
［五月尽］
五月逝く江戸手拭の縹色　［寒］　九七
五月逝く燕の羽を吹き撓め　［日］　一七二
あらはれて山辺の星や五月尽　［以］　一九三
病者にも憤るとき五月尽　［以］　一九九
［芒種］
海鳥の森に来てゐる芒種かな　［沈］　一三七
［夏至］
夏至の雲はたして雫落としけり　［日］　一七三

［半夏生］
病床に半跏が強し半夏生　［日］　一七四
［晩夏］
宗門帳耶蘇名ぞ赤き晩夏かな　［山］　一三
葛切に垂らす黒蜜晩夏なり　［日］　一七六
釣り捨てし小河豚をどれば晩夏光　［補］　二二五
［七月］
つばくらの一直線に七月来　［日］　一七四
七月の水飲んで足る思ひあり　［日］　一七五
［水無月］
水無月の逆白波を祓ふなり　［寒］　九九
［小暑］
膏薬を貼つたる腰も小暑過ぐ　［以］　一九七
［梅雨明］
味噌蔵の黴の香に梅雨明けむとす　［山］　一二
壜に挿す蔦に根が出て梅雨明けん　［日］　一七四
病廊のつたはり歩き梅雨明けん　［以］　一九〇
［夏の暁］
夏暁の真白き幹として立てり　［沈］　一三七
［夏の夕］
鉈打つて音のはるけき夏ゆふべ　［沈］　一五四
ひとり拭く足裏白し夏夕べ　［以］　一九三
［夏の夜］
夏の夜のすこしくだけし一法座　［以］　一九二
夏の夜の声来て喪服借りゆけり　［補］　二二五
［短夜］
短夜の五指足りぬなく余るなく　［樸］　六三
明易きこと雨音のありしこと　［沈］　一二六
桑の葉の一枚づつの明易き　［沈］　一三七
採りて軽き検尿コップ明易し　［日］　一七四
病みざまを生きざまとせり明易き　［以］　一九五
かがまりて瀬が鳴る裾の明けやすし　［補］　二〇六
［土用］
人づてのその人づての土用の訃　［沈］　一四九
幻の骨の白さも土用過ぐ　［以］　一九六
［盛夏］
喘ぎ引く痰百斤や夏旺ん　［沈］　一三八
［暑し］
かく暑き日を西鶴は死にたるか　［樸］　七一
［大暑］
山裾に妻病ませゐる大暑かな　［日］　一七五
北空を鳥翔けあがる大暑かな　［以］　一八九
［極暑］
おほとりの影天にある酷暑かな　［沈］　一三七

酷暑の痰声甦るまで引くや [日] 一七五

[溽暑]

雨後の木の蒸してきたりし胡麻豆腐 [山] 二三
夕蒸しの蒟蒻畑に石の音 [樸] 六七
死者一人予備三人の溽暑部屋 [日] 一七五

[灼く]

恐山詣の杖のまづ灼けて [山] 二六
空灼くる極楽浜は見ず返す [山] 二七
灼け岩に雨の一粒恐山 [山] 二七
妻死せり音なく灼けて北の天 [以] 一九六
業罰のごとく大路の灼くるなり [補] 二〇三

[涼し]

良寛の書の一二三四涼し [山] 二〇
椅子涼し待つ身といへばそれもさう [樸] 六四
椰子の実に流離の涼気なしとせず [樸] 六六
飛ぶまへの四五歩が涼し畦鴉 [沈] 一三二
風呂敷の空解けなども涼しかり [沈] 一四九
沈黙の涼しさも亦言はざりき [以] 一九二
晩涼の影となりゆく小河豚釣り [補] 二一五

[夏の果]

夏果ての雷の消したる眼下の灯 [樸] 六八
樅の木の夜空が近し夏をはる [寒] 一〇三
夏了る高きところに墓の数 [沈] 一四九
永眠る隣患者に夏をはる [日] 一七六

[秋近し]

楢山の何となけれど秋近し [沈] 一三九
あたらしき道に人ゐて秋近し [日] 一七六
秋近き心といふを思ひみる [以] 一九五

[夜の秋]

一卓にひと隔てたる夜の秋 [沈] 一二七
血中酸素はかる指先夜の秋 [沈] 一三八
袖珍版南京新唱夜の秋 [沈] 一三九
筆談の紙とり散らす夜の秋 [以] 一九五

天文

[夏の空]

生きて会ふまなこ二つに夏深空 [樸] 六二
夏空の笠石もなし曽良の墓 [樸] 六二

[雲の峰]

軍艦を陸に封じて雲の峰 [樸] 六三
便箋を紙縒に綴ぢて雲の峰 [日] 一七五
峰雲や胸中に焼く妻小さし [以] 一九六
雲の峰のびきはまりし山車を組む [補] 二一八

【夏の月】
痰引いて火照る咽や夏の月 ［以］ 一九五
家に置くつもりの遺骨夏の月 ［以］ 一九六
【南風】
子の腕の繃帯ゆるぶ夜の南風 ［補］ 二〇五
【白南風】
白南風や僧のつむりのあからさま ［樸］ 六一
【麦の秋風】
島牛の顔たてなほす麦嵐 ［樸］ 六二
【青嵐】
老人のつつ立つてゐる青嵐 ［寒］ 九七
腰おろすところがわが座青嵐 ［以］ 一八九
【熱風】
廊下試歩熱風の木を見たるのみ ［沈］ 一三八
【卯の花腐し】
卯の花腐し髪の先まで力萎ゆ ［補］ 二一七
【梅雨】
梅雨季降つてん照つてん傘一本 ［山］ 四二
あをあをと梅雨は雨ふる鳥獣 ［沈］ 一四八
梅雨兆す気配の机拭きにけり ［日］ 一七三
百菌の欣蠕の梅雨始まれり ［日］ 一七三
ゆくりなく伸びる髪かも梅雨も老い ［以］ 一八九
少年院楽湧き梅雨の最中なり ［補］ 二〇四
梅雨ながし院児の合唱また躓く ［補］ 二〇四
雀落つ梅雨操短の窓歪み ［補］ 二〇四
教師いつまで梅雨の白墨折れやすし ［補］ 二〇五
梅雨暑し膿管を血の行き戻り ［補］ 二〇七
杉の梅雨導師の緋衣に滴れり ［補］ 二一〇
杉昏く梅雨の兜巾をただよはす ［補］ 二一〇
梅雨の畦わが死者行けり過つな ［補］ 二一一
梅雨濡れの焼場雀と濡れ睦む ［補］ 二一一
【青梅雨】
青梅雨の箱にそだてて山のもの ［山］ 二〇
青梅雨の奥の一樹にこころ寄す ［日］ 一七三
【空梅雨】
夜をかけてつづく撰句や旱梅雨 ［以］ 一九七
【五月雨】
代筆の手紙ばかりのさみだるる ［以］ 一九〇
【夕立】
夕立バス着き子規堂の溢れけり ［山］ 一六
鰻屋の路地夕立のやむ処 ［山］ 一七
草木より人傾ける夕立かな ［沈］ 一四四
黒黒と梢のばして夕立の木 ［日］ 一七三

[驟雨]
すみずみを叩きて湖の驟雨かな [樸] 六〇
[雹]
窓の顔押し当てて雹迎へけり [日] 一七一
[夏の霧]
夏霧に傘ひらくなり地獄谷 [樸] 六〇
[夏霞]
蒟蒻の三年畑の夏がすみ [山] 一六
伊勢へ向く船路やすけし夏霞 [樸] 六五
[虹]
虹立つや陋巷にして児生るる日 [補] 二〇三
[雷]
鳴神の戸隠そば屋のぞきけり [樸] 七五
胸中に一死はためく日雷 [沈] 一三八
歯科医出て妻とふたりや雷軽し [補] 二一三
[朝曇]
朝曇森番の眼となりゐつつ [沈] 一三七
[西日]
大縄手西日の松の影を負ひ [山] 三〇
出雲巫女西日の扇荒使ひ [山] 三一
西日のベッドそこに一年半生きて [日] 一七八
[炎天]
炎天の岩から岩へ亡者道 [山] 二六
炎天の怒れる岩を父とせむ [山] 二七
佇めばわれも炎天の岩の一つ [山] 二七
炎日に置く椰子の実の荒毛かな [樸] 六六
炎天や蟹に食はるる蟹の泡 [寒] 一〇二
炎天へ出でゆく膝を打ちて立つ [寒] 一〇二
隣にも炎天影のなき男 [寒] 一〇二
炎天を行く直立の弓袋 [寒] 一〇二
炎天を行く漆黒をゆるめずに [日] 一七五
[片蔭]
片蔭に立つ大男ゆかりなし [寒] 一〇二
片蔭や老体ひとつ忘れられ [寒] 一〇二
片蔭もなき母の墓買ひにけり [補] 二一五
[旱]
あけてまたつむる眼や旱草 [沈] 一三八

地理

[夏の山]
酒かけて岩をかをらす夏の山 [樸] 六三
[赤富士]
露とんで赤富士の色また変はる [樸] 六八

【雪渓】
雪渓の万年光の照り返し　〔樸〕　六三
【卯波】
常世なる卯波の礁のあめふらし　〔山〕　四〇
あめふらし卯波を吐ける濃むらさき　〔山〕　四〇
吹かれ立つ遍路に沖の白卯波　〔補〕　二一五
【夏の潮】
夏潮や客死岩波庄右衛門　〔樸〕　六二
【代田】
水張つてまた眠らせる麓の田　〔樸〕　五三
唐神の隣の代田踏み抜かれ　〔樸〕　六二
【植田】
海霧ののつぴきならぬ植田かな　〔樸〕　五九
【青田】
青田より日傘湧きいで越の国　〔補〕　二一七
【泉】
底澄みて殉教の島の草泉　〔山〕　一三
つぎの世の吾がのぞきて泉湧く　〔以〕　一八九
【滴り】
滴りの真下の桶の水暗し　〔以〕　一九二

生活

【更衣】
客ひとり迎ふる衣更へにけり　〔樸〕　五八
更衣駅白波となりにけり　〔樸〕　五八
病み肥り羞づる衣を更へにけり　〔日〕　一七二
【セル】
セル涼し吾の知らざる母の客　〔補〕　二一七
【単衣】
単衣着て肩のあたりの夕日ざし　〔沈〕　二二六
【縮布】
脂こきものがまだ好き白縮　〔樸〕　六四
【甚平】
行かざりし葬を思ふ甚平かな　〔樸〕　六四
【浴衣】
足もとの鯉も暮れたり湯帷子　〔樸〕　六四
【白絣】
来し方のよく見ゆる日の白絣　〔樸〕　六四
白地着ておのれのことをひとのごと　〔樸〕　六四
白地着てまつさらな夢みたりけり　〔樸〕　六四
水音は遥かを急ぎ白絣　〔寒〕　一〇一

【夏シャツ】
大国魂神へ夏シャツ白妙に　［山］　三二
白シャツの一人奈落に石舞台　［山］　三四
【海水着】
湖を叩いて洗ふ水着かな　［寒］　一〇三
【衣紋竹】
遊び着の出しつぱなしの衣紋竹　［樸］　六四
【梅干】
なかなかに残るいきれや夜干梅　［樸］　六七
梅干して蒟蒻畑の修羅落し　［樸］　六七
干梅に日乾れの色ののりにけり　［寒］　一〇三
香まぎれず天草浜の梅筵　［補］　二二五
【水貝】
水貝やまなじりにゐて女客　［山］　三三
水貝の小鉢の氷ぐもりかな　［寒］　一〇一
【洗膾】
碑の信濃にをるや洗鯉　［山］　三六
【土用鰻】
丑の日の鰻をひとは食ふらしき　［日］　一七六
【夏料理】
水鉢を置きたる音の夏料理　［沈］　一二六
石組を峙てにける夏料理　［沈］　一五四
【冷奴】
雲中の床几となりぬ冷奴　［樸］　六一
【筍飯】
筍飯老人会と声隣り　［山］　四〇
差し入れの筍飯の三口ほど　［日］　一七〇
【葛餅】
葛餅の鉢の離れて置かれけり　［樸］　六五
【白玉】
白玉の器の下が濡れにけり　［樸］　六五
【ゼリー】
気ののらぬ日の缶ゼリー食うべけり　［以］　一九一
【麨】
意味のある死といふはなし麦こがし　［樸］　六五
病み廃れとは誰のこと麦こがし　［以］　一九一
【氷菓】
胸うすく父となりしか氷菓なめ　［補］　二〇八
【冷酒】
青笹の一片沈む冷し酒　［樸］　六五
【新茶】
ひとの眸に映りて注ぐ新茶かな　［以］　一九三
【夏館】
墨の香のありたることも夏館　［沈］　一三一

【花茣蓙】
絵筵の花つぎの世はなに病まむ　〔樸〕　六三
【籠枕】
存念の籐の枕を当てにけり　〔山〕　三五
【陶枕】
陶枕の青き山河に睡りけり　〔寒〕　一〇一
【簾】
風音も夜ごろとなりぬ古簾　〔樸〕　六三
簾編む音の中なり黙の中　〔寒〕　一〇〇
生髯の木像います簾かな　〔寒〕　一〇一
青簾とぼしき幸をまもらむと　〔補〕　二〇三
簾吊り妻の産屋のととのひぬ　〔補〕　二〇八
簾ふかし麻睡の妻に指ふれて　〔補〕　二〇八
【葭簀】
地魚の白身をほぐす葭屏風　〔樸〕　六三
地魚の腮ばかりの葭簀かな　〔寒〕　一〇〇
葭簀より踏み出て影となりにけり　〔寒〕　一〇〇
【竹牀几】
牛突きの島見えてゐる竹床几　〔山〕　三二
【蠅叩】
蠅叩腰萎え母や遊びをり　〔補〕　二〇五
【団扇】
兄弟や団扇ひとつをたのみをり　〔補〕　二〇七
【風鈴】
盧遮那仏鋳余りて売る風鈴か　〔山〕　三〇
【虫干】
風入や家紋散らばる刀自の膝　〔山〕　三一
曝す由なかりし書斎一瞥す　〔日〕　一七七
【日向水】
死水と同じひかりに日向水　〔寒〕　一〇二
【牛馬冷す】
梓川ゆるびて馬を冷しをり　〔補〕　二一〇
馬の瞳の潤みやすきを洗ひけり　〔補〕　二一四
【苗取】
田に雲が集まる飛驒の早苗取　〔山〕　一二
測量竿立つ田へ苗取りの深踞み　〔補〕　二一三
【田植】
どんみりと浮苗挿しの股間かな　〔寒〕　九八
苗挿しの水は濁さぬ足構へ　〔沈〕　一五三
屋敷田に夜は雨はしり田植季　〔補〕　二一一
したたりて婆の歩幅の田植時　〔補〕　二一四
【早乙女】
田植女の泥脛ゆたか倒れ木越ゆ　〔補〕　二〇五

[雨乞]
雨乞の手足となりて踊りけり　[寒]　一〇二
[草刈]
刈草の一荷の匂ひ胸辺過ぐ　[樸]　六一
草刈つていちにちふつか月の畦　[樸]　六二
応ふるに草刈鎌を以つてせり　[寒]　九九
[菊挿す]
のぼろぎく挿して授業に出でゆけり　[補]　二一七
[天草取]
天草干す海女の笑ひの声なさず　[寒]　一〇三
[干瓢剥く]
干瓢の四五竿を干し足らへると　[寒]　一〇三
[袋掛]
袋掛をはりたる茶に呼ばれけり　[補]　二一〇
機音や小庭の梨も袋被て　[補]　二一〇
[木の枝払ふ]
枝払ふ父の欅にとりすがり　[山]　二〇
[竹植う]
わが植ゑし竹のゆかりは妻が知る　[以]　一九七
[繭]
やや強き風が吹くなり今年繭　[樸]　五八
繭籠のかたはらの座を与へられ　[沈]　一二六
繭掻きの指先舐めてはかどれる　[沈]　一二六
格子越しのみどりが眩し繭掻女　[補]　二一四
ことごとく蚕は繭ごもり椎の月　[補]　二一四
槐下に拾ひたる繭うすみどり　[補]　二一四
椎の日のこぼれて青し繭の肌　[補]　二一四
[川狩]
川狩や念珠みえたる爺の腰　[樸]　六〇
毒流し鯰やうやく酔ひにけり　[樸]　六〇
川狩の水たふとびて積む石か　[以]　一九二
川狩の果てたる石を投げ散らす　[以]　一九二
[鮎釣]
よく上げてゐる鮎釣りの紺づくめ　[樸]　六〇
川明けの待たるる石の頭かな　[寒]　一〇〇
[鵜飼]
赤星の笛吹川に徒歩鵜かな　[樸]　六〇
父と子のかかげて暗き徒歩鵜の火　[樸]　六〇
荒々と替鵜の籠の選られけり　[樸]　六〇
[夜釣]
板羽目に夜釣案内出てゐたる　[樸]　六六
[魚簗]
簗打つや三河は水の香ばしき　[樸]　五九

【避暑】
教卓に腰もたせをり避暑づかれ　［補］　二二〇
【船遊】
艪の音となり遊船となりにけり　［寒］　一〇三
【泳ぎ】
殉教の岬泳ぎ子の逆落し　［山］　一二
いさかひし貌そのままに泳ぎだす　［補］　二〇六
父葬りきてひたすらな児の泳ぎ　［補］　二一三
鳶職の子の鳶職の顔して泳ぎをり　［補］　二一三
【プール】
女教師の離水そのままプール閉づ　［補］　二一五
【夜店】
そくばくの水を守れる夜店かな　［樸］　六四
【花火】
揚花火屋上へ出る力なし　［日］　一七六
【浮人形】
水すこし飲んだる気配浮いてこい　［寒］　一〇一
格別なことなけれども浮いてこい　［沈］　一三一
【水中花】
水中花激流の泡抱きゐたり　［山］　三五
水入れて置き処なき水中花　［沈］　一四九
【裸】
ありありと裸子なりし女の子　［樸］　六六
【端居】
見せ消ちのごとき一人や夕端居　［以］　一九五
【髪洗ふ】
つまらなき湯治の髪を洗ひけり　［樸］　六四
【汗】
女の汗したたる人を葬る間も　［補］　二〇五
塗り並めて鳥籠の辺の汗若し　［補］　二〇六
夢殿に雨着の汗の乾きをり　［補］　二〇七
汗垂れて産声待つと知られけり　［補］　二〇八
鵯の岸教師もつとも汗垂れをり　［補］　二一〇
吏の前や一語にも汗したたらせ　［補］　二一三
汗の背へ重ね覗きに鯉躍場　［補］　二一七
【日焼】
ただ立つてゐる日焼子の笑顔かな　［樸］　六六
衿足の日焼も鉾の照り返し　［以］　一九三
【昼寝】
耶蘇の島婆が昼寝の顔向けて　［山］　一二
亀石の昼寝の甲羅盛り上り　［山］　三四
昼寝せり校正刷りを胸の上　［日］　一七四
療養無頼昼寝の蹠窓に曝し　［補］　二〇四

［夏の風邪］
夏風邪の長びいてゐし遠嶺かな　［樸］　六三
［夏痩］
胸ゆるく着て奪衣婆も夏の痩　［樸］　六五
［夏休］
ためらはず朱夏こそ憩へ夏休　［日］　一七六
夏休み果て近き夜を踊りをり　［補］　二二一
見おろして見あげて父子の夏休み　［補］　二二四
［帰省］
日がへりの帰省の酸素噴かせけり　［以］　一九〇

行事

［子供の日］
山上に寺ある村のこどもの日　［沈］　一三六
［母の日］
母の日や山上の灯のうるみがち　［日］　一七〇
母の日の妻の記憶のはや忘れ　［以］　一九九
［父の日］
父の日といふ若き日を失ひし　［山］　二三
父の日の父の顔して病めるなり　［日］　一七三
［海の日］
打ち寄する音あり海の日なりけり　［日］　一七五

［原爆の日］
長崎の日の一瀑を凝視せり　［山］　二一
子の股間尿ほとばしる原爆忌　［山］　二三
顔拭いてゐて長崎の日なりしよ　［樸］　六九
広島の日の新聞を畳み臥す　［日］　一七六
［端午］
名句みな波郷に尽きし端午かな　［以］　一九三
図書館に端午の傘の犇けり　［補］　二〇九
［鯉幟］
不良教師たりや影振る吹流し　［補］　二〇六
美女谷へ風めぐり落つ吹流し　［補］　二一〇
［菖蒲湯］
菖蒲湯を出し潔さすでに失す　［山］　一六
子の日は父の日昼菖蒲湯に刻長し　［補］　二一〇
［薬狩］
半錠の薬も服みぬ薬の日　［以］　一八九
［鬼灯市］
一荷来て鬼灯市の日なりけり　［日］　一七四
立てて来る鬼灯市の送り函　［以］　一八九
［祭］
国引の浜に育ちて祭髪　［山］　三三
祭馬曳くも責むるもほいほいと　［樸］　五八

一駅を乗つて降りたる祭の子 [樸] 五八
漁の具のもろもろ祭来たりけり [樸] 六六
神輿船玉石垣を離れけり [樸] 六六
浜鴉祭の端を歩きをり [樸] 六六
水口の泥が走りて夏祭 [寒] 一〇〇
祭笠平らな空が乗りにけり [寒] 一〇〇
道端に余り余らず祭縄 [沈] 一二六
祭笛一病院を囃し過ぐ [以] 一九七
祭笛一氷塊を恵まるる [補] 二〇七
親不知歯掘られをり山車見えてをり [補] 二一三
[祇園会]
山鉾の話きかせよ京がたみ [以] 一九三
囃し過ぐ鉾の軋みは地の軋み [以] 一九三
[夏越]
鶏のしづかな顔や夏祓 [樸] 六七
形代の鋏惜しみし袂かな [樸] 六七
形代にかけたる息の余りけり [樸] 六八
形代になき鳩尾をかかへけり [樸] 六八
茅の輪結ふはじめの縄を廻しけり [寒] 九九
竹を挽く音の中なる夏越かな [寒] 九九
遠く来て形代に息かけにけり [寒] 九九
形代を流して残る齢かな [寒] 九九
朝あけの雷迸れ祓草 [沈] 一三七
たたずめるところ水湧く夏祓 [沈] 一五四
咽元に祓ひたる穢の残りけり [日] 一七四
昼かけて見えゐる月や夏祓 [以] 一九六
[安居]
この寺や安居解きたるものの音 [沈] 一三二
[四万六千日]
脳天に四万六千日の雷 [沈] 一三八
[閻魔参]
熱き茶のうまくて閻魔詣かな [樸] 六五
[桜桃忌]
傘さげて鉄路に沿へり桜桃忌 [補] 二一七
[鷗外忌]
魁偉なる鼻毛いつぽん鷗外忌 [山] 三五
[河童忌]
夜をこめて我鬼忌のほてり筆硯 [山] 三三
ネガ覗く辺に河童忌の刻ゆかす [補] 二〇五

動物

[鹿の子]
仔鹿の辺旅程討議の円顔寄す [補] 二〇七

[蟇]
椿浮き交尾了へたる蟇も浮く　[補]　二二二
蟇交る音乾坤に響きけり　[補]　二二二
交る蟇見てをり胸の奥昏く　[補]　二二二
[河鹿]
杉谷のひとりにかよふ河鹿かな　[樸]　五九
河鹿きく目を天井にあげにけり　[樸]　五九
[蠑螈]
安房棚田天の蠑螈を放ちたる　[沈]　一五三
[蜥蜴]
爆音に隠るゝ蜥蜴ふり向かず　[補]　二〇四
[蛇]
すこやかな草音に蛇すすむなり　[樸]　六二
[時鳥]
ほととぎす仏の微笑朽ちにけり　[山]　二六
電灯の紐に紐足すほととぎす　[樸]　六一
手ざはりは甲州印伝ほととぎす　[沈]　一四九
意識ややもどりて来たるほととぎす　[以]　一九五
[郭公]
郭公や万緑のどの緑より　[山]　四一
郭公や下山の頭ふつと消え　[樸]　六一
山川の急がぬ早さ閑古鳥　[以]　一九二

[十一]
十一やたつぷり濡れて杉そだつ　[山]　二三
[青葉木菟]
青葉木菟鳴いてはじまる山の鬱　[山]　四〇
半通夜の酒すぐにでて青葉木菟　[山]　四一
青葉木菟吾子に託さむ夢幾つ　[補]　二〇八
青葉木菟覚めがての目は閉ぢしまま　[補]　二一五
[老鶯]
鶯の老ゆる大きな鏡かな　[寒]　九九
[燕の子]
子燕のけやすき高さありて飛ぶ　[日]　一七二
[葭切]
葭切の長渡りせる葭の上　[寒]　九九
[鳰の浮巣]
足跡を踏んで近づく浮巣かな　[寒]　九八
[通し鴨]
通し鴨散らばつて水晴れにけり　[山]　二九
[鳰の子]
水切りの石ほど雛のかいつぶり　[山]　四一
[鵜]
照波や鵜の雁行のすぐ乱れ　[樸]　六五
川風のふるへやまざる鵜の喉　[沈]　一三一

海の鵜の来て羽ひらく寺の松　［日］一七三
【青鷺】
青鷺の首納まりて静まりぬ　［寒］九九
青鷺の望遠鏡は向けしまま　［日］一七三
青鷺の羽交ひに眠る山日かな　［以］一八九
【夏燕】
夏つばめどの塗桶の味噌買はむ　［山］四一
【山雀】
山雀の放さぬ枝の琉気かな　［樸］六一
【鮎】
割箸のいすかに割れし鮎ぐもり　［山］四三
簗の水量るは鮎を売れるなり　［山］四三
楠の下鰻沈めし鮎生簀　［山］四三
【金魚】
ははの息細しあぎとふ金魚など　［補］二〇七
【目高】
水兵の見て通りたる目高かな　［寒］九八
【鯵】
関鯵の一片かざす妻の箸　［以］一九一
【虎魚】
網出づる虎魚の棘のみな生きて　［寒］一〇〇
【鰻】
二番目の長留患者鰻食ふ　［以］一九一
【章魚】
蛸生簀揺るる軽さとなりにけり　［樸］六七
わが骨を納むるによき蛸の壺　［樸］六七
松風に蛸の卵といへるもの　［寒］一〇〇
【鮑】
落日の吸ひ込まれたる鮑桶　［樸］六二
【蝲蛄】
ざりがにの流れ歩きの蘆間かな　［寒］一〇〇
【船虫】
舟虫に軽んぜられし歩を返す　［樸］六六
【水母】
海月にも死後硬直のあるらしく　［樸］六六
【夏の蝶】
夏蝶を海へ放てり曽良の墓　［樸］六二
ことごとく低し雀も梅雨蝶も　［日］一七四
梅雨の蝶うなづき拝す念持仏　［補］二〇七
夏蝶の吹かるる高さ穂高抽く　［補］二一〇
【夏蚕】
山出水轟きやまぬ夏蚕かな　［山］一二
夏蚕いま上がりし障子野へひらく　［補］二一四

[蛍]
足音のまた遠ざかる蛍かな [山] 一二
点るまで見つめつづけて草蛍 [寒] 九八
踏み出して蛍の息と合ひにけり [寒] 九八
[落し文]
しんかんと行く四五人や落し文 [樸] 六八
[鼓虫]
円心を失ひつづけみづすまし [寒] 九八
[水馬]
あめんぼう大きな雲に乗りにけり [樸] 六〇
[風船虫]
風船虫去りしコップに朝の楽 [山] 二三
[蟬]
熊蟬やお多福顔の納戸神 [山] 一三
裏返る蟬の鳴咽を聞きもらさず [山] 二六
油蟬にも争鳴のとき過ぎし [樸] 六七
鳴声のみなもとにゐて蟬しづか [寒] 一〇二
蟬飛んで楡はひとりの木となれり [沈] 一三九
蟬放つ餞の語はただ生きよ [沈] 一三九
蟬の森犇く貌の緊りをり [補] 二〇五
[蜻蛉生る]
蜻蛉生れ湖を離れぬ仏たち [山] 四一
[蠅]
蠅とめて死病脱しぬ父の胸 [補] 二一二
わが胸と八一碑の間蠅かよふ [補] 二一二
[蚊]
十一面さんの蚊の声をがみけり [山] 四一
蚊の声をやしなふ闇をつくりけり [沈] 一二七
[蚋]
岳あふぐ山蟆子打ちし手をたれて [補] 二一〇
[蠛蠓]
まくなぎや湖もまた揺れどほし [樸] 六一
蠛蠓の炎炎たるを随はす [寒] 九九
[蟻]
蟻がゐて蜘蛛がゐてよき見舞花 [日] 一七四
[羽蟻]
闘ふ地羽蟻犇めきひしめき発つ [補] 二〇五
[蜘蛛]
蜘蛛の巣を裏よりくぐる帰宅かな [以] 一九七
[蝸牛]
ででむしへ飛んで昼湯の湯の礫 [山] 四二
いちにちの記憶の中の蝸牛 [沈] 一三一
落ちつかぬ日の殻しろき蝸牛 [以] 一八九
蝸牛の青垣籠めに痩せ初めぬ [補] 二〇六

蝸牛の道見え屍焼かれゆく　［補］　二一二
朝の枝蝸牛の渦虹色に　［補］　二一一
［蛭］
青空を蛭のびきつて流れけり　［樸］　六〇

植物

［葉桜］
葉桜や童女の遊び声なさず　［日］　一七一
葉桜や遺児の師として葬に侍す　［補］　二〇七
［桜の実］
実桜や馬房の少女ありやなし　［日］　一七二
［薔薇］
自らへ手向けの薔薇の真紅の詩　［以］　一九三
独り居の夕べは薔薇の雨となる　［補］　二〇三
薔薇園を浅るる異国語やはらかし　［補］　二〇五
薔薇の風範読の肩萎えゐずや　［補］　二〇八
薔薇赤き一と間に妻と踊りをり　［補］　二一〇
［牡丹］
寺の縁黙つて借りし牡丹かな　［山］　四〇
牡丹の蕾の先が染まりけり　［寒］　九七
玄関に妻のをりたる牡丹かな　［日］　一七〇
牡丹のをはりの花を活けにけり　［日］　一七一
前山を雨押し移る牡丹かな　［以］　一九〇
［紫陽花］
首垂るる紫陽花は切り捨つるべし　［日］　一七四
紫陽花は水揚げにくし水替ふる　［日］　一七五
紫陽花や男ふたりの失業者　［補］　二〇三
［石楠花］
石楠花の露に指触れ開扉待つ　［補］　二一八
靴軽く来て石楠花の冷えを言ふ　［補］　二一八
［百日紅］
百日紅遠目の色となりにけり　［樸］　六八
卒論は生涯未完百日紅　［日］　一七五
清拭の胸の色さす百日紅　［以］　一九五
妻恋ふは即ち謝する百日紅　［以］　一九九
会議やゝ倦みをり夜の百日紅　［補］　二〇四
百日紅働らく水を蓋で飲む　［補］　二〇九
百日紅朝より業の飯を食ふ　［補］　二一二
百日紅もの言はぬ口おそろしき　［補］　二一二
青山へ道ひかりをり百日紅　［補］　二一三
［繡毬花］
乳呑児に乳呑児の友手毬花　［沈］　一四三
［夾竹桃］
するすると尼の自転車夾竹桃　［山］　一七

夾竹桃関東節を口遊む　[以]　一九四
[凌霄の花]
のうぜんの花数暑くなりにけり　[寒]　一〇一
のうぜんの蔓の長短風呼べる　[沈]　一三七
[柚の花]
たそがれのやうやく暮るる柚子の花　[沈]　一五四
柚子咲いて死後に親しき人の数　[以]　一九二
[石榴の花]
花柘榴誇りなければ死ぬるまで　[日]　一七三
[猪独活]
ししうどの花とであひし子牛かな　[樸]　六八
[オクラの花]
花つけて女の声のおくら畑　[樸]　六七
[青梅]
谷戸ふかく屑屋が来たり豊後梅　[補]　二一七
[青柿]
ただならぬかも青柿の走り枝も　[山]　四四
[青柚]
柚子青く榛名へ傾ぐ一路標　[補]　二二四
小几にまろばせ青し榛名柚子　[補]　二二四
[青胡桃]
青胡桃馬車馬は目を地に伏せて　[補]　二〇八
濯ぎ女に泉常澄む青胡桃　[補]　二二〇
[青林檎]
一郷に峠二つや青林檎　[山]　三六
[李]
すもも売やたらに切つて食はせしと　[日]　一七五
[巴旦杏]
巴旦杏この実にいのちつなぎし日も　[日]　一七六
[杏]
山国の杏にいろや味噌暖簾　[山]　四一
味噌秤匂ひて杏熟れにけり　[山]　四一
[枇杷]
指先のすこし眠たき枇杷すする　[沈]　一三一
枇杷の種吐いてひと日が余りけり　[沈]　一三三
枇杷二つ食ひぬ程へてまた二つ　[沈]　一三七
死期はかりゐる心にも枇杷二つ　[沈]　一四八
枇杷剝くや濡れて薄さの手拭紙　[日]　一七二
枇杷剝いて枇杷食ふ所在なかりけり　[以]　一九〇
今生の睡気の枇杷をすすりけり　[以]　一九〇
枇杷吸ふ妻分娩後の汗大粒に　[補]　二一五
[すぐりの実]
過ぎゆきし刻透きとほるすぐりの実　[沈]　一四八

〔夏木立〕
しばらくといふよき時間夏木立　〔沈〕　一四九
夏木よりすこし遅れて眠り来る　〔沈〕　一四九
〔新樹〕
朋来たる気配の新樹明りかな　〔日〕　一七二
〔若葉〕
澎湃として山毛欅若葉波郷の碑　〔山〕　一九
山毛欅若葉波郷の谺返しけり　〔山〕　一九
きらきらと女の声や伽羅若葉　〔山〕　四〇
朝鳥のゆるき飛翔や森若葉　〔沈〕　一四三
若葉影娼婦の肩にあわただし　〔補〕　二〇四
〔新緑〕
緑さす師の墓に胸濃かりけり　〔山〕　二三
河原木もまた新緑を怠らず　〔寒〕　九七
大部屋は新緑はやし甦り　〔沈〕　一三五
百木に百の新緑息強かれ　〔沈〕　一四三
撫でる手の新緑じめり妻の髪　〔日〕　一七一
眼差しは木の国育ち緑さす　〔以〕　一八九
捨ててまた拾ふ一句や夜の緑　〔以〕　一九七
緑さす百穴二三見て疲る　〔補〕　二一一
〔茂〕
だんだんに一目散に茂りけり　〔僕〕　六一
亂といふ文字の形に茂りけり　〔日〕　一七三
〔万緑〕
万緑の鬱陶しきに入りにけり　〔山〕　二〇
激流をもて万緑を奔らしむ　〔日〕　一七二
〔緑蔭〕
緑蔭や転べる石が汗かいて　〔山〕　三五
緑蔭の人の隣に立ちにけり　〔寒〕　一〇一
竹をもて一緑蔭をなすところ　〔寒〕　一〇一
緑蔭を幹がもつとも歓べり　〔寒〕　一〇一
翠陰をたたふる幹を叩きては　〔寒〕　一〇一
緑蔭を通り抜け来し見舞人　〔以〕　一九五
〔若楓〕
若楓宗祇の眠り眠らしむ　〔山〕　二五
〔常磐木落葉〕
樟落葉旅の言葉は問ふばかり　〔山〕　三二
夏落葉馬のにほひの過ぎてより　〔沈〕　一三二
色失せるまで樟落葉大切に　〔日〕　一七五
裏返る机の上の樟落葉　〔以〕　一九二
〔桐の花〕
桐の花居留守を妻に言ひわたす　〔山〕　三〇
桐咲くや永遠に小さき母の顔　〔以〕　一九〇
一病に縋る一生や桐の花　〔以〕　一九六

桐の花かの日の禁書ウインドに　[補]　二一五
[朴の花]
朴はいつも見遅るる花遅れ見る　[山]　四〇
雨降嶺や雲に乗つたる朴の花　[樸]　五八
朴咲いて吾は痰引行者かな　[日]　一七三
[棕櫚の花]
棕梠咲くや楽の「熊蜂」灯が昂り　[補]　二〇六
[山法師の花]
大皿の刺身の上の山法師　[日]　一七二
[アカシアの花]
花アカシヤ密に熊蜂また大に　[山]　一六
[鰯の花]
大蟹の殻脱ぎをへし鰯の花　[補]　二一七
[椎の花]
しばらくはのちの世に降る椎の花　[以]　一八九
[沙羅の花]
起きなほりては世が遠し沙羅の花　[樸]　六三
沙羅の花賞でては萎れさせにけり　[日]　一七四
[玫瑰]
玫瑰の葉色緑に夜が浅し　[以]　一九三
[桑の実]
桑の実を食べたる舌を見せにけり　[樸]　五九
跳びついて桑の実を採る授業あり　[日]　一七三
[苗代茱萸]
木喰の寝込み襲ひぬ苗代茱萸　[山]　二六
[夏桑]
夏桑に放りしバトン落ちにけり　[日]　一七二
[竹落葉]
日蝕の通りすぎたる竹落葉　[以]　一九六
天は日の細みの極み竹落葉　[以]　一九六
[竹の皮脱ぐ]
竹皮を脱ぐ容喙を許さずに　[沈]　一三〇
竹の皮落つる高さとなりにけり　[沈]　一三〇
[若竹]
若竹やどこかに水の音流れ　[日]　一七一
[あやめ]
野あやめの葉ばかりを挿す師の墓に　[山]　四〇
[花菖蒲]
花菖蒲づくりの白き土不踏　[山]　一二
黄菖蒲もまた見過ごしにせざりけり　[沈]　一三一
病壁にひらきて触れず花菖蒲　[日]　一七四
朽花を摘むこともして花菖蒲　[日]　一七四
菖蒲園ふた分けて川濁りをり　[補]　二一三

【菖蒲】
あやめぐさ壜にひらきて食すすむ　[以]　一九〇
菖蒲提げ電車に人を凌ぎをり　[補]　二〇九
【鳶尾草】
鳶尾草や一椀に人衰へて　[寒]　九七
一八の浮き根ばかりに日のさして　[日]　一七一
【芍薬】
芍薬を数へたる日も暮れてけり　[日]　一七二
【向日葵】
久に得し向日葵の刻は信ずべし　[補]　二〇六
【葵】
雨雲の大山道の葵かな　[樸]　六一
【雛罌粟】
雛芥子と蒸溜水の空壜と　[日]　一七二
【罌粟坊主】
たはやすく雲入れ替る罌粟坊主　[以]　一九〇
【夏菊】
夏菊やこたびも留守の島主　[沈]　一五三
【矢車草】
墓に挿す矢車草の一摑み　[山]　二三
【撫子】
撫子のあと空壜に何の花　[日]　一七八
【睡蓮】
睡蓮の三つ四つ咲いて水しづか　[日]　一七三
【百合】
白百合や弥勒の陰の泣き弥勒　[山]　三〇
【金魚草】
病室の隅の明るき金魚草　[以]　一九三
【松葉牡丹】
咲きのべて松葉牡丹の庭しづか　[日]　一七六
【サルビア】
サルビヤの鮮烈なりし少女の死　[補]　二一六
【鬼灯の花】
鬼灯の花の曇りときまりけり　[寒]　九八
鬼灯の花挿してより夜の客　[沈]　一三七
鬼灯の徒花一つ茎の先　[日]　一七三
【青鬼灯】
青鬼灯夕日みづみづしく射しぬ　[山]　二三
青鬼灯月日とりとめなかりけり　[寒]　一〇〇
濡れてゐる青鬼灯を濡らしけり　[沈]　一三一
青鬼灯一茎に夜の定まりぬ　[沈]　一三七
青鬼灯また雨降つてきたりけり　[日]　一七四
【鉄線花】
鉄線を活けて遺漏のなかりけり　[日]　一七一

［紅の花］
紅の花なりし黄帽子棘帽子　［山］　三五
［瓜の花］
どの家も土蔵の白き瓜の花　［樸］　五八
［茄子の花］
茄子の花教師は無名なるがよし　［補］　二一三
［野蒜の花］
回診医野蒜の花を言ひにけり　［沈］　一四八
病みたれば野蒜の花も挿しにけり　［日］　一七三
［筍］
祝ぎ言葉筍据ゑて賜ひけり　［山］　二九
筍をもらひ筍飯もらひ　［寒］　九七
丈のばす筍などもありがたし　［日］　一七一
声あげて筍市場竹邃し　［補］　二一二
［蕗］
まつろはぬ坂東の蕗広葉なり　［山］　二〇
剝く蕗の一皮が手に順はず　［山］　二九
うす味に煮えて太しよ榛名蕗　［寒］　九七
［瓜］
たちまちに海の消えたる瓜畑　［樸］　六五
瓜食うて山のやさしき吉備の闇　［樸］　六五

［トマト］
母刀自のトマトを一つだけもらふ　［沈］　一五四
［甘藍］
甘藍苑一望あをしロシヤの歌　［補］　二〇五
［新藷］
新藷を洗ふ山川の青水沫　［補］　二一〇
［新馬鈴薯］
産月に入る新じやがに箸たてて　［補］　二〇八
［蓼］
蓼うすし敗け闘争の旗提げて　［補］　二〇五
［蓮］
葉ばかりの蓮池が人集めをり　［樸］　六七
紅蓮の一とふくらみを加へたる　［寒］　一〇三
［蓮の浮葉］
浮葉にも巻葉にも声かけながら　［寒］　九八
［麦］
一畑は麦よく熟るる観世音　［山］　四一
病室に禾立てて麦熟れにけり　［日］　一七二
［早苗］
杉山へ空片寄れる早苗束　［樸］　五九
天水田最上段の遊び苗　［沈］　一五四

[帚木]
帚木のととのふ山の陰　[沈]　一四九
[草茂る]
女らの籠る煙草葉茂りけり　[樸]　六一
許されし散歩の足や草茂る　[日]　一七三
息瘦せて急がぬ日数草茂る　[以]　一九三
飛ぶ虫も這ふ虫もなき草茂る　[以]　一九四
[青薄]
萱青き庭山に歩をぬすみをり　[補]　二一〇
[夏萩]
青萩に触れ青萩の風に触れ　[沈]　一三三
見て足れり夏萩へだつ広雨戸　[補]　二一〇
[竹煮草]
竹煮草さらなる丈をのばし病む　[以]　一九一
竹煮草積まれて集乳罐の霧湿り　[補]　二一一
[鈴蘭]
送りきし鈴蘭ほどか野菜の値　[補]　二〇九
[昼顔]
昼顔のきのふの花をまだ捨てず　[日]　一七二
[月見草]
月見草昏れつつ雨の御坂越え　[補]　二〇八
[擬宝珠の花]
夕暮れは雲凝りやすし花擬宝珠　[日]　一七四
たかだかと莟ばかりや花擬宝珠　[日]　一七五
[沢瀉]
猪垣の村の慈姑田花瘦せぬ　[山]　四三
[河骨]
河骨の玉蕾まだ水の中　[樸]　五九
[蒲の穂]
押しこぞる蒲の太鉾地鎮祭　[山]　三〇
蒲の穂の一本立ちの五六本　[日]　一七九
[浜木綿の花]
浜木綿や素足正座の隠れ耶蘇　[山]　二一
浜木綿の太茎夜を寄らしめず　[日]　一七五
[十薬]
遠走る十薬の根の雨催　[樸]　五八
十薬の匂ひの中の身幅かな　[寒]　九七
十薬の短かき茎を活けにけり　[日]　一七二
蕺菜を活けて地虫のごとくをり　[以]　一九三
[鷺草]
鷺草や跡絶え跡絶えし見舞客　[以]　一九九
[蛍袋]
晴れてきし蛍袋の下の土　[樸]　六二

奥ゆきのありたる蛍袋かな　［寒］　一〇三
人なくて蛍袋の花の数　［寒］　一〇三
おほかたは蛍袋の中のこと　［沈］　一五四
蛍袋ふつくら匂ひ袋ほど　［以］　一九〇

［鋸草］
庭土の午後の静けさ鋸草　［日］　一七二

［ラベンダー］
ラベンダーにはラベンダー色の夜　［日］　一七二

［苔の花］
蔵元の屋根苔花を立てにけり　［樸］　五九
ひとところ土見えてゐる苔の花　［寒］　九八

［苔茂る］
青苔に足をおろせる庭草履　［樸］　五九

［黴］
屑に出す堆書のあぐる黴の声　［樸］　五九
黴煙とは立ちやすし消えやすし　［寒］　九八

秋

時候

［秋］
国神と遊びて秋の日焼かな　［山］　三二
横からも噴き出してゐる秋の滝　［樸］　七五
耕人の大きな秋の嚔かな　［樸］　七六
秋湯治長き廊下がありにけり　［樸］　七六
声のしてひと招じゐる秋の寺　［寒］　一〇六
書庫までの十歩の秋の芝なりし　［寒］　一〇七
投げ渡す魚が飛んで簗の秋　［寒］　一一〇
こぞりては翻りては草の秋　［日］　一七七
蟬遠し開きなかばの秋の窓　［日］　一七九
天井のフックと秋の鏡かな　［以］　一九三

［初秋］
秋口や伝円空の木端仏　［山］　四三
紙を切る鋏の音の秋はじめ　［日］　一七六
初秋の雫浮きたる水枕　［日］　一七七
秋口のしづかな雨に帰り着く　［日］　一七七

［八月］
忘れざるため八月の空はあり　［沈］　一四九

八月や鬱とさびしき楢櫟 [日] 一七六
八月の掌ありて祷るなり [日] 一七七
八月や戦ゆかりの目鼻立ち [以] 一九三
[立秋]
今朝秋やかつかつ歩む地の雀 [樸] 六八
今朝秋のしろじろシーツ交換日 [日] 一七六
[残暑]
秋暑く花壜の花も途絶えたり [日] 一七七
病院の秋暑の椅子を守るのみ [日] 一七七
[秋めく]
秋めくや読書村の灯を更かし [山] 一三
秋めくと葉裏見せたる山の朴 [以] 一八九
逆縁といふ言葉より秋めきぬ [以] 一九三
[二百十日]
虹立ちて色の全き厄日かな [山] 三二
二百十日髪のびすぎてゐたりけり [日] 一七八
[八月尽]
海坂の八月尽の暗みけり [樸] 七一
一つ高し八月尽の高野槙 [日] 一七八
遠き木に親しみ忘れ葉月尽 [以] 一九四
[九月]
草の葉の吹かるる九月来たりけり [寒] 一〇五
ぶらんこのまはりの九月新学期 [日] 一七八
照り黒き九月の鰻さらに食ふ [日] 一七八
[八朔]
八朔や躓き登る富士の馬 [寒] 一〇五
[白露]
採血の針あやまつな白露光 [日] 一七八
声失せて言葉かがやく白露かな [以] 一九四
[秋彼岸]
松の木に松の日が照り秋彼岸 [沈] 一四〇
朝拭きのタオルの熱き秋彼岸 [日] 一七九
彼岸来る小豆筵に日が溢れ [補] 二一八
彼岸墓地たまたま濃霧注意報 [補] 二一八
[晩秋]
晩秋や机の上の不立文字 [以] 一九七
[十月]
妻病ませゐて十月に逃げられし [沈] 一三三
十月や日のしづかなる楡の梢 [以] 一八九
十月の雨まつすぐに葱匂ふ [補] 二一六
[寒露]
人よりも石の明るき寒露かな [沈] 一五五
[秋の日]
石臼にねむる秋日や通り土間 [山] 一三

海女小屋の木枕にある秋西日 [樸] 七一
全身に受け額に受け秋日射 [日] 一八一
熱の脚踏みしめて立つ秋日射す [補] 二〇四
秋日跳ぶうなじなまなま恵那乙女 [補] 二一六

[秋の朝]

縋らんと秋暁妻の手が白し [沈] 一三三
秋暁の手がひらひらと落ちゆけり [沈] 一三三

[秋の暮]

うつつなき妻がもの言ふ秋の暮 [沈] 一三三
晴れとほしたる一木の秋の暮 [沈] 一五〇
大部屋に隣る個室の秋の暮 [沈] 一五〇
呼吸器の回路の撓ふ秋の暮 [日] 一八〇
何となく廊下に立ちぬ秋の暮 [日] 一八一
はつたりと暮れさらに暮れ秋の暮 [日] 一八一
俯いて過ごすひと日や秋の暮 [以] 一九七
秋の暮猫の猜疑の瞳が青し [補] 二〇四

[秋の夜]

看護婦のそこにをりたる夜半の秋 [沈] 一三九
怒りの詩荒壁搏つて秋夜の蛾 [補] 二〇六

[夜長]

大ぶりの机の前の夜長かな [寒] 一〇八
一章を読みそれからの夜長し [沈] 一四〇
長き夜はすすき木菟抱寝する [沈] 一四四

[秋澄む]

緬羊の押合ふ空の澄みにけり [樸] 七三
秋澄むといふことはりに日の沈む [沈] 一五〇

[爽か]

いささかは冷やかなれど爽やかに [日] 一七九
爽やかに病院食を完食す [日] 一七九

[冷やか]

冷やかに簗竹を踏み撓めゆく [山] 二七
秋冷の入みとほりたるかたつむり [樸] 七五
汲みこぼす一杓に丹生冷えまさり [樸] 七五
ひややかに水分石の濡れとほす [樸] 七五
ひえびえと下掃かれある栗林 [樸] 七九
身じろぎの音ひとつ生むひややかに [寒] 一〇九
冷やかに山桑は幹古りにけり [日] 一八一
湯をおとす拍子木に冷ゆ古襖 [補] 二一六

[そぞろ寒]

看護婦の声のこぼれのそぞろ寒む [沈] 一五一

[漸寒]

やや寒の椅子と机の間かな [寒] 一一二
やや寒や叩いて醒ます盆の窪 [以] 一九七

【朝寒】
製餡所朝寒の湯気噴きゐたる　［山］　二四
朝寒のうなじ夜寒の膝がしら　［沈］　二二七
【夜寒】
見ることのなければ瞑る夜寒の眼　［以］　一八九
【霜降】
霜降といふ日の薔薇を高掲げ　［寒］　一一六
【冷まじ】
だんだんに懶くなりぬ冷まじき　［以］　一九一
【秋寂ぶ】
秋寂びて遥かに妻の起居かな　［以］　一九三
【秋深し】
秋深みたり浜焼の火消壺　［樸］　七七
【暮の秋】
てのひらを合はす遊びや暮の秋　［沈］　二二七
妻よりも長生きをして暮の秋　［以］　一九七
【冬隣】
石段の急勾配や冬隣　［沈］　一五五
看護婦のひとり呟く冬近し　［以］　一九一

天文

【菊日和】
玉垣の石の睡れる菊日和　［山］　四六
頰燃えて坐す菊晴の講師席　［補］　二一四
【秋晴】
やうやくにさういへる日の秋日和　［日］　一八〇
【秋の声】
秋声と思ひし風の過ぎしあと　［日］　一七七
【秋の空】
秋天や車椅子ごと妻擁く　［沈］　一四〇
君すこし唇読めよ秋天下　［以］　一九三
【秋高し】
天高くなりし天草乾場かな　［樸］　七三
顔拭いて眼を拭いて天高みけり　［以］　一九五
【秋の雲】
秋雲の隙間だらけの吾らにて　［沈］　一四一
【鰯雲】
遠き日はなにかに優れ鰯雲　［以］　一八九
耳搔きの尻と頭や鰯雲　［以］　一九三
人間に一語の絆いわし雲　［以］　一九三

[月]
くさびらの話も山の月夜かな　[山]　一四
夢やすき方へ寝返る月高し　[樸]　七二
水桶を棟に据ゑたる月の寺　[樸]　七二
とびけらの翅舞はせたる月の暈　[寒]　一〇八
遠方の平らかにあり稲の月　[寒]　一一〇
ひらかざるものひとつある月の花　[沈]　一四一
嚙み合はす鑷子の先も月の頃　[日]　一七九
影の大地を掻いて睡る犬月乾く　[補]　二〇八
[待宵]
魚臭き待宵の窓開きけり　[山]　二一
待宵の人影に蹤く人の影　[日]　一七九
[名月]
名月や雲間の駅の飯田橋　[寒]　一〇八
足許に始まる道や今日の月　[沈]　一四四
満月の子どもが歩く柵の上　[日]　一七九
満月やサンソボンベを抱へ出づ　[以]　一九七
名月を懐に入れ戻るなり　[以]　一九七
[良夜]
檜葉垣のなかなか匂ふ良夜かな　[樸]　七二
大部屋を使ひ余せる良夜かな　[樸]　七二
[無月]
呼吸器に片手置きたる無月かな　[以]　一九一
[雨月]
雲の端に野分残れる雨月かな　[補]　二二二
雨月かな京に買ひ得し真淵の書　[補]　二二二
[後の月]
十三夜けもののに魚の眼あり　[樸]　七五
跨ぎては踏みては後の月明り　[沈]　一二七
水音は地を離れず十三夜　[沈]　一五五
使はれぬ病室ひとつ十三夜　[日]　一八〇
ひと世とははるかな夜空後の月　[以]　一九一
俳縁のおほかた外様のちの月　[以]　一九八
盗汗の肌拭ふ月なき十三夜　[補]　二〇三
蕎麦の花潮のごとし十三夜　[補]　二一九
[天の川]
いつよりの白き頭や天の川　[寒]　一〇四
失声と失語といづれ天の川　[以]　一九三
[秋風]
秋風の一つづつくる馬の貌　[寒]　一〇六
空蟬を吹いて割つたり秋の風　[日]　一七七
秋の風白鳥相搏つたのしき如　[補]　二〇五

【野分】
漢籍を好み野分の雲好む 〔山〕 三七
二三人墓に人ゐる野分かな 〔沈〕 一四一
学校の立枯黍も野分経て 〔日〕 一七八
黒猫のもつとも飛べる野分かな 〔以〕 一九二
野分なか寺訪ふ襲ふごときかな 〔補〕 二一二
【颱風】
台風の沖とほりをり白秋碑 〔山〕 三六
台風の浜を二三歩女靴 〔山〕 三六
台風の戸の半開き磯物屋 〔山〕 三六
台風の逸れし大根畑かな 〔山〕 三六
すぐ降りる鳩の飛翔や台風来 〔日〕 一七七
台風の虫立ち騰る櫟の木 〔日〕 一七八
台風下自家発電のコード太し 〔日〕 一七八
【秋の雨】
秋の雨吃水線を濡らしけり 〔寒〕 一〇七
水溜ばかりを濡らし秋の雨 〔日〕 一八〇
【稲妻】
いなびかり雲ある空になき空に 〔寒〕 一〇五
空瓶に戻る花瓶やいなびかり 〔以〕 一九五
【霧】
一歩づつ一歩づつ霧寒くなる 〔寒〕 一〇八
牧の牛集めて霧を集めけり 〔寒〕 一〇八
送電塔下軒寄せ霧の社宅群 〔補〕 二〇六
刈り残す麦に霧湧く裾野村 〔補〕 二一一
霧を来る休暇児溶岩の切通し 〔補〕 二一一
【露】
露の墓辿るこころに高見順 〔山〕 二一
青春のなかりし露の鏡かな 〔山〕 二四
柄の尻を使へば露の竹箒 〔山〕 三七
露けさの放下の白緒草鞋かな 〔山〕 四二
露の日の射しおよびたる剃丸太 〔樸〕 七五
露けさの中の一つの露の玉 〔寒〕 一〇七
てのひらの上にも露の流れけり 〔寒〕 一〇七
遥けしとおもひ露けしともおもひ 〔寒〕 一〇七
露けさは石のあげたる石の声 〔沈〕 一二七
なにげなく膝におく手の露けしや 〔沈〕 一五四
草の露たたずむ者は足揃へ 〔日〕 一八〇
咽に入る酸素の音の露けしや 〔日〕 一八〇
草の露子を抱いて男しづかなり 〔日〕 一八一
清拭の一身さらす露けしや 〔以〕 一九二
鶴嘴をかざす露けき弧を振りて 〔補〕 二〇四
一教室露の机をあましたり 〔補〕 二一四
朝の露紅濃からずや美濃美田 〔補〕 二一五

【露寒】
露寒の父死後言へり瞠りけり　［補］　二二四
【露霜】
つゆじもの嘘早口となりゐたり　［補］　二二四
【釣瓶落し】
下野の平らな釣瓶落しかな　［樸］　七六
四五本の畦木のつるべ落しかな　［樸］　七六

地理

【秋の山】
飲食のうまき頃ほひ山河澄み　［補］　二一七
【秋の田】
厭離庵裏稔り田の一抓み　［山］　四四
【秋の水】
本流のそのかたはらの秋の水　［寒］　一〇九
秋水の緩急などもうべなへり　［寒］　一〇九
【水澄む】
水澄んで口のとがれる魚かな　［樸］　七三
澄むといふはるけさに水急ぐなり　［寒］　一〇九
水澄んで旅の心を思ひみる　［以］　一九四
【秋の川】
蛇さげて子ののぼりくる秋の川　［樸］　七四
【秋の海】
秋の波礁を越えてねばりけり　［樸］　七一

生活

【秋袷】
ちかぢかと富士の暮れゆく秋袷　［寒］　一〇八
【柚味噌】
美しき一語さがしぬ柚味噌釜　［山］　一七
【新蕎麦】
新蕎麦の日暮匂へり身養ひ　［山］　三六
【新豆腐】
新豆腐たひらな水を出でにけり　［沈］　一三三
【新米】
新米の袋の口をのぞきけり　［樸］　七七
【夜食】
病者にも夜食一粒あんこ玉　［以］　一九七
【枝豆】
ひとり食ふ枝豆の色くすみけり　［日］　一七一
【干柿】
柿干すや紅葉明りの柿の村　［補］　二〇三
【温め酒】
温め酒英雄譚は挫折満つ　［山］　三七

天行の不順の酒を温めけり　[樸]　七四
[秋簾]
家裏の海に落ちこむ秋簾　[寒]　一〇六
外す気のもとよりなけれ秋簾　[寒]　一〇六
[灯籠]
山に入る伊奈街道や切子吊る　[山]　四三
[障子貼る]
揺れながら障子貼るなり佃舟　[樸]　七七
貼替の障子の骨の数へられ　[日]　一八二
[冬仕度]
切支丹灯籠があり冬仕度　[樸]　七七
遠声の冬仕度してゐるらしき　[寒]　一一二
山荘の開け放ちある冬仕度　[寒]　一一二
[案山子]
稲架の陰しどけなかりし媛案山子　[山]　三一
子羊に近づきすぎし案山子かな　[樸]　七三
[鳥威し]
斑鳩の雨滂沱たる威銃　[山]　四四
こんなもの吊してこれが鳥威　[寒]　一一〇
[猪垣]
猪垣や土にかへりし焼畑　[山]　四六
猪垣の石の割れ目の秩父青　[山]　四六
[稲架]
戻りてきたりし稲架の遊び足　[樸]　七六
馬場ヶ谷戸稲架延びこれに村沿へり　[補]　二一四
[籾]
籾殻に火のゆきわたる榛の丈　[樸]　七六
[豊年]
闘牛の黒緘ゆく豊の秋　[山]　二三
豊年や日和の尉と凧の姥　[山]　三〇
糠床の中に来たりし豊の秋　[樸]　七四
豊作を羞ぢらひもする追而書き　[以]　一八九
[凶作]
鵙の贄かかげて凪の凶作田　[補]　二二一
凶作田日和おろかにつづくなり　[補]　二二一
凶作田牛の鼻環鳴りて過ぐ　[補]　二二一
[新藁]
一束に一束の音今年藁　[寒]　一一〇
新藁を手のひら熱く束ねけり　[寒]　一一〇
新藁の強き一筋手に残る　[寒]　一一一
[藁塚]
子供らは叫びて育つ藁ぼつち　[樸]　七六
[夜なべ]
眉寄せて痰引く夜業われにあり　[沈]　一五〇

【竹伐る】
竹伐って頤細く戻りけり　［山］　一四
【大豆干す】
豆打って霾おどろきぬ裏畠　［補］　二二一
【牛蒡引く】
牛蒡引く頃の畑を立ち眺め　［樸］　七五
【萩刈る】
萩寺の刈株の数日当れる　［山］　三七
萩叢の刈り時なども訊ねけり　［寒］　一〇七
【下り簗】
下り簗三河は杉の押しこぞり　［山］　二七
落簗の子どもがすばしこかりけり　［樸］　七四
【相撲】
雨音に取り巻かれたる土俵かな　［寒］　一〇五
雨水を踏み凹めたる角力かな　［寒］　一〇五
【月見】
たつぷりと胡麻からげたる月の芋　［寒］　一一〇
供華の菊月の芒と提げにけり　［沈］　二二七
誘はれて出て見る月の円さかな　［以］　一九七
【菊花展】
山国に遠山ありぬ菊まつり　［山］　四五
【茸狩】
茸籠にかぶせある葉を問はれけり　［樸］　七三
【紅葉狩】
天狗岩にて行き止り紅葉狩　［山］　四五
幼な子の拝みて焚ける紅葉かな　［樸］　七七
【休暇明】
西日中稿屑あふれ休暇果つ　［補］　二〇六
学校園鶏頭茂り休暇果つ　［補］　二二一
女生徒の円肩二学期始まれり　［補］　二一七

行事

【終戦記念日】
いつまでもいつも八月十五日　［樸］　七〇
紐強く結ぶ指先終戦日　［日］　一七七
蝶飛んで授業逸れたる敗戦日　［補］　二〇九
【秋分の日】
影睦む秋分の日の鳩鶫　［日］　一七九
【文化の日】
シスターの手作りケーキ文化祭　［日］　一八二
爪切って爪が固しや文化の日　［以］　一八九
テーブルをすこし引き寄せ文化の日　［以］　一九五

[硯洗ひ]
悪相といはれし硯洗ひけり [山] 一六
洗ひたる硯の裏を読みにけり [山] 一六
てのひらに隠るる硯洗ひけり [山] 二〇
陶硯の軽さかるがる洗はれし [山] 二〇
洗ひたる硯の山河碧みけり [山] 二〇
塾閉ぢし妻の洗へる硯かな [樸] 六九
生涯の一つ硯を洗ひけり [寒] 一〇四
[七夕]
立て捨てに七夕竹や山畑 [山] 三五
図書館の七夕竹の下枝かな [樸] 六九
跡切れてはつづく木立や星祭 [沈] 一四〇
わがための七夕笹の尺あまり [日] 一七四
待つといふ一語が遠し星の笹 [日] 一七六
つつましき希ひばかりの七夕竹 [補] 二一七
七夕竹梅雨雲軒にとどこほる [補] 二一七
[盆用意]
この際の盆仕度朱夏やめようよ [日] 一七五
[盆]
谷底に雨脚とどく盆迎へ [山] 一六
盆魂と寝ねて柱の細き家 [山] 二〇
盆魂さま風邪臥しをれば帰りけり [山] 三五
簗竹の灼けてゐたりし盆供養 [山] 四三
墓山のここにも盆の焚火跡 [山] 四四
見えてゐて人の下りくる盆の山 [樸] 六九
剃頭の美しき魂迎へけり [樸] 六九
鉄鉢を香炉としたり迎盆 [樸] 六九
裏盆の姥の二言三言かな [樸] 七〇
盆の川曲りて勢を加へけり [樸] 七〇
旧盆のはたと寂しき一と間あり [寒] 一〇四
盆焼きを高組むころの佐久平 [寒] 一〇四
百八灯藁の一束づつ晴れて [寒] 一〇四
盆魂と同じ距離にてわが家見ゆ [日] 一七五
盆過ぎぬさざえの腸の白子にも [以] 一九一
山容の正しき村の盆祭 [以] 一九一
新盆の掛手拭の裏返し [以] 一九七
新盆の骨壺抱けば妻の音 [以] 一九七
住み慣れて妻の骨なり盆畳 [以] 一九七
磯の香や浄めて古き盆の町 [補] 二〇三
水掛けて干ぬ間の盆の墓拝す [補] 二一五
盆の風父の箪笥に父のもの [補] 二一八
新盆の父せかせかと来ることよ [補] 二一八
船納屋に黒瞳遊ばせ浜の盆 [補] 二一八

［魂祭］
趾の間の広き魂まつり　［寒］　一〇四
［苧殻］
麻殻をひたすらに折る仕度あり　［寒］　一〇四
［迎火］
迎火の炎しつかりしてゐたり　［山］　四四
馬作り門火まで焚きくれしとふ　［日］　一七五
門火してすこし太めの妻の脚　［補］　二一八
［茄子の馬］
茄子の馬今年の艶に生れたる　［樸］　六九
［墓参］
誰か来て帰りたる墓洗ひけり　［樸］　七〇
父母のその余の墓も洗ひけり　［樸］　七〇
日傘より白し墓参の一夫人　［日］　一七七
墓洗ふ支へて病父拭きしこと　［補］　二一八
［送り盆］
露の淵盆供が音を立てにけり　［樸］　六九
山坂を立てたる盆供流しかな　［樸］　七〇
［送り火］
送り火の散つて昏れゆく水田かな　［補］　二〇八
［精霊舟］
精霊舟まだまだ飾り足らぬなり　［寒］　一〇五

［踊］
大手門出でゆく鳴子踊かな　［山］　一七
仁淀川大河なりける踊かな　［山］　一七
放下踊大竹籔に闇こもり　［山］　四二
初盆さま居並ぶ放下念仏かな　［山］　四二
盆魂のひとつは放下踊衆　［山］　四二
暈月をあふりし放下団扇かな　［山］　四二
盆月夜放下菅笠ひらひらす　［山］　四二
笛方のひとり加はる盆篝　［山］　四二
吹つ切つて放下踊の伊勢の笛　［山］　四二
放下踊この世かなしと高跳ぶも　［山］　四三
放下踊よく見れば歯を嚙みゐたる　［山］　四三
膝ついて放下踊の跳びじまひ　［山］　四三
踊子の遥かなる目のすすむなり　［樸］　七〇
踊子の足休むとき手を拍つて　［寒］　一〇五
水音のときに激しき踊りかな　［日］　一七八
［盆休］
盆休み過ぎたる峠聳えをり　［山］　三六
瓜食べて種の大きな盆休　［樸］　六九
街道は高きを走り盆休　［樸］　六九
簗竹の節の揃はぬ盆休　［寒］　一〇四

【中元】
中元やうなぎ・アンパン・家の桃　［以］　一九七
【高きに登る】
夢にすら高きに登るゆかりなし　［日］　一七八
【べつたら市】
べつたらや灯りそめし大欅　［補］　二一二
【滝じまひ】
木の股に山草の青滝じまひ　［山］　四五
鉾杉の裏側の冷え滝じまひ　［山］　四五
滝閉ぢてこれよりの玄杉の鉾　［山］　四五
【地芝居】
白波の一直線や浦芝居　［寒］　一一一
【芝神明祭】
一灯を吊り加へけり生姜市　［樸］　七一
葉おもりの生姜祭の袋かな　［樸］　七一
生姜祭目腐れ陳もすこし売る　［寒］　一〇六
【秋遍路】
秋遍路笠きらきらと通りけり　［山］　一七
船室に鈴つつしむよ秋遍路　［寒］　一〇六
【迢空忌】
根の国に知るべの禰宜や迢空忌　［山］　三一
海山のあまり遥かに迢空忌　［日］　一七八
焼跡の講座なりしが迢空忌　［以］　一九二
【子規忌】
子規の忌の痰引く音を憚らず　［日］　一七九

動物

【猪】
からむしを大吹きしたる猪の跡　［樸］　七五
【渡り鳥】
田煙りのひろがつてゐる渡り鳥　［樸］　七四
良寛像芭蕉像鳥渡りけり　［樸］　七四
岩々に源流の相渡り鳥　［樸］　七四
楸邨の墨宙小鳥渡りけり　［樸］　七四
渡り鳥欅は影となりにけり　［樸］　七四
鳥渡りきつたる空かとも思ふ　［寒］　一〇八
火襷の呑口あはし渡り鳥　［沈］　一二七
渡り鳥ひとたび消えて高みけり　［沈］　一四〇
白紙を栞に裁つや鳥渡る　［沈］　一五五
【燕帰る】
たわたわと神名樋山の秋つばめ　［山］　三一
簸の川の川底赭き帰燕かな　［山］　三一
秋燕や暁の音する谷の家　［山］　三五
川中に石の頭乾き秋つばめ　［山］　三七

山上の家あきらかに燕去る　［沈］　一三八
燕去るけふの病ひを病みをれば　［沈］　一五〇
いくたびも草に触れたり秋つばめ　［日］　一七六
胸に影残して燕去りにけり　［日］　一七八
瞑目のとき過ぎやすし秋燕　［以］　一九一
ふたたび見ず万国旗上の秋燕　［補］　二二三
花火音帰燕の空を流れけり　［補］　二二三

［鵙］
大橋がありて小橋の鵙日和　［寒］　一〇六
鵙晴れの吾らに残る一事あり　［日］　一八一

［鴫］
振りあげし嬰の手の空や鴫渡る　［補］　二〇八
鴫来鳴き耶蘇名マルタを葬りけり　［補］　二二一

［鶺］
鶺待つ鶺の色を言ひながら　［以］　一九一
妻と会ふ鶺の話するために　［以］　一九一
髪切つて一日をはる尉鶺　［以］　一九六

［初鴨］
水踏んで来る初鴨の声のして　［寒］　一〇九
初鴨を受けとめてまた水しづか　［寒］　一〇九
呼び翔たす初鴨の二羽四羽かな　［日］　一八〇
初鴨の懐かしければ逐ひ翔たす　［日］　一八一

［落鮎］
鮎錆びて簗のしぶきに飼はれけり　［山］　二七
一木に一草に鮎落ちるころ　［寒］　一一〇
頤を石にあづけし秋の鮎　［寒］　一一〇
手にのせて雪の匂ひす越の鮎　［寒］　一一〇

［錆山女］
大岩を日のすべり落つ錆山女　［樸］　七六

［紅葉鮒］
うとまれてゐる紅葉鮒食ひにけり　［樸］　七七

［鰡］
鰡とんで日曜の晴定まりし　［山］　二

［鱸］
白紙に鱸よこたへ祝ぎの家　［寒］　一〇九

［鯷］
小鰯を一片かざす懐かしき　［以］　一九一

［秋の蚊］
旧知とは秋蚊の声をまとひたる　［日］　一七七
残る蚊や女かへしし部屋の闇　［補］　二〇三

［秋の蜂］
金剛峯寺より金色の秋の蜂　［樸］　七二

［秋の蝶］
秋蝶の極まりにける高さとも　［日］　一八一

［秋の蟬］
鳴きやみて鳴きやみてゐる秋の蟬 ［寒］ 一〇五
［蜩］
ひぐらしや遠く翳れる甲武信岳 ［補］ 二〇三
かなかなや瀬水父へて子にまつはり ［補］ 二一二
［つくつく法師］
思ふまま怠りし日の法師蟬 ［山］ 一七
聞きとめてよりのつくつくほふしかな ［寒］ 一〇五
［蜻蛉］
とほくまで雨降つてゐる蜻蛉の眼 ［沈］ 一五四
［赤蜻蛉］
赤とんぼさらなる羽を伏せにけり ［寒］ 一〇五
甲子園球場の赤蜻蛉かな ［日］ 一七七
［虫］
虫細る回路の雫払ひけり ［日］ 一八一
虫の声あり虫の息ありぬべし ［日］ 一八二
病室に来て鳴きやみし昼の虫 ［以］ 一九五
虫の夜の畳アンプルまろびをり ［補］ 二〇四
［蟋蟀］
こほろぎを捕へんと子が頭寄す ［日］ 一八一
ちちろ虫夫婦の酔はひそかに来 ［補］ 二〇八
［鈴虫］
鈴虫を放ちしあとの甕の口 ［樸］ 七一
鈴虫の沈黙永き籠覗く ［以］ 一九四
［邯鄲］
萱の葉に邯鄲ならむみどり澄む ［山］ 一四
邯鄲を踞み聴きゐてあひ知らず ［山］ 一四
［馬追］
声出さぬすいとの虫と二日住む ［寒］ 一〇八
［蝗］
蝗取袋を白く田にかざす ［補］ 二一一
［蚯蚓鳴く］
眠らざる限りを鳴ける蚯蚓かな ［沈］ 一三一
［蓑虫］
葉を一つ足す蓑虫の冬仕度 ［沈］ 一三三
蓑虫に栖みどころあり宙の色 ［以］ 一九二
蓑虫も吾も普段着丈短か ［以］ 一九二

植物

［木犀］
一枝活け金木犀の世となりぬ ［沈］ 一五〇
木犀と木犀の香と別にあり ［日］ 一八二

[木槿]
筆太に立てて筆塚白木槿 [山] 三六
底紅やなにとなけれど寺構 [樸] 七〇
何もせぬこと大切や白木槿 [樸] 七〇
人行きしあと馬の行く花木槿 [寒] 一〇六
木槿咲く一病床を余生とす [日] 一七八
ひそと確かに死期来る父や白むくげ [補] 二一七
[芙蓉]
隣家の芙蓉など見て家にあり [日] 一七七
[藪蘭]
藪蘭に水足して水あまりけり [沈] 一三九
[芙蓉の実]
媛神や鈴をゆたかに芙蓉の実 [山] 三三
[椿の実]
つややかな日数のなかの椿の実 [寒] 一一一
[桃の実]
蜑が家の三段筧桃冷ゆる [山] 三三
[梨]
根の国や立売り梨の荒肌も [山] 三〇
比良坂や擲つて越す梨の芯 [山] 三〇
青梨の母来に旧き友一人 [以] 一九一
梨むいて愉しき妻の微恙かな [補] 二〇八
梨むいて寧きににたる燭明り [補] 二一二
[柿]
渋柿の四五顆が青し萱廂 [山] 四四
晴天や秩父の渋のちんぽ柿 [山] 四五
柿むくや母に背きし夜の膝 [補] 二〇六
富有柿や余命照るかに樹下の父 [補] 二一四
柿の朱が透きをり妻の浴後の掌 [補] 二一七
柿高し縁側あれば老婆ゐて [補] 二一八
[熟柿]
熟れ柿の垂れ下りをる袋かな [山] 三七
[葡萄]
葡萄珠かざしふくみて母は亡し [日] 一八〇
かざす手も葡萄の珠も空に透く [補] 二〇三
葡萄売が来て日曜の日矢と居り [補] 二〇五
葡萄売チョークまみれの手もて逐ふ [補] 二〇八
生命激し多淫の部屋に葡萄垂れ [補] 二〇八
[栗]
握らする柴栗やがてこぼれけり [沈] 一三三
栗を煮るとは渋皮を煮〆めたる [日] 一八〇
葉隠りの栗に月さす希みあれよ [補] 二〇六
栗挿して一生徒ややなじみそむ [補] 二一六

［石榴］
口あかく柘榴笑むもと母癒えたり　［補］　二〇四
［胡桃］
吊しおくままの胡桃の一袋　［樸］　七六
幽囚の声解き放て胡桃割り　［日］　一八二
［榲桲］
まるめろの雨の匂ひと知れるまで　［寒］　一一一
［榠樝の実］
天日の暗きひと日のくわりんの実　［以］　一八九
晴雲や色加へたるくわりんの実　［以］　一八九
［菊芋］
菊芋や片側部落崖に乗り　［山］　三五
［紅葉］
いまだしき紅葉かづきぬ定家塚　［山］　四四
庵主さまことしの紅葉案じけり　［山］　四四
暮れはてて紅葉宿よくきしみけり　［樸］　七七
この山の遅れ紅葉も時を得て　［日］　一八二
［黄葉］
おほかたは枯葉色なる黄葉の木　［日］　一八四
［櫨紅葉］
滝行者したたり過ぎし櫨紅葉　［山］　四五
［柿紅葉］
裏年の色にでて柿紅葉かな　［山］　三三
天上の妻にまづ見せ柿紅葉　［以］　一九九
［ななかまど］
滝行のとどめの色のななかまど　［山］　四四
ななかまど信濃の雨の固さかな　［寒］　一一一
温暖化地球の色のななかまど　［以］　一九七
［桐一葉］
地の声に応ふる一葉落ちにけり　［沈］　一四四
［秋の芽］
献体のこと思ひゐる秋芽かな　［樸］　七二
［新松子］
神の浜半分翳り新松子　［山］　三三
［木の実］
うすうすといのちの汚れ木の実にも　［以］　一九二
［一位の実］
この山の霧深くして一位の実　［寒］　一一三
［檀の実］
道なべて十字架に帰す檀の実　［寒］　一一一
檀の実時いそがることもなし　［日］　一八三
［桐の実］
桐の実や明るき潮の遡りをり　［山］　一三

[通草]
む、と口閉ぢし通草が籠出づる　[樸]　七四
取ることのなければ雲の通草かな　[樸]　七五
病床に裂けて信濃の紅通草　[日]　一七九
通草裂け日月花の如くあり　[日]　一七九
[竹の春]
一本を拾ひて突ける竹の春　[寒]　一〇九
[カンナ]
カンナ火のごとし曳かる、百姓に　[補]　二〇五
カンナ炎え記憶の焦土いまも黒し　[補]　二〇九
[朝顔]
朝顔の深きところの濡れてをり　[寒]　一〇六
[鶏頭]
鶏頭の太郎と見れば大頭　[山]　二二
鶏頭を離るる影と残る影　[樸]　七二
富士道の鶏頭丈を揃へけり　[寒]　一〇八
鶏頭と鶏頭の間日が黒し　[沈]　一四〇
鶏頭やすみやかに来る死後のこと　[以]　一九四
妻もまた病みて留守なる鶏頭花　[以]　一九五
鶏頭の隈も乱れず火事明り　[補]　二〇六
揶揄かはしをり鶏頭に膝立てて　[補]　二〇七
[コスモス]
コスモスに触るる燕となりにけり　[寒]　一〇八
コスモスに午後の色風わたるなり　[以]　一八九
霧霽れて朝のコスモス高く生る　[補]　二〇三
[鬼灯]
鬼灯の大赤玉を剝き当てし　[樸]　七〇
鬼灯の旱の色を立てにけり　[寒]　一〇九
鬼灯の赤からずとも青からず　[沈]　一三九
鬼灯の青より出でしまくれなゐ　[沈]　一三九
鬼灯の色あがらざるひと袋　[沈]　一五〇
鬼灯や便り絶えたるまた一人　[日]　一七六
[秋海棠]
折れて咲く秋海棠は折れしまま　[日]　一七八
[菊]
厚物に破顔管物にも破顔　[寒]　一一一
白菊に生者の顔が触れにけり　[沈]　一四一
朝の茶が配られてきて菊白し　[以]　一八九
白菊は寂しきか蜂よろめける　[補]　二〇四
菊白し喪の教室の空机　[補]　二一四
喪構への師の家となりぬ菊の数　[補]　二一六
[残菊]
残菊といふ語のありて残りたる　[沈]　一二七

【晩菊】
晩菊や関所を今の郵便夫 〔山〕 四五
【西瓜】
耶蘇とゐて縞荒かりし肥後西瓜 〔山〕 一三
西瓜一つ上り框は風通す 〔山〕 二〇
【南瓜】
だれよりも神父が食ひぬ南瓜汁 〔山〕 一三
糸南瓜木曽にはかなきもの一つ 〔山〕 一三
無下に見ず南瓜の尻の花どまり 〔寒〕 一〇六
【冬瓜】
あんかけの冬瓜透けり耶蘇部落 〔山〕 一三
【瓢】
古き句を読みたるあとの瓢棚 〔沈〕 一五四
しんめうに潜りぬけたる瓢棚 〔以〕 一九六
【甘藷】
藷かぼちゃ茄子仲よき大机 〔山〕 二七
塩をふり藷を食ふ一些事として 〔補〕 二一六
【芋】
やはらかくなりし日ざしや煮染芋 〔寒〕 一〇七
芋の穂に触れたる指を立てにけり 〔日〕 一七七
【自然薯】
寺の庭自然薯掘が提げ通る 〔山〕 一四
【零余子】
山のむかご里のむかごと笊に会ふ 〔山〕 四六
【辣韮の花】
辣韮の花見て月の替りけり 〔樸〕 七三
【唐辛子】
天よりも地のよく晴れて唐辛子 〔樸〕 七二
【稲】
出穂の風吹きぬけに豚躍られけり 〔補〕 二一五
出穂季の雀奔らせ美濃美田 〔補〕 二一六
【陸稲】
犬つげの枝にも掛けよ陸稲束 〔樸〕 七六
【早稲】
八街やさざめきて来る早稲の風 〔山〕 三〇
まつすぐに細道が来る早稲の里 〔山〕 三〇
早稲の香と楽充つる朝の深呼吸 〔補〕 二一一
【稗】
抽んでて神の田の稗抜かれけり 〔山〕 三一
【蕎麦の花】
びしよ濡れの朝日がありぬ蕎麦の花 〔寒〕 一〇九
大屋根の遠く浮かべる蕎麦の花 〔日〕 一八〇
【煙草の花】
花たばこ山国の空撓みけり 〔補〕 二一七

［棉］
棉の実が棉吹く息をつつしめり　［日］　一七九
棉吹くを看護婦が触れ廻りけり　［日］　一七九
［蓮の実］
蓮の実を示すは人に甘ゆなり　［日］　一八〇
［秋草］
色草をまぶしめる眼のうつろかな　［沈］　一三二
活け枯らす秋草をまた活けんとす　［沈］　一五一
秋草を挿す空壜のことごとく　［日］　一八〇
［草の花］
草の花下の病の願古りて　［山］　三二
しづかにも乳張る牛や草の花　［樸］　七三
遠き牛近き牛草咲けるなり　［樸］　七三
ひとり明けひとり日暮るる草の花　［以］　一八九
［草の実］
草の実をつけたる覚えなしとせず　［沈］　一二七
［草紅葉］
紙袋置く大安の草紅葉　［山］　二四
ひと足のふた足の草紅葉かな　［日］　一八二
［末枯］
末枯を叩き倒して刈り進む　［日］　一八〇
眼をあげるたび末枯の一樹立つ　［日］　一八一

［萩］
萩こぼし墓地づきあひも年経たり　［山］　一七
萩の風大きほとけに歩み寄る　［山］　四四
見つめては紅萩一つづつ散らす　［樸］　七一
陵の萩のをはりを拝みけり　［樸］　七一
おのづから曲りて萩の道といふ　［寒］　一〇七
このままでしばらくゐるか萩芒　［寒］　一〇七
萩叢に若き疲れの影を倚す　［補］　二一二
［薄］
山下る毛槍のごとく芒立て　［山］　三六
濡れてゐるやうなる芒濡れてをり　［樸］　七一
一本の芒の水を替へにけり　［沈］　一四〇
病棟の寝ぬるに早き芒かな　［日］　一七九
一身のどこか痒くて芒に穂　［以］　一九七
［葛］
真葛原墳降りて墳振り返り　［山］　三一
朋垣のそれぞれ老いぬ真葛原　［以］　一九八
［葛の花］
引き残すところどころの葛の花　［寒］　一〇七
崖のぼる葛の花芽のあきらかに　［以］　一八九
［貴船菊］
貴船菊杖ぞろぞろと通りけり　［寒］　一一一

水揚げぬ秋明菊をまたも挿す　〔日〕　一八一
【葈耳】
をなもみの吾を刺す実の二三十　〔日〕　一八〇
【狗尾草】
手ざはりのゑのころぐさの穂なりけり　〔沈〕　一三二
揺れかはすあをねこじやらし歩きたし　〔沈〕　一三八
ねこじやらしもつともらしく活けて去る　〔日〕　一七六
ねこじやらし過去ことごとく風に失せ　〔以〕　一九三
【曼珠沙華】
曼珠沙華ごちやごちや咲いて散歩かな　〔山〕　二二
怒りゐてだんだん怒る曼珠沙華　〔山〕　二四
曼珠沙華橘寺の浮きあがり　〔樸〕　七二
遠空を眺むるこころ曼珠沙華　〔日〕　一八一
曼珠沙華水中は水透きとほり　〔以〕　一九二
子守歌声のどこにも曼珠沙華　〔補〕　二〇八
水音を追ひゆく水や曼珠沙華　〔補〕　二一八
【女郎花】
妻が来てくれたる芒をみなへし　〔沈〕　一四〇
をみなへしをとこへし月まゐらする　〔沈〕　一四〇
【吾亦紅】
沈黙のたとへば風の吾亦紅　〔沈〕　一四〇
【水引の花】
水引草傘さして人安らかに　〔日〕　一七九
水引の裸の茎も挿しにけり　〔以〕　一八九
【露草】
露草に声かけて声紫紺なす　〔日〕　一八一
露草を折りとる節をさがし当て　〔以〕　一八九
【蓼の花】
声なしの言葉減りゆく蓼の花　〔以〕　一八九
蓼の花水汲む列の縮むなし　〔補〕　二一二
蓼咲くや旅にも出でず倦みもせず　〔補〕　二一八
【赤のまんま】
赤ままや妻と逢ふ日の靴履いて　〔日〕　一八〇
【溝蕎麦】
みぞそばの花のうす紅雨降れる　〔日〕　一八一
【烏瓜】
稚くて縞よろけたる烏瓜　〔沈〕　一五〇
烏瓜ひとりの色を尽しをり　〔日〕　一八〇
【蒲の絮】
蒲の絮鴉の声に乗りにけり　〔山〕　三三
【菱の実】
菱の実の水を離れて尖りけり　〔沈〕　一四四

［萩の実］
萩の実もをはりに近しかいくぐり　［寒］　一一一
［そよごの実］
赤き実のそよごの枝を活けあます　［日］　一八三
［茸］
山びとに声かけられて茸ふゆ　［樸］　七三
鼠茸ほぐして何もなかりけり　［寒］　一一〇
存外の澱泥なりし菌汁　［日］　一八二
［松茸］
松茸に松のほかなる木の匂ひ　［樸］　七三
［岩茸］
岩茸は甘酸大事に月の峰　［山］　三五

冬

時候

［冬］
冬岸のこちら日蔭や日蔭行く　［山］　一八
船腹ののしかかりたる冬薊　［樸］　八一
風紋を重ねて冬の兆しけり　［寒］　一一三
後ろ手をついて巨きな冬の闇　［日］　一八三
さいかちの黒莢太し関の冬　［日］　一八四
墓毀つ冬やラヂオの鎮魂歌　［補］　二〇四
冬寺の静けき垣と見しは墓　［補］　二〇四
磊塊と搬ばる、墓冬微光　［補］　二〇四
冬嫁かず鉄筆胼胝のしるき掌よ　［補］　二〇五
冬織らず箴反る旱つづきをり　［補］　二〇五
顔あげて呟く地震や冬経つつ　［補］　二〇六
嘴寄せて冬墓雀饑ふかし　［補］　二〇七
［初冬］
猪垣を跳び下りて冬はじまれり　［山］　四五
はつ冬の島見ゆること誰も言ふ　［寒］　一一二
身のどこかこそばゆき冬始まれり　［日］　一八二
口あけて口のさびしき冬はじめ　［日］　一八二
初冬の谷空をゆく穂絮かな　［日］　一八二
初冬の背中に廻る聴診器　［以］　一九六
［十一月］
音すこやか十一月の木の実たち　［日］　一八二
［立冬］
いろいろの冬立つ虫と出会ひけり　［樸］　七七
白菊にもつとも冬の立ちにけり　［沈］　一三三
手拭をかるく絞つて冬迎ふ　［以］　一九四
顔拭ふタオルに冬の来る匂ひ　［以］　一九八

立冬や柱の周囲風めぐり　[補]　二〇九

[冬ざれ]

冬ざれや櫂一枚の湖の舟　[寒]　一一六

[冬浅し]

一本の道あり冬につづきをり　[沈]　二二八

[十二月]

並び立つ紅葉が暗し十二月　[日]　一八三

鶉食ふ顔緊りをり十二月　[補]　二〇九

陰処白毛見いでて白し十二月　[補]　二二六

[冬至]

柚子の値や冬至の雲の一つ浮き　[山]　一四

暦日は遺すに足らず冬至空　[沈]　一四一

鳥群の北へ崩るる冬至かな　[日]　一八五

煮崩れの南瓜一片冬至過ぐ　[日]　一八五

[師走]

風情あるやうなる師走寒波の語　[日]　一八五

[年の暮]

山水に蓋して年の終りけり　[山]　三八

赤松の四五本に年つまりけり　[沈]　一二九

ひたすらに歩く廊下や年の果　[沈]　一四一

ひと足を踏み出して年つまりけり　[沈]　一四五

加湿器の落とす水音年堺　[以]　一九四

きしませてベッドに戻る年境　[以]　一九六

年つまる南天の実の残り数　[以]　一九六

歳晩の足跡として逝かれけり　[以]　一九七

年つまる孕り妻に食戻り　[補]　二一二

[年の内]

山空の底光りして年の内　[寒]　一一八

牛の背の余す日向や年の内　[以]　一九三

[大晦日]

青きもの焚く大年の父の墓　[山]　一八

大年の用なけれども古本屋　[山]　三八

大年の暗き机に沙石集　[山]　四七

あけくれも除日となりぬ山襖　[寒]　一一八

除日の妻迅風駈けして部屋の内　[補]　二一〇

大年の鴨居の上や父母の顔　[補]　二一九

[年惜しむ]

呼吸器の点滅に年惜しみけり　[日]　一八五

[年の夜]

年の夜の接吻映画果つはやし　[補]　二〇六

[一月]

しろじろと一月をはる風の畦　[寒]　一一一

[寒の入]

大津絵の鬼が足あげ寒の入　[山]　一五

このところ誤嚥つづきの寒の入　[日]　一六三

[小寒]

小寒や石を渉れば石の声　[以]　一九一

[大寒]

大寒の木を樫と言ひ樟と言ふ　[山]　三八
大寒の閉ぢたる口を吾といふ　[沈]　一五七
大寒や身を立てて見る松の梢　[以]　一九一

[寒の内]

寒ぬくし襖絵の犬雀どち　[山]　一五
節々の木賊に寒の日がとどく　[山]　一九
思惟仏を割つて消えたり寒の鱒　[山]　二四
寒荒れの若布生簀といふがあり　[樸]　八三
われとわが身に振る塩も寒の内　[沈]　二九
垂れたれば浮根あまたや寒の崖　[沈]　一四六
山の背といふしじまあり寒の内　[沈]　一四七
飛ぶ鳥のおほかた黒し寒の内　[以]　一九一
病むながし溲瓶に充たす寒の音　[以]　一九四
墓の底寒の日の射し及びたり　[補]　二〇七
寒の闇失禁の父小さく臥す　[補]　二一七

[冬の日]

運慶の仔狗の顔に冬日ざし　[山]　一五
立ちあがる膝をこぼれて冬日かな　[寒]　一一五
誰も立つ廊下の端の冬日向　[沈]　一五一
冬日向ありしところに女の子　[日]　一八三
「受胎告知」冬日歓喜の微塵たち　[補]　二〇八

[冬の朝]

冬暁の雀らは眠り足りたるや　[補]　二一七

[冬の暮]

軍艦が大きくなりぬ冬の暮　[寒]　一一七
妻の眼が吾を見てをり冬の暮　[沈]　一四六

[短日]

短日のもののうちなる膝頭　[寒]　一一三
短日といふべくありし身のほとり　[沈]　一二八
ベッドより片脚垂れて暮早し　[沈]　一四一
なになすとしもなかりしが暮早し　[日]　一八四
暮早くなりたることも寿　[以]　一九一
肩張つて風雷神像暮れはやし　[補]　二〇八
谷戸の道牛過ぐを待ち暮れはやし　[補]　二一四
癌の語と短日の菊他は覚えず　[補]　二一六

[冬の夜]

痰切れず寒夜の菊にすがりても　[日]　一八四

[冷し]

身のどこかいつも冷たきカテーテル　[以]　一九二

[寒し]
空也像寒しと歩く形せり [山] 一五
狂院に狂はぬ顔の寒さかな [山] 一五
花店の寒き葉屑をまた思ふ [樸] 七九
寒きこと下仁田葱のうまきこと [寒] 一一三
内陣に膝すすめたる寒さかな [寒] 一一三
水平に寒気ひろがる鳶の羽 [沈] 一五六
墓を積み轣轆寒き門を出づ [補] 二〇四
白墨の寒き一行教師死す [補] 二一四
葬さむし汝やストマイ初期患者 [補] 二一四
停電の父子ぞ寒き差しむかひ [補] 二一六
フィルム寒し赤くしぶとく父の癌 [補] 二一六
[冱つ]
足凍てて弥勒の思惟の裾を去る [山] 二五
雨凍みの地べたを照らすいのちの灯 [日] 一六四
[冬深し]
冬深しどの幹となく日当りて [沈] 一五二
MRIに脚入れ冬ふかし [日] 一六四
ラグビーのスクラムに冬深まりぬ [以] 一九八
[日脚伸ぶ]
口々に寒さを言ひて日脚伸ぶ [寒] 一一一
こころまづ動きて日脚伸びにけり [沈] 一二九
妻の麻痺すこし和みて日脚のぶ [日] 一六四
[春待つ]
木の声に呼びかけられて春を待つ [沈] 一四七
雲梯のゆるやかな反り春を待つ [沈] 一五二
かくてこの処をいでぬ春を待つ [沈] 一五七
春を待つ十指の一指づつ覚めて [沈] 一五七
春を待つひよどりの見る方を見て [以] 一九〇
屑籠に待春の日のすこし射す [以] 一九一
[冬尽く]
眼を遠く使ひて冬の尽きむとす [日] 一六五
布晒す貌あげて冬果てにけり [補] 二一三
[節分]
節分や梢のうるむ楢林 [山] 一五
節分の豆撒きに来し友二人 [以] 一九七
天文
[冬晴]
裏山の聖の樫の寒日和 [山] 三八
寒晴や潮の色の安房の花 [日] 一六四
[冬旱]
寒旱肝胆枯るるばかりなり [山] 一九

[冬の雲]
寒雲やひとり咳く夜の坂 [補] 二〇六
[冬の月]
妻にまた病加はる冬の月 [沈] 一四六
長病みは長旅に似る寒の月 [以] 一九四
寒の月高く藁塚の列長し [補] 二〇三
[冬の星]
病めば住む処をはなれ冬の星 [以] 一九六
[寒昴]
病人の飢ゑほのかなり寒昴 [以] 一九五
[冬の風]
寒風の最も先を歩きけり [樸] 八四
[凩]
明るくて初凩の畝間かな [山] 二七
凩の旧知の音を迎へけり [寒] 一一三
[寒波]
選句稿来たり寒波も来たりけり [日] 一八五
[初時雨]
いのちあるものに光りて初時雨 [沈] 一二八
町遠き教会を出で初時雨 [補] 二〇四
[時雨]
銭洗ふ鼻はこの世のしぐれかな [山] 一八
時雨ともなき一刷きを海の上 [樸] 八一
しぐるるといへばしぐれてゐるらしき [寒] 一一三
音たててきたる時雨をひと眺め [沈] 一四四
時雨ては竹のみ青し妻の村 [補] 二〇九
杉しぐれ訪ひて芸術村址なし [補] 二一九
[寒の雨]
寒の雨大きな音をたてにけり [寒] 一二〇
[霰]
水の面を打つて消えたる初霰 [沈] 一四五
[初霜]
初霜の必ずあらむ夜の土 [寒] 一一六
[霜]
人形に頭がのりて霜の晴 [寒] 一一六
霜草を踏みもするなる物詣 [寒] 一一六
思ひ出す顔たふとしや霜の声 [沈] 一三三
踏み崩す霜たふとけれ踏み崩す [沈] 一五七
霜すこし踏みたる耳門までの径 [以] 一九六
霜の日につかまり軀拭かれをり [以] 一九九
霜の幹弾痕ありや探りみる [補] 二〇六
霜の日矢尻並めて豚搬ばるる [補] 二〇六
土工等よ霜の畚に赤紐結ひ [補] 二〇六
霜の墓女ばかりが囲み立つ [補] 二一〇

忘れ鍬谷戸の荒霜いたりけり〔補〕二一四
鶲来鳴き霜の小流れはづみそむ〔補〕二一六
杣の湯や奈落へ霜の段梯子〔補〕二一六

〔雪催ひ〕

雪催痰吸引の音響く〔日〕一六四

〔雪〕

父の世の紬に雪の散りかかり〔山〕一九
杉山にをとつひの雪はつり仏〔山〕三九
枝先のこたへて雪を降らせけり〔沈〕一四二
死んでも怒るなと妻言ふ雪無尽〔沈〕一四六
妻言はず吾また言はず雪降れり〔沈〕一四六
雪予報解除して雪ちらちらす〔日〕一六四
雪の影雪に映りて降ることも〔日〕一六四
積む雪や一屋根ごとの聖家族〔補〕二〇四
粉雪の飛ぶ闇すでに基地の柵〔補〕二〇五
落葉松の奥も落葉松雪降れり〔補〕二〇八
ぽつてりと牛の厚肉雪狂ふ〔補〕二〇九
雪よんで口紅き鳥よ狂院に〔補〕二一三
窓ごしに狂女雪乞へり如何にせむ〔補〕二一三
雪薄し切株小法師居並びて〔補〕二一三
深雪踏む一途の顔を連ねけり〔補〕二一六
人逝きて葉に積む雪や二三たび〔補〕二一六
雪の墓捨つるに似たる礼一つ〔補〕二一九

〔雪晴〕

雪晴の海の面でありにけり〔寒〕一一〇

〔風花〕

父の余命量る空より風花す〔補〕二一七

〔冬霞〕

山望を鞍馬といへり冬霞〔寒〕一一五

〔冬夕焼〕

寒夕焼妻と見る日を賜りし〔沈〕一三四
寒夕焼足元暗く祷りけり〔以〕一九五

地理

〔冬の山〕

雪山のちかぢかと顕つレモンの香〔山〕三九
居眠りのでさうな校舎山枯れて〔山〕四五
一つ知る雪山の名を言ひにけり〔樸〕八四
枯山の刈株蹴つて根付の子〔以〕一九四
雪嶽の一稜烟る鯉の群〔以〕一九六
雪嶽の鯉揉みあへば信濃かな〔以〕一九六

〔山眠る〕

高円山は常眠き山ねむりをり〔山〕三七
一食全粥３００g山眠る〔以〕一九六

[枯野]
遠く見て浅く踏みたる枯野かな　[沈]　一五二
眼の奥に残る枯野に眠りけり　[以]　一九〇
日反りして枯野のノート蠅遊ぶ　[補]　二一三
[冬田]
眠らせるための冬田をうなひゐる　[樸]　七八
[冬の水]
たくさんの音沈みゐる冬の水　[沈]　一二九
冬の水人を離れて響きけり　[沈]　一五一
[寒の水]
寒の水うすき藻草を流しをり　[沈]　一五二
[冬の泉]
大束の榊をひたし冬泉　[樸]　八二
日の音のひとすぢめぐる冬泉　[沈]　一四五
冬泉命終に声ありとせば　[沈]　一五二
沈黙を水音として冬泉　[沈]　一五五
[冬の波]
揺るるほかなき冬濤に親しめり　[樸]　八一
[冬の浜]
踏み跨ぐものことごとく冬渚　[樸]　七八
踏むことの懇ろなりし冬渚　[沈]　一二九

[霜柱]
霜柱無言は力尽しけり　[樸]　八二
霜柱引き抜いて根のごときもの　[沈]　一五六
霜柱帰宅の足となりゐたり　[日]　一八三
機場所の糸百本の霜柱　[以]　一九〇
[初氷]
通りぬけ土間でありけり初氷　[樸]　八二
[氷]
一鳥を歩ませてゐる氷かな　[寒]　二一
父たちの墓の氷をまた思ふ　[以]　一九〇
鯉の眸の月下かがやく氷かな　[以]　一九六
[狐火]
狐火や川の向うはよその村　[寒]　一七

生活

[外套]
外套を閉ぢず妬心をまた隠さず　[補]　二一三
[蒲団]
海の日のそよろと渡る干布団　[寒]　一六
[膝掛]
夜の机膝掛朱く学期了ふ　[補]　二一三
膝掛を贈られいよよ教師さぶ　[補]　二一二

【ちゃんちゃんこ】
ちゃんちゃんこ母子石積み倦まずけり　［補］　二一九
【ねんねこ】
ねんねこの棚田に出でし一揺すり　［山］　三三
【冬帽子】
岸壁の足もと深き冬帽子　［樸］　八一
冬帽子買ひ替へて黒まさりたる　［寒］　一一五
【マスク】
マスクして婚期近しと思ひをり　［補］　二〇六
【手袋】
観音の手に手袋の忘れもの　［樸］　八一
手袋をまだ脱がずゐる遠嶺かな　［樸］　八二
師への手紙手袋脱いで投函す　［補］　二一二
【乾鮭】
赤星や嚙みて固さの鮭のとば　［以］　一九三
【塩鮭】
塩鮭をむさぼり死なむ志　［日］　一八四
【寒餅】
寒餅を切り悪縁を断ちにけり　［山］　三三
のつてきたりし寒餅の杵調子　［寒］　一二〇
寒餅を一口食ひて腹へりぬ　［寒］　一二〇
寒餅の眺めてゐれば搗きあがる　［沈］　一二九
音ひとつ足す寒餅の搗き仕舞　［沈］　一四六
帆船の寒餅搗きも過ぎたらむ　［日］　一六四
船長の寒餅搗きの紅襷　［日］　一六四
【餅搗】
月蝕の空極まりし餅筵　［山］　四七
餅搗の音きこえゐる下の家　［寒］　一一八
餅臼の罅の一筋地に届く　［寒］　一一八
【餅配】
てのひらに夕暮ののる餅配　［寒］　一一八
【鍋焼】
鍋焼を温めなほす手許かな　［日］　一六三
【蕪汁】
山垣のはればれとある蕪汁　［日］　一八三
【鋤焼】
牛鍋や障子の外の神保町　［寒］　一一四
【桜鍋】
ぶちぬきの部屋の敷居や桜鍋　［寒］　一一四
汚れたる湯気上げにけり桜鍋　［寒］　一一四
【牡丹鍋】
牡丹鍋素姓知れたる顔ばかり　［寒］　一一四
凭れゐる柱ゆゆしき猪を食ふ　［補］　二一四

［寄鍋］
寄鍋の真ん中赤き蟹の爪　［山］　三七
寄鍋の湯気越しの貌憎みをり　［補］　二〇九
［湯豆腐］
湯豆腐を箸あらけなく食ひにけり　［寒］　一一四
［凍豆腐造る］
渾にして濁るが若し凍豆腐　［山］　四六
［寒卵］
寒卵無傷謗られてはゐずや　［補］　二〇九
［冬籠］
病床に或る日のこころ冬籠　［日］　一八四
［雁木］
いちにちの日和の消ゆる雁木かな　［寒］　一一八
［藪巻］
菰巻いてものなつかしき四辺かな　［寒］　一一五
菰巻を枝にもらへる松の古り　［寒］　一一六
菰巻の縄音のよく締まりけり　［沈］　一二八
菰巻の人ごゐ松を移りけり　［沈］　一二八
［雪吊］
雪吊の中にも雪の降りにけり　［沈］　一三五
［寒灯］
消し残す一寒灯を死者の上　［補］　二二三

［ストーブ］
教会の石油ストーブ出揃ひし　［寒］　一一一
煙るストーブ吾も教師の手をかざす　［補］　二〇七
［榾］
鍋尻につつかへてゐる根榾かな　［寒］　一一八
［冬耕］
冬耕のひとりの影を虔めり　［補］　二二四
［大根干す］
藁の香の日向あふれぬ掛大根　［山］　一四
穭田の日和あまさず大根干す　［補］　二二一
掛大根田に出て牛の永睡り　［補］　二二一
［切干］
荒浜となりし割干大根かな　［樸］　八四
母ありて切干吊す木綿糸　［沈］　一五一
［干菜］
山裏のまだ明るくて干菜村　［寒］　一一八
［寒肥］
寒肥の香の展けゆく竹林　［山］　一五
［狩］
猟銃と思ひし音のそれつきり　［山］　三七
［枝打］
枝打ちの下り立てる足とんと踏む　［寒］　一一五

枝打ちのそらの空きたるまた一つ　［沈］　一四七
［紙漉］
紙漉の半日の手湯粘りけり　［山］　三八
紙漉女漉槽暗がりに躓くや　［山］　三八
漉桁もまた樸簡をまぬかれず　［樸］　八二
［寒紅］
寒紅に松風つのりきたりけり　［樸］　八三
［焚火］
アパートの焚火火照りを抱き寝む　［補］　二〇七
澄み細りつつ馬の眸の捨焚火　［補］　二一六
妻焚いて手も汚れずよ路地焚火　［補］　二一八
［火の番］
夜廻りの立ちどまる柝と知られけり　［寒］　一一七
［火事］
清拭のすみたる五体火事遠し　［以］　一九一
［避寒］
薔薇選るや避寒夫人と花触れて　［樸］　八四
［寒見舞］
畑土の影こまやかや寒見舞　［寒］　一二〇
一文字の若草色の寒見舞　［日］　一六三
［探梅］
探梅の夕雲色を加へそむ　［樸］　八四
探梅のしばらくありし舟の上　［寒］　一一二
［縄飛］
飛縄の空わたるとき撓みけり　［日］　一六三
［ラグビー］
ラグビーの声の逆巻く顔洗ふ　［以］　一九八
［風邪］
肺気腫の日数の中の流行風邪　［以］　一九二
風邪ごゑに騙むかれをり坂下りつつ　［補］　二〇五
鼻風邪の上げ膳据ゑ膳笑ひけり　［補］　二一五
風邪の床師の忌父母の忌継ぎ来る　［補］　二一九
［咳］
咳いて何謀る自習監督者　［補］　二〇七
信じをり茶房の卓に咳溜めて　［補］　二〇七
紙の鶴折り咳くも一教師　［補］　二〇九
［嚔］
嚔して道のべ男の身が匂ふ　［補］　二〇九
［息白し］
白息のたのしき口をすぼめけり　［樸］　七八
息白く毀たる、墓見てありぬ　［補］　二〇四
［懐手］
並べたる鮪の中の懐手　［寒］　一一五
病人の病人を見る懐手　［日］　一八三

たまさかの廊下に出でぬ懐手　[以]　一九七
[木の葉髪]
湯に浮かせ旅果てのわが木の葉髪　[補]　二〇五
[日向ぼこ]
流木を一人に一つ日向ぼこ　[寒]　一一七
[年用意]
到来の干柿ひとつ年用意　[日]　一八五
鳩に影雀に影や年用意　[以]　一九五
長病みのベッドの上の年用意　[以]　一九五
[煤払]
病む妻や賑やかにくる年の煤　[山]　二八
わが封書汝が葉書煤払ひけり　[山]　四七
添削の封筒一つ年の塵　[以]　一九〇
煤逃げの透析室にひそとゐて　[以]　一九五
[暦売]
病床に来て声若し暦売　[補]　二二〇
[古暦]
友増えず減らず暦を替へにけり　[山]　四七
岩肌の水落しゐる古暦　[寒]　一一八
[注連飾る]
注連飾今年遅れし手もとかな　[山]　三三
[年忘]
凭るるに一壁はあり年忘　[寒]　一一七
日の烟りゐて忘年の高野槙　[沈]　一四二
中年の膝漂へり年忘れ　[補]　二二九

行事

[勤労感謝の日]
雀の頭躍り勤労感謝の日　[補]　二二八
[七五三]
七五三しつかりバスにつかまつて　[寒]　一一三
青空の落せる雨や七五三　[日]　一八二
[十二月八日]
十二月八日未明と記憶せり　[日]　一八四
[羽子板市]
聞くのみの羽子板市を句に詠める　[日]　一八四
[松迎へ]
裏山の十歩の松を迎へけり　[寒]　一一八
[柚子湯]
雨音の冬至湯遅れ沸きにけり　[山]　二四
風呂の柚子二つ浮かぶを見比べて　[樸]　八一
冬至湯といふはなけれど柚子二つ　[以]　一九二
柚子湯浴ぶ肋あらはに息災に　[補]　二二二

柚の香して風呂場鏡に妻白し　[補]　二一八
柚子すこし潤びて妻のしまひ風呂　[補]　二一九

[年守る]
年守る一病恙なかりけり　[日]　一八五

[年の火]
年焚火炎は陳皮匂ひけり　[山]　四七

[年の宿]
山貌をもてなしとせる年の宿　[寒]　一一九
出で入りの礁づたひや年の宿　[寒]　一一九

[追儺]
まつすぐに声の出でたる追儺かな　[寒]　一二一
声だして母在さざりし鬼やらひ　[補]　二一四
暗きより暗き声わく鬼やらひ　[補]　二一八

[豆撒]
何もなき畑の風や福まねき　[寒]　一二一
声なしの鬼豆打つは笑止なり　[以]　一九〇
籠り撒く豆にも思ふ吾子癒えよ　[補]　二〇九

[柊挿す]
かばかりのことたふとしや柊挿す　[日]　一六五
病室にひひらぎの枝を挿せといふ　[以]　一九〇

[神の旅]
雲はみな山辺に沈み神の旅　[以]　一九二

[酉の市]
焚上げの熊手の鈴を鳴らしけり　[日]　一八二
二の酉の羽織がうれしかりしこと　[日]　一八三
朋ありて夕空ふかし一の酉　[以]　一九三
呼吸器を励ます熊手飾りけり　[以]　一九三
切山椒つまむ見舞や三の酉　[以]　一九八
三の酉帰りの見舞小半時　[以]　一九八
吹ッ切れて笛の音寒し酉の市　[補]　二一二
灯にまろぶ笊の目緩し一の酉　[補]　二一二

[神農祭]
触れよとて神農の虎もたらされ　[日]　一八五

[神楽]
神舞となりし息長神楽笛　[山]　四六

[札納]
札一つ人手だのみに納めけり　[以]　一九四

[年籠]
くらやみを見るとき立ちて年籠　[寒]　一一九

[鉢叩]
病みはてての心にも来よ鉢叩　[以]　一九四

[御正忌]
百人をうしろざまなるお取越　[寒]　一一三

[臘八会]
臘八の大青空となりゐたり　[樸]　八〇
[クリスマス]
麻痺妻のうなづき歌ふクリスマス　[沈]　一三三
袖口の先のてのひらクリスマス　[沈]　一五六
病室に人来て聖歌うたひ去る　[沈]　一五六
病棟の聖夜の燭の貧しけれ　[日]　一八五
飾りなき病舎の聖夜咳多し　[補]　二〇三
透視よし灯ともす聖樹町に町に　[補]　二〇五
聖樹の灯赤ちりばめぬ妻擁かな　[補]　二一〇
[芭蕉忌]
芭蕉忌やタオルの裏の肌ざはり　[以]　一九六
[波郷忌]
大綿や半日忘れ波郷の忌　[山]　二八
つまらぬと言ひ捨てたりし波郷の忌　[日]　一八三
波郷忌のなほ病みたらぬ弟子一人　[以]　一九四
だれかれの麥さんも亡き波郷の忌　[以]　一九九
[空也忌]
空也忌の大杉に垂れ葛の紐　[山]　四六
空也忌のひと時雨またひと霰　[寒]　一一三
古町に路地失せにけり空也の忌　[以]　一九三
[一茶忌]
着なれたる冬服の紺一茶の忌　[山]　一七

動物

[冬眠]
冬眠の蟇てのひらに山の紺　[山]　四六
[熊]
熊鍋の叢雲に箸入れにけり　[樸]　八〇
熊食ふや吉野月齢足らふらし　[樸]　八〇
神棚に熊撃銃の弾丸二つ　[樸]　八〇
[鼯鼠]
むささびを飼ふ学校の大時計　[日]　一六三
わが病みてむささびを見ず鬼女を見ず　[以]　一九八
[冬の鵙]
冬鵙の鳴くときの口ひらきけり　[沈]　一五五
蒼天とその冬鵙と黙しあふ　[日]　一六三
男手の厨火熾り寒鵙翔つ　[補]　二〇七
[笹鳴]
笹鳴の顔まで見せてくれにけり　[樸]　八一
笹鳴や窯場ひそめる雑木山　[補]　二一二
[寒雀]
暁光のまつしぐらなり寒雀　[沈]　一四六

［寒鴉］
寒鴉田畑といふ言葉かな　［寒］一二〇
寒鴉ひとこゑは空さびしきか　［寒］一二一
今朝もゐる脚嚙み癖の冬鴉　［日］一八五
しつかりと羽たたみけり寒鴉　［以］一九一
［鷦鷯］
眼鏡拭くときの独りの鷦鷯　［補］二二四
［水鳥］
かたまつてゐて水鳥の隙間かな　［樸］七八
［鴨］
足許にうすき水ある鴨見かな　［寒］一一五
まなざしのその先々の鴨を見て　［寒］一一六
沖の鴨水際に来てまぎれけり　［寒］一一七
なほ遠きところに鴨の日向あり　［以］一九一
［鳰］
鳰とも肝胆を照らし合ふ　［樸］七八
鳰の空薔薇色の雲移りをり　［補］二〇五
［白鳥］
寄りかかるこれ白鳥の餌袋　［樸］七八
白鳥の首の高さに雨降つて　［寒］一一六
白鳥の立上りたる水冴　［寒］一一六

［鮫］
何が面白くて鮫のこの細目　［寒］一一九
［鮪］
竹箒鮪の霜をひと払ひ　［寒］一一五
［鮟鱇］
鮟鱇の頭上の電球が点りけり　［山］一三
力抜くとは鮟鱇の板まかせ　［寒］一一四
鮟鱇の夢みる眼はづされし　［寒］一一四
鮟鱇の肝のいかにもあからさま　［寒］一一四
［鮃］
水揚げの身幅見せたり寒鮃　［寒］一一九
［寒鮒］
寒鮒の血のかたまれる井水かな　［寒］一一九
［ずわい蟹］
籠出づる荒海の貌松葉蟹　［山］三七
［海鼠］
竿替へてまた波見るや海鼠舟　［樸］八一
海鼠くふ天動説に傾きて　［樸］八一
［牡蠣］
酔ひ怒る加賀もゐたりし酢牡蠣かな　［樸］八一
［冬の蝶］
凍蝶に遥かな嶺の夕あかり　［沈］一四六

冬蝶の見ればはげしきことをせり　[沈]　一五五
[冬の蜂]
一つづつ帰り着きては冬の蜂　[樸]　七九
[綿虫]
さしのべし手と綿虫と宙にあり　[樸]　七八
大綿にまつはられたるたたらなり　[樸]　七八
しろばんば声にこたふる声きこゆ　[寒]　一一五
綿虫のあと日暮来るたなごころ　[沈]　二一八
綿虫や病むを師系として病めり　[沈]　一五一
宙宇をつかみて飛べるしろばんば　[以]　一九六
綿虫に耐へゐるは口緘むなり　[補]　二一三
綿虫の綿真白しと見て信濃　[補]　二二八
[冬の虫]
夜に入りて顔洗ひけり虫老ゆる　[樸]　七二
蛸壺にいかなる貌の冬の虫　[寒]　一一五
見て安し柏の幹の冬の虫　[沈]　一五五

植物

[早梅]
百木の一木にして梅早し　[寒]　一一一
[寒梅]
寒梅のほとりを過ぎて還らざる　[沈]　一四二
死も生の象といへり寒の梅　[沈]　一五二
寒紅梅その他の木々は愚かさよ　[日]　一六四
[臘梅]
臘梅を離れてよりの一語かな　[日]　一六四
[帰り花]
膝もとに消ゆる日ざしや返り花　[沈]　一四六
背高に過ぎる牡丹の返り花　[日]　一六三
[冬桜]
こまやかに女の寺の冬ざくら　[山]　二八
おほてらの日おもてにいづ冬桜　[樸]　八四
[冬木の桜]
枯桜大人実篤の面構　[山]　二七
[寒椿]
いちにちはひとりにひとつ寒椿　[沈]　一四六
[山茶花]
山茶花や竹のへりたる竹置場　[山]　一七
山茶花のどつと崩るる通ひ禰宜　[樸]　七八
刈込みの済みしさざんくわ垣の花　[日]　一八一
山茶花や午に間のある無色の刻　[補]　二一七
[八手の花]
病さへ波郷なぞりや花八つ手　[日]　一八四

【柊の花】
柊の花隠れなる日数かな【寒】一一二
柊を離れたる香に触れにけり【沈】一四四
柊の花の香寒くなりにけり【沈】一五一
【茶の花】
母の忌を追ふ父の忌や茶が咲いて【山】三三
茶が咲いて猪垣へゆく背負籠【山】四六
茶の花の一垣なせるほとりかな【沈】一二八
茶の花を可憐と見たり強しとも【日】一八四
茶の花を活けて二日の上天気【日】一八四
【寒木瓜】
寒木瓜や一壺の骨の母を抱き【補】二〇七
寒木瓜や炉の戸はためき母焼けゆく【補】二〇七
【仙蓼】
慇懃なことばもらひぬ実千両【寒】一一七
万両を加へ千両花瓶かな【日】一八四
生別と死別といづれ実千両【日】一八五
【青木の実】
父死後の日の飛ぶごとし青木の実【補】二一八
【蜜柑】
糸に貫く蜜柑の皮は母が干す【補】二一八
【朱欒】
匂ひにも重さあること晩白柚【日】一六四
【紅葉散る】
散紅葉山茶花の地をやや浸す【日】一八四
【落葉】
小綬鶏の迂闊の尻を落葉打つ【山】一四
半日の落葉を踏みぬ深大寺【樸】七八
知恵伊豆の墓のまつ赤な落葉かな【樸】七九
石臼の傾いてゐる栗落葉【樸】七九
落葉せぬものの背高くありにけり【寒】一一三
酒荒れの胸もて落葉翻へし行く【補】二〇四
落葉光帽ふちどりぬ老教師【補】二〇六
夜も落葉鶏の睡りのましろさよ【補】二〇七
【冬木】
日当りて冬木の桐のよき間合ひ【山】三三
ふるさとは何もて立たす冬欅【樸】七九
【冬木立】
筆談は黙示に似たり冬木立【沈】一四一
【寒林】
寒木を寒木として立たしめよ【寒】一二〇
寒木となりきるひかり枝にあり【沈】一四五
寒林へ影を加へにゆくといふ【沈】一五二

寒木に加はる眼閉ぢにけり　[沈]　一五二
寒木のふたたびの影なかりけり　[沈]　一五六
寒木の暮れてまとへるうすひかり　[沈]　一五七

[名の木枯る]

枝々に山国の枯れ葡萄棚　[山]　二一
皂角子の枯れの佶屈老に似て　[山]　四六

[枯木]

裸木を嘉したる日も消えにけり　[沈]　一四五
足音の来て止まりたる枯木かな　[日]　一八三
裸木にいますこやかな朝日来る　[日]　一八五
道に出て旅の心の枯木山　[以]　一九四
枯木星厚き髪より顔おこす　[補]　二〇五
青空に枯木の秀義理欠きどほし　[補]　二〇九

[枯蔓]

山鴉には枯蔓を蹴る遊び　[寒]　一一四

[冬枯]

枯れに入る種取茄子の大葉かな　[山]　三三
煎餅屋の昵懇の目も枯れふかむ　[樸]　八〇
枯れはててわが生涯の窓一つ　[日]　一八四
今日の暉があり枯れはててゐたりけり　[以]　一九〇
あたたかく枯れゆくものの中に臥す　[以]　一九四
枯れはてて一病床にすがりをり　[補]　二一〇
枯るる中はづむ一児を手向けとす　[補]　二一〇
冬枯れの貼りつく眼鏡拭ひても　[補]　二一七

[冬芽]

押し出づる人工呼吸器冬芽立つ　[日]　一六三
酒中花の冬芽めぐりて焼香す　[補]　二一六
遺影寧し冬芽椿のこぞる中　[補]　二一六

[雪折]

雪折の一枝を置く臼の上　[沈]　一二九

[冬柏]

冬柏二本やさしき数に立つ　[山]　三三

[寒菊]

霜光る菊の一弁づつ白し　[日]　一八三

[冬菊]

冬菊におのづから寄る歩みあり　[沈]　一二八
冬菊や心てふもの夢に見ず　[沈]　一四一

[水仙]

水仙をまつすぐ立ててくる手かな　[寒]　一二一
生くるとは見舞はるること水仙花　[沈]　一五七
直立を花のこころに水仙花　[日]　一六三
水仙のまつすぐ疲れ言ふまじく　[日]　一六三
水仙を高きに活けて生きのびる　[以]　一九〇

【葉牡丹】
葉牡丹はわが亡母の花見て佇てり　［補］　二〇九
葉牡丹の渦解け母の忌日なり　［補］　二〇九
【蝦蛄葉仙人掌】
川風のしやこばさぼてん覆り　［樸］　八四
【枯菊】
枯菊を揺さぶつてゐる雀かな　［樸］　七九
菊枯るるをはり一気にかろやかに　［樸］　七九
枯れきつて菊あたたかくなりにけり　［樸］　七九
【枯蓮】
懇ろな日の消えにけり枯蓮　［寒］　一一四
枯蓮の遺骨に触れてなほ高し　［以］　一九六
【冬菜】
冬菜干す谷戸の庇をあますなし　［補］　二二四
【白菜】
山畑や白菜小法師ひそとゐて　［山］　一八
白菜の十株ばかりの猪囲　［寒］　一一二
【葱】
遠くまで目のゆきわたる葱を引く　［樸］　八〇
手で集め足で集めて葱の屑　［樸］　八〇
葱の屑掃くに考へこまずとも　［樸］　八〇
かばかりの畝数にして葱の丈　［沈］　一三三
【大根】
大根も大根の葉もうまき頃　［以］　一九一
【蕪】
湯に戻る寸前の蕪すすりけり　［日］　一八五
【冬草】
冬草に息捨ててまた歩きだす　［樸］　八〇
立ちどまるところところの冬の草　［日］　一八三
【名の草枯る】
鶏頭の舌禍の如く佇ち枯るる　［山］　二四
枯紫蘇の影しつかりとしてゐたる　［樸］　七九
日当つてゐて枯紫蘇のひと並び　［樸］　八〇
帚木を束ねる音の枯れにけり　［寒］　一一三
枯るるべく鶏頭は色深くせり　［日］　一八二
【草枯】
枯草に親しみし手をはたかんと　［沈］　一四四
枯草を放り投げては笑ひをる　［日］　一八三
枯草に脱げり軍手の握り癖　［補］　二二三
【枯葎】
射しとほる光なりけり枯葎　［日］　一八二
【藪柑子】
いづこよりともなきひかり藪柑子　［日］　一八三

[石蕗の花]
瞑るは已れいたはる石蕗の花　[寒]　一一七
崖土の崩れあたらし石蕗の花　[日]　一八三
また痰のつかへし咽や石蕗の花　[日]　一八四
[寒薄]
子の耳の色さしてをり冬芒　[寒]　一一七
[竜の玉]
竜の玉いのち邃しと思ふとき　[沈]　一五二
息欲しく声欲しき日や竜の玉　[以]　一九九
[寒海苔]
寒干しの揉んで使ふといへる海苔　[寒]　一二一

新年

時候

[新年]
新しき年が始まる赤子の手　[樸]　八二
くらやみを年来つつあり峠の木　[寒]　一一九
あらたまの手を当てて幹あたたかし　[沈]　一四五
まつすぐな道あり年の改まる　[日]　一六三
あらたまのいのちの痰を引かんとす　[以]　一九〇
妻子ゐて年が来にけり古庇　[以]　一九六
[正月]
安房海女に正月花の出荷季　[寒]　一一七
[去年]
焚火跡跨ぐ古年にほひけり　[樸]　八二
枯山の去年の光に会ひにゆく　[沈]　一四一
古年の声かたまれる畑雀　[沈]　一四五
[元日]
元日の茶の冷えてゐし仏間かな　[山]　二八
まつすぐに来る元日の車椅子　[沈]　一五一
元日の帰宅や妻に一礼す　[以]　一九六
元日は歌ふ日妻の誕生日　[以]　一九六
元日の看護婦詰所声もなし　[以]　一九八
[二日]
耳搔きの二日の曲り具合かな　[沈]　一三四
山上の家に灯の入る二日かな　[日]　一六三
手の中に小さき妻の二日の手　[以]　一九〇
焚火の秀二日の弱日渡りをり　[補]　二一一
[三日]
酔もなし三日鴉の枝揺すり　[補]　二〇六
[七日]
木の瘤のあかあかとして七日過ぐ　[日]　一六三

［松の内］
酸素室ボンベ犇めき松の内　［以］　一九八
［松過］
松過ぎの鴨に蹤く雀かな　［寒］　二一〇
［餅間］
椎樫のたのもしかりし餅あはひ　［寒］　二一〇
［小正月］
病院の小正月なる菜飯かな　［日］　一六三

天文

［初明り］
百木の中の欅の初明り　［沈］　一四五
［初日］
初日浴ぶ片足漕ぎの車椅子　［沈］　一三三
［初空］
初空が碧しはたしてイルカの眼　［沈］　一五六

地理

［初景色］
年寄の声の一粒初景色　［樸］　八二
声ひとつ通りすぎたる初景色　［沈］　一四五
寿ぐにイルカ歌あり初山河　［沈］　一五六
寝ね足りて常の山河や初景色　［以］　一九六
全粥に匙立てて見る初景色　［以］　一九八
［若菜野］
若菜野や雀鶫鳩鴉　［沈］　一二九
［初泉］
初泉おのづからなる踏処あり　［樸］　八三
水底にものの双葉や初泉　［樸］　八三

生活

［春着］
イルカ歌誦し春着の色想ふ　［沈］　一五六
［喰積］
男手の喰積の色片寄れる　［以］　一九六
［草石蚕］
赤すぎるちよろぎを妻が食べにけり　［沈］　一五一
［大服］
行きずりの密寺のぬるき大服茶　［山］　一五
［福沸］
楢山の馥郁とある福沸　［寒］　一一九
［鏡餅］
柿の木に風すこしある鏡餅　［山］　三三

[松納]
永かりし昭和の松を納めけり　[樸]　八三
[鏡開]
よく晴れて鏡開きの名無し山　[樸]　八三
[繭玉]
繭玉の歩かぬに揺れ歩き揺れ　[樸]　八二
繭玉の乾びし音をはづすなり　[寒]　一一九
[初暦]
沈黙の日数卓上新暦　[以]　一九九
[笑初]
横顔のゆがめる妻の初笑ひ　[沈]　一五一
[初夢]
初夢の泥のごときが覚めにけり　[山]　三八
初夢の死者なかなかに語りけり　[樸]　八二
[年始]
亡き妻に一言申す御慶かな　[以]　一九八
[読初]
読初はイルカ讃歌永田紅　[沈]　一五六
[初旅]
初旅の仏疲れといはむかな　[山]　二五
[初駅]
遠く行く列車がをりぬ初駅　[樸]　八三
[乗初]
初電車愉しき指話を一隅に　[山]　一八
[初釜]
雲ありてこその青空初点前　[樸]　八三
[歌留多]
さまざまに世を捨てにけり歌かるた　[樸]　八三
[手毬]
山襞に入る往還や手鞠唄　[寒]　一一九
[破魔弓]
長病みを称へられをる破魔矢かな　[以]　一九五
添ひ臥しの一隅琴と破魔矢立つ　[補]　二一三
[万歳]
万歳の代替りして来りけり　[山]　一八
万歳のかすめし父の遺影かな　[山]　一八
[二十日礼者]
尿袋さげきし二十日礼者かな　[樸]　八四
[正月の凧]
初凧の影捨ててより高みけり　[日]　一六三

行事

[若水]
若水を汲みしばかりに咳いでぬ　[補]　二〇三

［ひめ始］
姫始淡くをはりぬ眼を閉づる　［山］　二一
［初場所］
丁寧に返す柄杓や初相撲　［以］　一九二
［七種］
ななくさの光まとへる田草かな　［山］　二三
遠き世の唄の薺を叩くなり　［沈］　一二五
七草の一つ二つはおのづから　［沈］　一五六
全粥はわが命綱せりなづな　［以］　一九八
［七種爪］
飛ばしけり七草爪の大なるを　［山］　三三
［達磨市］
朝月の残る焚火や達磨市　［補］　二二一
一つ寒し筵こぼれし福だるま　［補］　二二一
達磨市二めぐりして会へずけり　［補］　二二六
達磨市見とほしに機休みをり　［補］　二二六
［小豆粥］
ほのぼのと山辺なりけり小豆粥　［寒］　一二〇
［左義長］
どんど餅竿しなしなと捧げくる　［山］　二八
どんど火の勢ふ鳶口打たれけり　［山］　二八
左義長の雪もて濯ぐたなごころ　［山］　二八
どんど火の裾ひろがりて衰へし　［山］　二八
旋風巻くどんどばらひの火の粉かな　［日］　一六三
［藪入］
藪入の日の浜宿の畳かな　［樸］　八三
［鷽替］
まなじりの紅濃き鷽をもらひけり　［日］　一六四

動物

［初雀］
旧宅や棟にあまりて初雀　［以］　一九八
［初鴉］
羽浮いて樹上一尺初鴉　［沈］　一四五
［初鳩］
初鳩のなかの蹇鳩はずむ　［山］　二四
初鳩の睦める枝の横歩き　［以］　一九一
［初鴫］
窓占めて初鴫の影闘へる　［山］　一八

無季

青空が日ごとに深し耐ふるべし　［沈］　一三三

綾部仁喜全句集

二〇二五年一月一〇日第一刷
定価＝本体八〇〇〇円＋税

●著者――綾部仁喜
●編者――藤本美和子
●発行者――山岡喜美子
●発行所――ふらんす堂
〒一八二―〇〇〇二 東京都調布市仙川町一―一五―三八―二F
TEL〇三・三三二六・九〇六一 FAX〇三・三三二六・六九一九
ホームページ https://furansudo.com/ E-mail info@furansudo.com
●装幀――君嶋真理子
●印刷――日本ハイコム㈱
●製本――㈱松岳社
落丁・乱丁本はお取替えいたします。
ISBN978-4-7814-1711-0 C0092 ¥8000E